저기요

김홍순 수필집

저기요

김홍순 수필집

문학시티

감사하는 마음으로

고희를 맞이하여 그 동안 살아온 삶의 여정을 되짚어 본다.
참으로 짧지만은 않은 인생길을 숨 가쁘게 걸어왔다.
때로는 허허로운 벌판에 홀로 던져진 것 같았고 외로움, 소외감,
서글픔 등 힘든 여정에 지쳐 밤거리를 헤매이기도 했었다.
그 때마다 백지 위에 힘들고 맺힌 마음을 풀어내어 나 스스로를
다독이며 살아온 삶이었다.
막힌 숨통을 틔워 준 탈출구가 글쓰기였던 것이다.
그러다 보니 한국일보, 조달청, 우정국에서 주최한 공모전에
각각의 대상을 받게 되었고 나의 삶에서 하나의 훈장이 되었다.
열심히 살아 왔다고 주님께서 내게 큰 축복을 주신 것이다.
그렇게 세월이 흘러 어느 덧 한 권의 책으로 나의 인생여정을
보여주게 되어 한편으로는 부끄럽지만 뿌듯한 마음을
금할 길이 없다.

부족한 나를 여기까지 이끌어 주신 박 회장님과
베로니카 님에게 깊이 감사드린다.
또한 출판기념회를 열어 준 남편께 감사하고 올망졸망했던
3남매도 자신들 사랑의 둥지에서 각자 보물들을 기르며
사회의 큰 일꾼으로 열심히 살아가고 있기에 너무나 감사하다.
우리 늦둥이 막내아들 대학입학을 축하하고, 내 인생의
끝자락에서 행복하게 살아가고 있음을 주님께 감사드린다.
마지막으로 나의 곁에서 끝까지 용기를 심어준 지인들과
이 기쁨을 함께할 수 있으니 감사하다.

결혼 25주년 및 출판기념회를 맞이하며

2018년 봄

김 홍 순

차례

1. 뿌리 앓이

2. 천사의 울타리

차례

3. 생각의 씨앗

4. 부부의 가을 뜰

차례

5. 입양의 보람

6. 수상작 모음

1. 뿌리 앓이

오던 길 돌아보면 마치 꿈을 꾸는 듯 아득하기만 하다.
결코 만만치 않았던 뿌리 앓이의 과정이 있었기에
오늘의 행복이 더욱 감사하게 여겨진다.

스스로를 태워 주위를 밝히는 한 자루 촛불처럼,
노력과 정성으로 뒤늦게 둥지를 튼 보금자리,
행복이란 인생의 꽃이 피어날 것이다.

인생의 관문

오십을 넘어 문득 발걸음을 멈추고 뒤돌아본다.

평범한 여자이면서도 평범하길 거부해 왔던 나. 건강 성격 가정환경 등 결혼에 문제가 될 만한 결격사유라곤 없는 여자가, 누구나 통과하는 인생의 관문을 외면하고 지나친 것은 분명 유별날 처신이었던 것 같다. 주위 사람들은 독신을 고집하는 내게 필요 이상의 관심을 기울였다.

눈이 너무 높아 시집을 못 간다느니, 성격이 괴팍스러워 독신주의를 고집한다느니, 갖가지 논의가 분분했다. 혹여 삼류소설의 주인공 같은 그렇고 그런 사연을 간직하고 있지는 않을까, 색안경을 끼고 주시하는 사람도 없지는 않았으리라. 그러나 무엇보다도 부담스러웠던 것은 늙으신 내 부모님의 간섭과 기우였다. 눈에 넣어도 아프지 않을 만큼 애지중지 키워낸 당신의 막내딸이 독신을 고집하고 나섰을 때 그 황당함이야 오죽 하셨을까, 부모님의 입장에서 볼 때 나는 인륜지대사를 어기는 불효막심한 자식이었다.

남다른 능력을 지닌 처지도 아니고 억세고 당찬 구석이 있는 것도 아닌 온실 속 화초같이 당신의 미약한 딸이 세상을 홀로 개척해 가겠다하니 답답했을 그 심정 이제야 짐작할 것 같다. 무엇보다도 험한 세상 거친 세파 속을 혼자 몸으로 헤쳐 가고자 하는 이 딸의 앞길이 암담하여 부모님은 눈앞이 막막하셨을 것이다. “마땅한 혼처가 있으니 제발 맞선이라도 한번 보자.”며 수없이 애원하시던 부모님, 그 절절한 뜻이 번번이 공염불이 되어 버렸지만 부모님은 쉽사리 포기하지 않으셨다. 유명하다는 점집을 찾아 밤 새워 큰 굿을 하기도 여러 차례였다. 듬직하고 착한 사위를 얻어 자랑도 하고 싶고, 아기자기한 사위의 정도 받고 싶으셨을 부모님의 심정, 그러나 철없는 나는 요지부동이었다. 사실 성격이 모가 나있다든가 결혼을 기피할 성격상의 결함이 있는 것도 아니다. 나 자신 평범 이상도 이하도 아닌 무난한 성격의 소유자임을 자타가 인정했다.

내가 독신주의를 고집한 동기는 하찮은 시각의 관점에서 비롯되었다. 기미 돋은 까칠한 얼굴로 아이 업고 나타난 결혼한 친구의 모습을 봤을 때, 성실하지 못한 남편 만나 찌들어가는 기혼녀들의 생활을 대할 때 나의 독신주의 예찬 의지가 서서히 뿌리를 내리고 있었다. 때가 되면 짝을 찾아 결혼하고 자식을 기르며 삶에 허덕이며 겉늙어가는 여자의 일생이 내겐 탐탁지 않게 여겨졌다. 단단한 아집으로 나 스스로를 꽁꽁 묶어놓고 혼자서 대견하게 여겼다. 가정이란 관습의 멍에를 탈피하여 홀가분한 삶을 멋지게 설계할 수는 없을까, 공상에 젖어 내 시각의 조리개에 맞춰 삶을 관조해 보며 자기도취에 심취하기도 했다.

가정이란 획일적인 범주에 귀속되기보다는 좀 더 넓고 큰 사회의 일원으로 살아 갈 수 없을까, 자본주의 사회에서 만사 해결의 열쇠일 수도 있는 돈을 벌 수는 없을는지, 언젠가 나도 돈을 많이 벌게 되면 가장 보람 있는 곳에 투자하고 싶었다. 남들이 비록 인정해 주지 않는다 해도 꼭 사회사업을 하고 싶었다. 어둡고 소외된 곳에 따뜻한 사랑과 인정을 맘껏 베풀 수 있다면, 그보다 더 보람 있는 삶이 어디 있으랴.

미혼 시절 오랫동안 다녔던 직장은 불우청소년들과 관련된 생산업체였다. 그곳에서 인사관리를 담당하고 있었던 나는 소년 소녀 가장들의 춥고 배고픈 삶을 헤아려볼 수 있었다. 한창 부모 사랑 속에 호기 있게 지낼 나이에 가족 부양의 막중한 짐까지 짊어지고, 고된 삶을 살아가는 어린 그들이 안쓰러워 처음엔 자주 눈시울을 적셨다. 그러나 불행 속에서도 소망을 잃지 않는 그들의 해맑은 눈빛을 대할 때면 대견스럽기만 했다. 나는 월급을 받으면 그 일부를 떼어 내어 어려운 소녀의 학비를 보태 주고 했지만, 내 능력의 한계를 의식할 때면 홀로 씁쓸한 좌절감을 맛보기도 했었다.

물기 마른 나뭇잎을 뒤흔드는 바람소리가 유난히도 쓸쓸한 어느 가을 깊은 밤, 로뎅의 생각하는 사람이 되어 있었다. 낙엽 쌓이듯 연륜만 쌓여가는 자신이 문득 서글퍼졌다. 불면과 회의로 긴 밤을 지새울 때면 창가에 스치는 밤바람 소리가 처절한 여운을 남기고 지나갔다. 문득 연로하신 부모님 생각이 났다. 그분들의 소박한 기원을 외면한 불효가 새삼스레 깊은 회의에 잠기게 했다.

친구들이 며느릿감 사윗감 고르느라 기웃거릴 때 나는 비로소 반러자 물색에 나서게 된 것이다. 사십을 넘긴 연륜은 어느덧 연지 볼에 피어나던 화사함도 다 거두어가고, 물기 마른 나뭇잎처럼 변해 있었지만 마음만은 이유 모를 푸른 꿈으로 설레고 있었다. 썰물 진 뻘밭에 배를 띄우듯 이미 철 늦은 시기에 인생의 첫 관문을 통과하기 위해 작전타임을 서두르고 있었다.

불혹을 넘기도록 독신주의를 예찬하던 여자가 결혼을 선언한 사실은 주위의 이목을 집중시켰다. 막상 새로운 뜻을 밝히자 마치 기다렸다는 듯이 이웃들이며 친지들이 다투어 중매를 서겠다고 법석이었다. 혼기 놓친 노총각, 돈 많은 노신사, 아이 딸린 홀아비 등 중매가 빗발쳤다. 아직 백지로 간직된 나의 인생 이력서에 대부분 호감이 가는 눈치였다. 나 자신 예상 못했던 빗발치는 중매에 나의 주가도 턱없이 오르고 있었는지도 모른다. 이혼남, 애주가는 조건 결격자로 제외시키고 보다 합당한 조건의 혼처를 찾아 하나하나 저울질을 시도했다.

그러나, 소녀적 허세에 젖을 나이가 아니다. 나의 이상형이라면 돈 많은 사람보다는 정감 있는 자상한 성격이어야 했고, 편협한 이기주의보다는 포용력 있는 큰 그릇이길 원했다. 맞선이란 쑥스러운 상호간의 예심을 통해 사실 호감이 가는 대상도 몇몇 있었다.

인연이란 참 묘한 것인가 보다. 아이가 셋이나 딸린 일 년 연하의 상처 경력을 지닌 그와 만나면서 쇠심 줄 만큼이나 질긴 인연의 끈이 맺어진 것이다. 우리의 인연은 우연만은 아니었던 것 같다. 첫눈에 호감이 갈 만큼 조건이 좋았던 것도 아니다. 가까운 친척의 중매라서 신뢰한 이유도 있지만 그보다는 매일 퇴근시간 맞추어 찾아오는 그이의 긍정적이고 적극적인 집요한 태도가 내 마음을 움직였고, 결정적으로 사로잡은 것은 그이의 세 아이였다. 엄마 여윈 외로운 눈빛은 나의 보호 본능을 불러일으킨 것이다.

연로하신 부모님의 근심을 덜어 드리고 가여운 삼 남매에겐 따뜻한 울타리가 되어준다면 이것으로서 내 인생은 작으나마 보람이 아니겠는가. 자세히 보니 그이의 악의 없는 눈빛과 넉넉한 가슴은 성실해 보였다.

스스로를 태워 주위를 밝히는 한 자루 촛불처럼, 내 노력과 정성으로 뒤늦게 둥지를 튼 보금자리, 행복이란 인생의 꽃이 피어날 것이다. 가을볕에 과육을 살찌우듯 내 삶의 뜰에는 오늘도 행복을 키우는 열매들로 가득하다.

개성과 모양새가 다른 각양각색의 그릇 중에

과연 내 그릇의 종류는 어떤 것일까.

그릇의 용도

옛 사람들은 흔히 인간을 그릇에 비유한다.

그 인물됨이 각자 자기 몫의 그릇을 지니고 있다고 한다. 사람의 외양만큼이나 다양성을 지니고 있는 것이 그릇의 종류이다. 크기가 다르고 생김이 다르고 용도가 다른 그릇들은 저마다 쓰임의 장소까지도 획일적일 수가 없다.

분위기 있는 우아한 장소에서만 사용되는 고급스런 그릇이 있는가 하면, 누추한 자리에서 사용되는 마구잡이 그릇도 있다. 촌부처럼 질박한 오지 뚝배기엔 구수한 된장찌개를 끓이고, 얇고 투명한 크리스털 그릇엔 신선한 야채샐러드가 담긴다. 오지 뚝배기에 샐러드를 담는다든가 크리스털 그릇에 된장찌개를 끓인다면 어떻게 될까? 무엇이든 각자 적합하게 쓰여 질 때 효용 가치가 인정될 것이다.

개성과 모양새가 다른 각양각색의 그릇 중에 과연 내 그릇의 종류는 어떤 것일까 자신을 곰곰이 생각해 본다. 나의 친정어머니께선 위로 아들 삼 형제를 건강하게 잘 기르셨다 한다. 그러나 웬일인지 딸들은 호적에 입적시키고 나면 먹물이 채 마르기도 전에 연거푸 셋씩이나 저 세상으로 떠나보내는 불운을 겪었다. 부귀다남의 폐습이 지배적이던 시대였던 만큼 부모님의 애끓는 심정은 남모르는 아픔이었다. 남들은 아들을 두지 못해 한숨지을 때 우리 부모님은 건강한 딸을 얻고자 장독대에 청수를 떠 올리고 천지신명께 소원을 빌었던 것이다.

어머니는 내가 태중에 있을 때 좋은 태몽을 꾸셨다고 한다. 야무진 산딸기 한 송이를 바구니에 따 담았다. 태몽에서 얻은 영감의 확신 때문인지 아버지는 왕골 대를 잘게 쪼개어 섬세한 손길로 예쁜 꽃바구니를 엮어 만들었다. 그렇게 간절히 딸을 소원하시던 아버지의 기대 속에서 어머니는 만삭이 되었고, 공주맞이 준비로 아버지는 온갖 정성을 기울였단다. 당신 손수 질감이 부드러운 배냇저고리 감이며, 포대기 감까지 미리 챙겨 놓으셨다고 한다.

아버지의 지극정성은 아들을 셋이나 낳고도 못 누려본 어머니의 행복이었다. 마침내 아버지께서 학수고대하셨던 소원이 이루어졌다. 진홍빛 진달래꽃이 만발하고 복사꽃, 살구꽃 축복 속에 나는 고고성을 터뜨렸다. 그렇게 염원하던 딸은 이번에도 호적에 올리기가 불길하여 첫돌이 지나고서야 겨우 출생신고를 했다고 하신다. 그런데도 위로 세 오빠들과는 달리 이 딸은 고명 속에 잔병치레로 부모님의 애간장을 녹이며, 밤낮으로 천지신명께 비셔야만 했다.

봄이 되면 고향집 앞 햇볕 바른 언덕엔 민들레, 제비꽃 갖가지 들꽃이 지천으로 피어났다. 알록달록한 꽃송이들이 아지랑이 속에서 하늘거리는 풀섶으로, 노랑나비를 쫓아가다 넘어져 울고 있는 내게 맨 먼저 달려오시던 아버지였다. 적절한 위치를 찾아 곱게 쓰여 지길 바랐던 이 그릇은 오랜 세월 동안 아버지의 애물단지였다. 불혹의 고개를 넘어서 새로운 위치를 찾아 가정을 꾸미고 안주하게 된 내가 아닌가! 나는 지금 아버지께서 원하셨던 그런 용도의 그릇으로 쓰여 지고 있는지 의문이다.

농번기가 되면 가끔씩 시댁으로 향한다. 바쁜 일손에 허덕이시는 시부모님을 돕기 위한 뜻이다. 마음에 각오를 하고 달려가지만 번번이 돌아오는 길엔 어쩐지 아쉽고 불만족스럽다. 시부모님께 좀 더 맛있는 식탁을 준비해서 즐겁게 해 드리고 싶었다. 그러나 굼뜨고 서툰 요리 솜씨는 해가 바뀌어도 향상될 줄을 모른다. 어머님 아버님생신 때나 명절에 육 남매의 대가족이 모이면 내 손길은 더욱 어설프고 진땀만 흐른다. 그럴 때는 결혼 자체를 후회한 적도 많다.

농촌 생활은 단조로운 도시 생활보다 때로 목가적이고 인심이 넉넉해서 좋다. 소슬바람 서걱이는 들녘에서 야무지게 잘 여문 팥꼬투리며 녹두꼬투리를 딴다든가, 흙더미 속에 숨어있는 고구마 캐는 작업들은 얼마나 신기하고 축복받는 일인가. 그러나 그 기쁨을 나는 온전히 누릴 수가 없었다. 징그러운 벌레들을 보면 까무러치던 유년기가 떠오른다. 어린 시절에는 벌레를 보고 정신을 잃은 적이 한두 번이 아니었다.

결국 어머님의 일손을 흡족하게 도와드리지 못하고 시댁 문전을 나올 때, 나 자신의 무능함이 미워서 삶에 대한 회의마저 느껴졌다. 내가 자신 있게 할 수 있는 일은 아무것도 없었다. 우리 다섯 식구 뒷바라지를 하다 보면 힘겨울 때가 많다. 긴 세월의 경험으로 관록이 붙으면 나도 숙련공의 손길처럼 매사에 능숙한 솜씨로 이끌어 갈 수 있을 거란 기대를 해본다.

어느덧 내 나이 오십을 넘어서고 있다. 초등학교 5학년 때까지 팔베개로 잠재워 주시던 인자하신 아버지는 이 못난 딸을 애지중지하셨다. 그분께선 어쩌면 사랑하는 당신 딸의 생애가 향기롭고 아름다운 것으로만 담기는 예쁜 꽃바구니로 쓰여 지기를 저 세상에서 기원하고 계시는지도 모른다.

밥그릇 국그릇 김치보시기 찌개냄비 등 간소한 내 집 식탁에도 날마다 다양한 종류의 그릇이 올려지고 있다. 때로는 접시에다 국물김치를 담는다든가 운두 깊은 밥공기에 짭짤한 밑반찬이 담길 때도 있다. 어색한 그 모습이 혹시 내 행색은 아닐는지? 아직도 버겁기만 한 내 삶의 무게, 나 자신이 속해 있는 이 위치에서 크고 작은 애환까지도 다 수용할 수 있는 넉넉한 그릇으로 쓰여 지고 싶다.

아버지께서 그토록 소망하셨던 예쁜 꽃바구니로만 쓰여 지기엔 내 삶에 부과된 짐이 만만치 않다.

'저기요'

"저기요!"

부르는 소리에 뒤돌아보았다. 중 3학년인 첫째가 새침한 표정으로 서있다. "응! 왜~" 대답을 하는 나의 가슴이 두근거리며 당황스러웠다.

'저기요.'는 오랫동안 삼 남매가 부르던 나의 호칭이었다. 이 특별한 호칭과 함께 내 인생의 새 출발이 시작되었다. 도중하차한 바통을 넘겨받은 장거리 마라톤 선수의 입장이었다고나 할까? 중도에 이어받은 바통의 무게가 낯설고 어설퍼서 남모르게 갈등했던 세월을 뒤돌아보면 아득한 느낌이 든다.

결혼에 대한 관점이 남들과는 다소 차이가 있었던 나는 불혹의 고개를 넘고 나서야 새 출발을 했다. "하필이면 혹이 셋씩이나 달린 홀아비에게 가기 위해 마땅한 혼처를 모두 외면했느냐."고 분개하시며 가장 못마땅하게 여겼던 분이 친정어머니셨다. 친구들과 가까운 이웃들까지도 의아스럽게 생각했던 나의 새 출발이었고 아직도 나의 진심을 헤아려주는 이는 많지 않다.

길을 가다가 옷깃만 스쳐도 인연이라는 말이 있듯이 자식과 어미

관계로 맺어진 삼 남매와 나는 하늘이 부여한 특별한 만남이 아닌가 싶다. 병석의 엄마를 여의고 몹시 외로워하는 어린 애들을 중매자를 통해서 만날 기회가 있었는데 독신주의를 원했던 마음에 갑작스러운 마음의 변화가 일어났다.

평생 동반자에 대한 관심보다는 삼 남매한테 마음이 사로잡혔다. 마치 어미의 품밖에 방치된 병아리 같은 애처롭기 이를 데 없는 동심의 눈빛들이 큐피드의 화살이 되어 가슴에 꽂혔다. 처녀 나이 40이 되도록 고집 피웠던 독신주의의 뜻을 허물게 된 결정적인 동기가 되었다.

한 남자의 아내로 안주하기보다는 비록 미약한 힘이나마 사회의 일원으로서 무엇인가를 이루어 보고 싶었다. 그리 대수로울 것도 없는 그 포부는 다름아닌 의지할 곳 없는 소외계층의 어린아이들을 위한 따뜻한 보금자리를 마련하고 봉사적인 사랑의 손길을 나누고 싶었던 것이다.

엄마를 여의고 정서안정이 흔들리고 있는 어린 삼 남매에게 보호목 역할을 감당할 수가 있다면 미지수로 끝날지도 모를 처녀적의 꿈을 일부분이나마 이룰 수가 있는 길이 아닌가 싶은 생각이 들었다. 꿈을 현실에 접목시키는 과정은 크고 작음을 막론하고 결코 순조롭지가 못한 것임을 알았다.

아이들은 서로 약속이라도 한 듯이 마음의 문을 열지 않았다. 이 세 아이들의 눈에 비친 나의 첫인상은 쉽사리 친근감을 느낄 수가 없었던 것 같다. 그들은 냉큼 내 곁에 가까이 다가오기를 꺼렸다.

낯선 환경과 경험도 없는 가사노동에 대한 적응이 결코 만만치 않았다. 그보다 더욱 큰 난관은 오직 삼 남매와의 친교였다. 밖에서 보내는 시간이 대부분인 남편의 빈자리는 애들과의 친교에 많은 도움이 되었으니 행운의 기회였다. 그러나 애들은 나의 간절한 마음을 헤아리지 못했다. 고양이처럼 냉랭했을 뿐이다.

이른 새벽에 일어나 등교하는 아이들을 위하여 서툰 솜씨로 아침밥상과 도시락 준비를 했다. 잔등에 진땀을 흘리며 시간에 쫓기고 있을 때 등 뒤에서 누군가가 "저기요."라고 했다. 뜻을 몰라서 반문했더니 동그래한 두 눈을 반짝이며 단발머리 큰딸이 다시 "저기요."라는 같은 말을 반복한다. 그제야 나를 부르는 호칭이었음을 알아차렸고 순간 가슴속에 썰렁한 기운이 스쳐갔다. 중학교 1년생인 둘째인 아들도, 아직 양 볼에 젖살이 통통한 초등 학생인 셋째도 모두 나를 부르는 호칭이 '저기요.'였다.

뒤도 돌아보지 않고 썰물 빠지듯 학교로 직행한 삼 남매의 빈자리는 아침마다 난장판이었다. 땀 냄새 나는 양말짝이며 아무렇게나 내동댕이친 옷가지와 학용품 등 온갖 잡동사니가 널려 있었다. 일일이 정리정돈 하려면 양 어깨의 힘이 바람 빠진 풍선 꼴이 되었고 두 눈에선 자꾸 눈물이 흘렀다. 무엇인가 커다란 것을 잃어버린 듯한 허탈감이 가슴을 쓸어 내렸기 때문이다. '저기요'라는 나에게 붙여진 특별한 호칭으로 인해 인생의 새 출발과 함께 충격에 휩싸였던 셈이다. 마음먹기에 따라서 가볍게 넘길 수도 있는 일인데 자꾸만 섭섭하게 생각했던 이유는 은연 중에 엄마라는 다정한 호칭을 원하는 기대심리가 작용했던 것 같다. 처녀의 신분에서 갑자기 삼 남매의 엄마로

급부상된 현실을 일말의 거부도 없이 받아들이고자 하는 나 자신이 당황스럽기도 했으나 생각할수록 처절한 심정이었다.

한창 잔 손길을 필요로 하는 삼 남매의 뒤치다꺼리는 어줍지 않은 과제가 아니었다. 굴러 내리는 바위덩어리를 끝없이 산꼭대기로 굴려 올리려는 희랍신화 시지프스의 벅찬 노동과 다를 바가 없었다. 그러나 표면상의 고달픈 역할만으로는 부족한 것이 어미의 자리라는 사실을 짐작할 수가 있었다.

먹이고 입히고 닦아주는 식의 뒷바라지만으로는 불가능한 부분이 대체 무엇일까? 고민 끝에 의문의 답이 나왔다. 다름 아닌 조건 없이 퍼주는 사랑이라는 사실을 알았을 때 나는 신중한 선택을 해야만 했다. 부디 건강을 위해서라도 다른 생각을 해선 안 된다고 당부하시는 시어머님의 진심 어린 충고와 가슴 설레던 첫 임신의 감격에도 불구하고 나는 임신중절수술을 강행했다.

여자로서의 특권이자 축복인 출산의 기회를 스스로 차단시켜 버림으로써 삼 남매와의 온전한 사랑만을 선택한 것이다. 하찮은 미물도 자기종족보존의 본능을 위해 생명의 위험까지도 불사한다는데 하물며 만물의 영장인 인간으로서 무관할 수가 있었을까. 남몰래 눈물을 삼키며 오직 삼 남매를 위한 사랑의 단근질을 줄기차게 시도했을 뿐이다.

아이들은 마음이 순수해서인지 사심의 때가 묻은 기성세대에 비해 정확하고도 명석한 혜안을 지니고 있었다. 겉으론 산만스러웠으나 생색을 내기 위한 표현방법과 가식적인 행위를 용케 분석했고 비록 소처럼 우둔하고 고지식 할지라도 내면적인 진실한 사랑을 원했던 것 같다. 진실은 하루 이틀에 확인되는 수박 겉핥기가 아니어서 지루한 감정의 과정을 필요로 하고 있었다.

'저기요'라는 나에 대한 특별한 호칭이 정겨운 단어로 탈바꿈되기까지는 적지 않은 세월의 진통을 겪고 난 후에야 가능했었다. 저녁 한때, 삼 남매와 한 자리에 모이면 다정스러운 "엄마"소리가 귓전에 소나기 세례를 퍼붓는다. 서로가 어미 곁을 차지하겠다고 무릎을 끌어다 베기도 하고 엄마 어깨 잔등에 기대어 웃고 떠들며 한바탕 북새통을 벌인다. 그런 모습이 꼭 한 둘레 꽃밭 같다며 나의 비결이 대체 뭐냐고 캐묻는 이웃들의 관심이 오랜 진통 끝에 자긍심을 부추기는 요즘 우리 집의 근황이다.

남모르게 뜨거운 눈물을 수도 없이 삼키며 외롭고 애달팠던 갈등의 세월이 있었기에 삼 남매와 함께 어우러진 오늘의 소박한 행복이 더욱 보람 있게 여겨진다. 인생 첫 출발의 발걸음을 충격으로 휩싸이게 했던 '저기요!'

삼 남매가 나에 대한 호칭으로 사용했던 '저기요'를 30년쯤 후에 다시 듣는다면 어떠한 느낌으로 들려올까. 중년이 되어버린 삼 남매와 백발이 성성한 이 어미가 함께 앉은 자리에서 들추는 '저기요'는 어쩌면 우리 집 가족사의 전환기를 상징하는 보물 같은 호칭으로 기념될지도 모른다.

'저기요'로 시작된 내 인생의 보람인 삼 남매의 얼굴이 오늘따라 떠오르는 해처럼 집안 가득 밝은 기운으로 채워준다.

외롭고 애달팠던 갈등의 세월이 있었기에
삼 남매와 함께 어우러진 오늘의 소박한 행복이
더욱 보람 있게 여겨진다.

결혼 후 첫 생일

처음이라는 단어는 마음을 설레게 하는 기대와 감동을 지니고 있다. 첫사랑, 첫인상, 첫 만남 등 처음이라는 신기한 의미로 인해 오래도록 기억 속에 간직되기도 한다.

나에게는 첫 번째라는 기대와 감동에 재를 뿌린 결과로 다가왔던 씁쓸한 에피소드가 있다. 어느새 아득한 옛이야기가 되었지만 아직도 엊그제 일처럼 생생하게 기억되고 있음은 첫 번이라는 단어가 담겨 있기 때문인가 보다.

결혼 후 첫 번째로 맞이했던 나의 생일이었다. 남편은 상기된 표정으로 아침부터 나들이를 서둘렀다. 행선지를 밝히지 않고 솔선수범으로 앞서는 폼이 궁금증을 부추기고 호기심을 자극했다. 삼 남매와 우리 부부 이렇게 온 가족이 탑승한 자동차의 페달을 밟는 남편의 표정은 진지했다.

복잡한 도시를 벗어나자 시야가 탁 트였다. 좌우사방으로 펼쳐지는 들과 산의 전경은 봄기운으로 가득했다. 고속도로를 벗어나 한적한 시골길을 달릴 때는 길옆의 산골짜기마다 만발한 진달래와 개나리가 화창한 봄볕 속에 붉고 노란 꽃불을 지피고 있었다.

"생일 축하합니다! 생일 축하합니다." 다 같이 환호해주는 듯해서 모처럼의 나들이 기분이 상쾌하게 업그레이드되고 있었다.

든든한 인솔자인 남편의 모습은 무척 진솔해 보였고 둔탁하다고 여겨졌던 평소의 생각과는 달리 핸들을 잡은 두툼한 손이 믿음직스럽고 멋져 보였다.

과연 행선지는 어디일까?

혼잡한 도시를 떠났으니 한적한 시골의 어느 명소를 찾아서 그럴듯한 생일기념의 이벤트를 준비하고 있는 것일까? 아니면 서해바닷가 어디쯤에 자동차를 세우고 아득한 수평선에 맞닿은 푸른 하늘과 하얀 포말이 꿈을 꾸는 봄 바다의 낭만이라도 함께 즐기며 달콤한 밀어를…….

갖가지 상상의 나래를 펼치며 소녀처럼 기대를 부풀렸다.

아! 그런데 이게 웬 영문인가. 아침부터 서두른 남편의 나들이 계획은 나의 예상과는 정반대 쪽에 있었던 셈이었다. 자동차를 정착시킨 곳은 시부모님께서 계신 남편의 고향집이었다. 뒤통수를 얻어맞은 듯 어이없는 기분이었지만 반갑게 맞아주시는 시부모님과 할머님 앞에서 구겨진 내 마음을 내색할 수도 없었다.

재래식 아궁이에 불을 때면서 밥을 짓고 반찬을 만드는 과정은 서툴고 형편없었다. 굼뜬 손놀림으로 대가족 밥상을 준비하는 동안 자꾸만 눈이 아렸다. 연기 한 점 내 품기지 않고 아궁이 속에서 활활 타들어가는 볏짚 불을 애꿎게 탓하면서 손이 자꾸만 눈 쪽으로 향했다. 설거지와 청소까지 마치고 화장실에 들렀다가 그만 질겁했다.

몰랐더라면 좋았을 장면을 목격했다. 재래식 구조인 안채에서 뚝

떨어진 곳에 화장실이 있었는데 하필 출입문의 정면 쪽 밭 자락에 애들 엄마의 유택산소이 덩그러니 마주 보였다. 마침 남편이 삼 남매와 함께 묘지를 손질해주고 있었다. 잡초를 뽑아주고 산소를 어루만지는 그들의 모습이 어느 때보다도 다정스러워 보였다.

가신 분에 대한 고운 추억담을 나누며 서로 그리운 마음을 교감하는 애들과 남편! 그들의 다정한 모습을 숨어서 바라만보고 있는 나 자신이 갑자기 한없이 초라하고 비참하게 느껴졌다.

나는 누구인가? 난 과연 저들의 가족 구성원 중에 내 자리가 마련되었는지? 많은 장애를 안고 결혼을 했지만 오늘 저들의 모습은 전혀 예상 못했었다. 남편이 이른 아침부터 상기된 얼굴로 서둘렀던 이유를 알아낸 순간 커다란 의문부호가 가슴을 메운다. 대체 나는 누구인가? 남편의 관심밖에 방치해 두어도 무관한 존재란 말인가.

사전에 내 의사 타진이라도 있었다면 이렇게 섭섭하지 않았을 텐데 관심 밖의 가정부쯤으로 취급하는 남편의 의도를 이해할 수가 없었다. 그동안 눈빛조차 마주치길 꺼리던 아이들의 눈엔 참담한 내 꼴이 어떠한 모습으로 비칠 것인가, 가슴속에서 섬뜩한 바람이 스쳐갔다.

가신 분을 위하는 그들의 마음을 결코 탓하고 싶지는 않다. 하필이면 결혼 3개월째에 맞은 나의 첫 생일날을 이러한 방법으로 대해줄 수밖에 없었는가. 한없이 서글펐다.

결혼식 마치고 신혼여행을 떠나자는 남편의 의견을 나는 먼 훗날로 미루었다. 혹시 삼 남매가 상처라도 받을세라 걱정되고 애들만 남겨두고 여행가서 맛있는 음식 먹는 것도 맘에 걸렸다. 다섯 식구 가족여행을 제안하며 늘 배려하는 마음으로 지내왔더니 겨자씨만한 자존심도 없는 무골충이 취급을 하는 것이란 생각이 들었다.

결혼 후 첫 번째의 생일 이후 나에겐 그전까지만 해도 무관했던 심리적인 갈등이 꿈틀거리기 시작했다. 신발장 속의 등산화, 갖가지 구두며 아이들 옷장 속에 깊숙이 간직된 색색의 옷가지들을, 집안 구석구석에 배치된 많은 집구 등 가신 분의 유품들을 대하노라면 나도 모르게 머릿속에서는 섬뜩한 생각에 소스라치곤 했다. 때로는 불길한 예감에 시달리는 등 오만가지 갈등을 잠재우기 위해 남모르는 한숨 속에 눈물로 보낸 세월이었다. 그러나 인내의 채찍으로 나 자신과 사투를 벌어야만 했다.

가슴 설레던 기대에 재를 뿌렸던 결혼 후 첫 번째 생일의 아픈 추억이 어제 있었던 일 같은데 어느새 세월이 참 많이 흘렀다. 나는 지금 꾸밈도 요령도 부릴 줄 모르는 남편의 무던한 모습을 오히려 사랑하고 있다.

소처럼 우직스럽고 둔탁스런 그의 처세법이 위선 투성이의 이 세상을 한 모퉁이나마 지탱시켜주는 소중한 정화제로 여겨지기 때문이다.

2008년 1월

뿌리 앓이

한 그루의 묘목이 옮겨진 땅에 뿌리내리기까진 시련의 과정이 필요하다. 싱싱하던 이파리가 시들시들해지고 팽팽했던 가지도 서서히 기운을 잃고 축축 늘어지는 탈진의 고통을 겪은 뒤에야 겨우 자리를 잡는 것이 묘목의 뿌리 앓이 과정이다.

인생살이의 과정도 한 그루의 묘목과 비슷하다고 볼 수 있다. 더러는 옥토에 떨어져 별다른 수난과 고생 없이 무난하게 적응될 수도 있다. 그러나 그렇지 못한 경우가 더욱 많은 것이 인생살이가 아닐까.

열악한 환경에 심겨지고 나면 적응을 하기 위한 뿌리 앓이의 과정이 만만치가 않다. 괴롭고도 지루한 몸살을 앓지 않고는 나무는 뿌리를 깊이 내릴 수가 없다. 지난 세월 뒤 돌아보니 나 역시 뿌리 앓이의 과정이 호락호락하지만은 않았다. 눈물이 많은 반면에 배짱이 없는 소심성 탓인지 나는 작은 자극에도 가슴이 덜컥 덜컥 내려 앉곤 했다. 그 기질은 지금도 마찬가지다. 걸핏하면 눈물부터 펑펑 쏟아진다. 용기도 숫기도 없으나 함부로 우는 일도 용납되질 않았다.

서러워도 아닌 척, 싫어도 좋은 척, 웬만하면 밝은 쪽으로 속마음을 포장하느라 무던히도 노력했다. 맘 놓고 울고 싶을 때 울고, 웃고 싶을 때 웃으며 큰 소리로 떠들기 보다는 벙어리 냉가슴 앓듯이 홀로 가슴 조였던 나날들이었다. 그리 매끄럽지만은 못했던 세월이, 마치 구석구석 옹이가 박혀 거칠고 험한 나뭇가지와 비슷하게 닮은꼴이다.

아이들 앞에서 언성 한 옥타브 높이는 일이 태산을 퍼 올리는 작업인 양 감히 엄두가 나질 않았다. 어미로서 지극히 당연한 권위의 영역이고 아이들에 대한 잘잘못을 가려 꾸지람도 하고 칭찬도 해줘야만 하는 그 다스림이, 나에겐 너무도 벅찬 난제로만 여겨졌다.

외향성 기질인 아이들은 어미의 남모르는 뿌리 앓이의 고통을 아랑곳 하지 않았다. 성격에 문제가 있어서가 아니다. 사뭇 거칠고도 드센 천성을 지닌 아이들이었으니 섬세한 감정 따위는 안중에도 없었을 뿐이다. 구김살 없이 천진난만한 아이들 모습이 한편 다행스런 모습이기도 했다.

상대적으로 자꾸만 위축되는 쪽은 언제나 내 모습이었을 뿐이다. 가능하면 나는 아이들 입장에 서서 많은 생각을 했다. 흠도 티도 없이 순수해야 할 그들의 마음에 행여나 그늘이 지고 상처를 입는다면 어찌할 거냐! 계모라는 부정적인 나에 대한 선입견으로 인해서 정신적으로 황폐해진다면 과연 그 책임을 어쩔 것인가. 수도 없이 마음속으로 다그치며 사랑 제일주의만을 추구하고자 스스로를 다잡으며 애간장을 태웠을 뿐이다.

나의 진심을 헤아리기엔 아직 너무 어려서인지 아이들은 언제나 어미에 대해서 무관심이요 무반응이었다. 가슴 열고 다가서는 어미의 간절한 마음을 마치 외면하기로 작정이라도 한 듯 그렇게 보였다.

끝없는 나의 짝사랑은 한 없이 외롭고 답답하고 어느 땐 참담하게 여겨지기까지 했다. 몇 차례나 해가 바뀌도록 상황은 별로 달라지지 않았다. 마음을 주고받는 첫 통로인 눈빛 마주치는 일부터도 웬 영문인지 꺼리는 아이들이었다. 참으로 안타까운 노릇이었다.

저희들끼리 함께 붙어 있을 때면 서로 뒤얽혀 치고받고 고함을 치고 온통 북새통을 벌이는 아이들! 감히 뜯어말릴 엄두를 낼 수가 없을 만큼 싸움판은 언제나 치열했다. 그리고는 삽시간에 서로 마음이 풀어져 웃고 떠들었다. 마치 소나기 그친 뒤의 햇볕처럼 신선한 충격을 전해 주던 철없던 아이들 모습에서 나는 오히려 안쓰러운 연민의 정을 느끼곤 했다.

어떻게 저 극성스러운 아이들을 감당하느냐며 이웃들이 염려스럽게 생각했으나 아이들에게 이끌리는 알 수 없는 내 마음은 늘 초심을 잃지 않았다. 마치 전생에 맺었던 어미와 자식 간의 인연을 다시 만난 듯 미운 짓을 해도 별로 밉지가 않았다. 부모자식간의 맺음은 하늘이 내린 인연이라는 이치를 깨닫는 세월이었다.

넉넉지 않은 생활이었기에 더욱 더 애착이 가는 아이들! 나라는 존재는 가능한 한 축소시킬지언정 밝고 활기차게 자라나야 할 소중한 어린 묘목들에게만은 받침대 역할을 해야 한다는 생각이 절실했다. 그들에게 좀 더 마음의 터전을 넉넉하게 제공해야 그늘 없는 큰 나무로 자라줄 거라는 기대와 욕심이었다.

팩팩 벗어 던지는 옷가지들을 빨아 손질을 해서 입히고, 쪼개 써도 모자란 부실한 식단이었기에 쑥쑥 커가는 아이들의 영양 상태를 애지중지 걱정스러워했다. 비록 아이들은 무관심할 지언정, 그들을 위한 고된 뒤치다꺼리가 싫지 않았기에 구김살 없는 건아로서 자라주기만을 기도하는 마음이 애가 탈만큼 간절할 뿐이다. 그 애끓는 마음은 파도가 사나울수록 더욱 소명의식을 가지고 주위를 밝혀야만 하는 등대지기의 외로움 같은 것이었다.

세월은 사랑의 진실을 밝히는 가장 확실한 거울인 셈이다. 외로움과 흘린 눈물의 분량만큼 드디어 보람과 기쁨을 수확하게 되었다. 뿌리 앓이의 과정이 지루하고도 힘겨웠던 만큼, 뒤 늦게 마음의 문이 열린 아이들의 어미에 대한 사랑과 신뢰는 감격적이었다. 참으로 오랜만에 서로의 가슴에 사랑의 뿌리를 깊게 내리게 된 어미와 자식 간의 인연을 확인하는 순간이었다.

"우리 엄마가 최고"라는 찬사가 긴 나날 동안 깡그리 막혔던 애들의 입에서 빗발쳤다. 다투어 어미의 잔등을 기대며 곁으로 대드는 아이들! 아이들의 어리광 속에 파묻힌 순간들은 필경 더디고 어려웠던 뿌리 앓이를 견디고 얻은 가슴 뜨거운 대가인 셈이다. 고통스러웠던 만큼 보람도 기쁨도 클 수밖에 없었다.

사랑스러운 세 아이들과 과묵한 버팀목인 남편, 온 식구가 하나로 어우러진 화합의 나날 중에 나에겐 또 한 번의 지중한 인연의 뿌리를 맺는 기회가 있었다. 생모로부터 분리된 어린아이를 엄연한 내 자식으로 입양을 하게 된 사건이다. 내가 자식 욕심이 많은 까닭일까? 세 아이만으로는 부족해서 마침내 나는 네 자식의 어미로서 뿌리를 내린 것이다.

사랑의 뿌리 앓이가 몹시 어려웠던 세 아이들과는 달리 어린 입양아와의 적응은 한결 수월했다. 3남매나 입양아나 사전적인 의미로는 비슷하다고 볼 수도 있겠지만 뿌리 앓이의 상태는 천지차이다. 어린 묘목이 조금 자란 나무보다 옮겨진 환경에 대한 환경적응이 좀 빠를 수가 있다는 이치를 분명하게 보여주었다.

어느새 세 아이들은 뿌리내림이 확고한 거목의 모습으로 자랐다. 볼수록 대견스럽다. 아직은 여린 묘목에 불과하지만 무한한 소망을 간직하고 있는 입양아 막둥이도 함께 어우러져 행복한 숲을 이루고 있다.

네 구루의 꿈나무에 울 쌓인 나! 어느새 노년기를 향하는 조금 느릿해진 발걸음이지만 마음만은 늘 작은 보람으로 설레인다. 지난날의 애환이 있었기에 오늘의 조그마한 행복까지도 큰 기쁨으로 만끽할 수 있으니 다행이었다. 오던 길 돌아보면 마치 꿈을 꾸고 있는 듯 아득하기만 하다.

결코 만만치 않았던 뿌리 앓이의 과정이 있었기에 오늘의 행복이 더욱 감사하게 여겨진다.

1997년

세월은 사랑의 진실을 밝히는 가장 확실한 거울인 셈이다.
외로움과 흘린 눈물의 분량만큼 드디어 보람과 기쁨을 수확하게 되었다.

막내딸이 맺어준 인연

천만 명이 넘는 인구가 밀집되어 있는 수도권에서 살아가고 있지만 외딴 무인도에 갇혀 지내는 듯한 외로움을 절감할 때도 있다. 정작 마음의 문을 서로 열고 정을 나누며 지낼 수 있는 이웃이 드물기 때문이다.

내 집과 담벼락이 밀착되어 있는 옆집과 뒷집, 대문을 빤히 마주보고 있는 앞집과의 거리조차도 아득히 먼 동네로 여겨지기도 한다. 패각 속의 조개처럼 각자의 생활에 갇혀 지내다 보면 가까운 이웃을 의식할 여유조차 잊고 지내는 것이 요즘 서울생활의 실태이기도 하다.

이웃 간의 정이 메말라가는 삭막한 시대를 살아가고 있지만 서로를 이해하고 마음을 열면 친 동기간보다 더욱 친숙하고도 따뜻한 이웃을 만들 수 있다. 상대방이 힘들어 할 때 훈훈한 격려와 함께 부축해주고 슬퍼할 때 두 손 마주잡고 같이 웃어줄 수 있는 이웃이 있다. 멀리 떨어져 지내는 살붙이보다 한결 더 의지와 위안을 얻을 수 있는 이웃이 있다면 특별한 인복을 누리며 살아간다고 볼 수 있다.

나에게도 동기간 이상으로 지내는 남부럽지 않은 이웃들이 있다. 그들과의 유대는 하루 이틀에 이루어지지 않았다. 어떤 계기에 낯이 익고 애환을 같이 나누는 동안 서로를 이해하고 뜻이 통하다가 서서히 정이 들어 마음을 열게 되었다. 혈육을 나눈 형제지간보다 더욱 우애가 돈독한 사이로 발전되기까지는 함께 애로를 나누며 공유해온 세월이 적지 않게 쌓여 있다. 서로를 다독이는 애정의 밀도는 그 세월의 무게에 비례된다.

우리는 기쁜 일이 있을 때 내 일처럼 같이 즐거워하고 고난이 닥쳤을 땐 서로 나누어 분담하겠다고 희생정신을 발휘하면서 솔선수범한다. 관포지교의 값진 의미를 되새겨 보면서.

연령이 나보다 10년쯤 손아래인 봄이 엄마, 그와 내가 절친한 이웃자매지간으로 인연을 맺게 된 동기는 막내딸로 인해서 비롯되었다. 막내딸은 어릴 적부터 어미인 나에게 많은 기대를 안겨준 아이다. 외모가 냉정하게 보여 첫인상이 좀 차갑게 느껴질 수도 있지만 본성이 착하고 눈빛에 총기가 가득하니 그 재목이 출중하게 여겨졌다. 무엇이든 진취적으로 대할 것 같은 딸은 겉모습과는 달리 한창 중요한 시기에 필수과제인 공부에 도통 열중하지 않았다.

어영부영 소중한 시기를 허송해 버리려는 기색을 보였다. 세계화의 막이 오른 시대에 살면서 세계 공통어인 영어과목만은 결코 대충 넘길 수가 없다는 노파심으로 초등학교 때부터 아이에게 과외보충수업을 시켰다. 학교수업만으로는 어림도 없었기 때문이다. 나태하기 이를 데 없던 아이가 중학생이 되고 나자 더욱 산만한 태도로 바뀌었다. 기초 실력이 부실하다 보니 흥미를 깡그리 상실해 버린 기색이었다.

얼마든지 가능성을 기대할 수 있는 아이의 두뇌를 녹슨 무기인양 방치할 수가 없다는 중압감으로 좌불안석하다가 마침내 묘책을 찾았다. 주위에서 인정을 받는 그룹과외 보충선생을 어렵사리 찾아간 것이다. 딸을 네댓 명의 또래 속에 한데 엮어 방과 후의 시간을 이용하여 그룹보충수업을 시키게 되자 그제야 마음이 놓였다. 그러나 딸은 그 분위기에 적응을 못하고 얼마 못 가서 그 그룹에서 탈락되고 말았다.

기초실력이 부진한 아이는 다른 애들과 진도를 맞출 수가 없다는 그룹과외선생의 해명이었다. 유독 내 자식만을 타박하는 그가 야박스럽게 여겨졌으나 오히려 그의 강인한 책임의식이 신뢰감을 안겨주었다. 실력 있고 책임감이 강한 지도자를 놓친다면 상황은 더욱 곤란해질 거라는 불안한 예감이 내 마음을 채찍질했다.

염치불구하고 딸의 지도를 다시 부탁했다. 넉넉지도 못한 주머니의 비상금까지 털어내어 성의표시도 했고 끈질기게 뒤를 따라다니며 통사정을 해봤다. 많이 뒤쳐진 딸의 영어 과목을 웬만큼이라도 보충시키겠다는 애끓는 모성애는 자존심 따위엔 아랑곳할 여유조차 사치였을 뿐이다.

성의를 담은 선물꾸러미가 되돌아오고, 아이를 부탁하는 어미의 애걸복걸한 통사정이 수도 없이 외면당했지만 그럴수록 마음속에서는 오기 같은 고집이 끓어올랐다. "제발 부탁이니 더 이상 저를 성가시게 하지 말아요."라며 외면하던 그룹과외선생의 냉랭했던 표정이 지금도 눈에 선하다. 백방으로 타진을 해봐도 묵묵부답인 그룹과외

선생에게 이번에는 좀 색다른 제안을 했다.

"딸을 초등 6학년생들과 함께 엮어 기초과정부터 가르쳐 줄 수 있겠느냐"고 물었다. 그제야 어려운 승낙을 얻어낼 수가 있었다. 굳이 초등학교 6학년 남학생그룹에 중학생인 딸을 합류시켰던 이유는 다름이 아니라 여자애들보다는 비교적 입이 무거운 남자애들 속에서라면 스트레스를 덜 받고 보충수업에 열중할 거라는 기대감 때문이었다.

3년간 그 분위기에 탈 없이 적응하여 나중 된 자가 앞질러서 달릴 수 있게 된 오늘의 바뀐 상황이 한없이 대견하다. 자식교육에 이렇게도 끈질긴 분은 처음 봤다면서 그룹과외선생은 나에게 특별한 별명을 붙여줬다. 날더러 '현대판 한석봉 어머니'라는 것이다.

웬만큼 각오하고 시도한 일이었는데 딸의 거부반응은 만만치가 않았다. 중학생이 어떻게 초등생들과 같이 보충수업을 받겠느냐면서 공부고 뭐고 다 필요 없다며 야단법석이었다. 처음에는 적응이 불편하겠지만 기초나 다져놓고 다시 생각하자고 어르고 달래면서 설득작전을 거듭했으나 아이의 귀에는 애타는 어미 말이 우이독경일 뿐이었다. 문득 남존여비사상에 의해 적절한 교육의 시기를 놓쳐버린 나의 지난 세월이 철없이 생떼 쓰고 있는 딸의 얼굴에 겹쳐졌을 때 나도 모르게 목이 멨다.

썰물 진 갯벌에 배를 띄워 항해를 재촉하듯이 때늦은 도전으로 몇 곱절의 고난을 겪었던 나의 지난날들이 주마등처럼 스쳐갔다. 결코 사랑하는 내 자식한테만은 교육의 마땅한 시기를 놓쳐버리고 뒤늦게 고생시킬 수는 없다는 오기 아닌 노파심이 발동했다.

지구촌 전체가 한 마을로 바뀌어 가는 시대를 살면서 세계 공통어인 영어실력이 밑바닥 수준이라면 결국 눈뜬장님에 말 못하는 벙어리 처지가 되어 불편하게 살아갈 수밖에 없으니 장차 이 일을 어찌하면 좋겠느냐며 심통 부리는 딸을 부둥켜안는 순간 나도 모르는 사이에 울음보가 터져 나왔다. 품에 안긴 딸도 울기 시작했다. 어미도 딸도 막혔던 봇물을 터트리듯 서로 끌어안고 한바탕 울음판이 벌어졌다.

학구열에 체념상태에 이르는 딸과 딸의 장래를 우려하며 애가 끓는 어미, 그간 팽팽하게 대립되었던 모녀간의 갈등이 서로 부둥켜안고 함께 흘린 봇물 같은 눈물 분량에 의해서 모두 씻겨 나간 것일까? 마침내 두 사이가 화합의 국면으로 향하게 되었다. 그동안 무턱대고 하기 싫어하던 영어 과목의 기초수업을 새롭게 시작하겠다는 의욕으로 인해 모처럼 딸의 눈빛은 총기로 반짝거렸다. 한여름 장마처럼 답답하고도 지루한 모녀간의 갈등을 곁에서 지켜보면서 애로를 공감한 이가 바로 봄이 어머니다. 그는 나와 같은 그룹과외학생의 학부모이자 한 아파트단지에서 지내는 이모이다.

그녀는 나에게서 감동을 받은 것은 딸에 대한 쇠심줄보다 더 질긴 교육열에 놀랐고, 딸과의 관계가 생모가 아닌 새엄마라는 사실을 뒤늦게 알았을 때 더욱 놀랐다고 했다. 그리고 또 한 가지 사실은 넉넉지도 않은 살림형편에 아기를 입양하여 극진한 사랑으로 아이를 키우고 있다는 사실은 많은 사람들에게 귀감이 된다며 나에게 각별한 관심과 애정으로서 다가왔고 나 역시 선량하고 인정이 넉넉한 그에게 뜻이 통하여 마음의 문을 활짝 열었다.

각자 떠도는 섬처럼 외롭게 각도는 대도시 속에서 어느새 우리는 10년 훨씬 넘는 세월을 서로 희로애락을 함께 공유하는 사이가 되었다. 그러는 동안 피와 살을 나눈 육친 이상의 애틋한 형제의 인연으로 단단하게 엮여갔다. 가장 가까운 거리에서 함께 삶의 희비애락을 나누다 보면 기쁨은 더욱 확대되고 슬픔과 고통은 절반 이상으로 줄어들게 되니 이보다 더 큰 분복이 쉽지 않을 것 같다.

가장 고단했던 시절에 어미에게 뜻밖의 인연을 맺어준 막내딸, 막내딸은 남들이 부러워하는 명문대학을 나왔고 지금은 의젓하고도 당당한 사회의 일원이 되어 대견한 모습으로 이 어미의 보람과 기쁨을 뿌듯이 안겨주고 있다.

지난 날, 현대판 한 석봉 어머니라는 특출한 별명까지 붙여줬을 만큼 이 어미의 애를 태우던 막내딸. 그 딸이 이 어미에게 두 가지의 흐뭇한 선물을 안겨준 셈이다.

2008년 봄

썰물 진 갯벌에 배를 띄워 항해를 재촉하듯이
때늦은 도전으로 몇 곱절의 고난을 겪었던 나의 지난날들이
주마등처럼 스쳐갔다.

행복을 만드는 사람들

이 세상을 살아가는 사람들은 어떤 형태로든 사회에 봉사하고 헌신한다고 생각한다. 그것이 비록 대가가 있든 없든 빛이 안 나더라도 그리고 남들이 인정하지 않아도 묵묵히 실천하는 이들이 있다. 넉넉지 않은 생활비를 더 줄여가며 불우한 이웃을 돕고 사는 사람, 더럽다고 외면하는 일을 마다하지 않는 사람, 자기 위치에서 해야 할 일을 성실하게 수행하는 사람, 이러한 사람들이 모두 모여 이 세상을 밝고 아름답게 만들어 간다.

나는 게으르게 사는 것은 아닐까? 무의도식 하는 것 같아 부끄럽지만 어쩌랴 내게 주어진 삶에 최선을 다하는 수밖에 없다. 재룽둥이 '진영'이가 우리 호적에 입적한지 일 년, 현재의 우리 집은 그야말로 웃음 천국이다. 비록 넉넉지 못한 형편이지만 '날마다 행복'은 드라마 제목이 아니라 우리 집의 하루하루 생활이다.

진영이는 21세기 평화의 상징인 것 같다. 이제 겨우 15개월에 접어든 아기가 항상 웃으며 어른들 말소리가 약간 퉁명스러우면 쫓아와서 뽀뽀해주며 가족들을 다독여 준다. 이렇게 밝고 총명한 아이를 바라보면 가슴이 아프다. 어떻게 하면 저 고운 미소에 그늘이 드리우지 않게 잘 키울까. 깊은 상념에 잠겨 때로는 잠이 안 온다. 처음에는 입양 사실을 비밀로 하려고 계획했으나 워낙 똑똑하고 민감해서 비밀이 통할 것 같지 않다. 어릴 때부터 자연스럽게 출생의 연유를 말해주고 더 큰 사랑으로 보듬어 안아 키우리라 다짐해 본다. 특히 진영이가 입양되었다는 현실을 떳떳이 받아 드릴 수 있는 씩씩한 사나이로 자라 주었으면 하는 바람이다.

우리 아기를 키우는 것은 나의 몫이지만 진영이가 이 사회에 꼭 필요한 인재로 잘 성장할 수 있도록 도와주시는 분께서는 우주만물을 주관하시는 하느님이시다. 남편과 나는 든든한 울타리가 되어 줄 뿐 열매와 결과는 이미 하느님께서 정하셔서 우리 집에 '진영'이를 보내셨을 것이다.

귀여운 아기가 우리 가족에게 주는 기쁨은 형언 할 수 없는 축복이며 큰 선물이다. 우리 가족에게 진정한 사랑의 참뜻을 깨닫게 한 것은 진영이로 인해 천주님께서 우리에게만 주신 더 큰 축복이 아닐까? 그런데 왜 많은 사람들은 이토록 큰 축복을 마다할까 때로는 안타까운 마음이 든다. 이렇게 큰 축복을 나는 더 누리고 싶다. 위로 누나, 형과 진영이의 나이 차이는 16살 이상이 넘으니 자라면서 외로울 것 같아 또래의 동생을 계획했었다. 그리고 시부모님께 상의 드렸다.

예상대로 절대적인 반대에 부딪쳤다. 사실은 지금도 시부모님께 항상 죄송스럽게 생각하는 것이 있다. 진영이를 한마디 상의도 없이 호적에 친자로 입적시킨 것이다. 장거리 전화로 의논드릴 수 있는 단순한 문제가 아니었다. 날짜가 촉박한 현실이라 찾아가서 상의 드릴 시간적 여유가 없었다. 어쨌든 장손 며느리로서 큰 잘못을 했다. 주변 사람들은 웬만한 집안 같으면 호적을 파버리겠다고 난리를 칠 것이라고 했다. 그런데 우리 시부모님께서는 분유 값을 주시며 잘 키워보라고 당부를 잊지 않으셨다.

어머님의 그 말씀에 힘들었던 지난 결혼 생활을 잘 참았다는 생각이 들었다. 때로는 결혼 자체를 후회도 했었다. 남편과 뜨거운 열애 끝에 결혼을 한 것도 아니고 나와는 생활 문화나 사고방식이 전혀 다른 사춘기에 접어든 삼 남매를 내 품 안으로 끌어안기란 각오만큼 쉬운 일은 아니었다. 그 구구절절한 사연을 어찌 다 나열할까마는 아무튼 힘겨웠던 지난 세월이 새삼 소중하게 생각된다. 이렇게 '진영'이를 순순히 받아 주셨기에 둘째 아기 입양도 허락하실 줄 알았던 나의 착각은 냉정한 현실 앞에서 아무 말도 못하고 어른들 뜻에 따르기로 했다. 이것이 비록 우리 시댁만의 반대는 아닐 것이다.

우리 사회는 언제쯤이나 혈족의 폐쇄된 개념에서 벗어날 수 있을까? 대를 이어나갈 차심으로 자신의 혈통만을 고집하는 고루한 사고방식이 답답할 뿐이다. 내가 아기를 입양하고자 하는 의도를 친정이나 시댁 또는 주변 사람들은 아이를 안 낳은 미련 때문으로 오해한다. 아니다. 사실은 꿈 많은 소녀 시절부터 가지고 있던 나의 꿈이었다. 지금껏 살아온 오십 평생의 내 인생에서 가장 후회스러운 것이 있다면 내 뜻과 일치하는 남자를 만나 일찍 결혼해서 능력이 허락 되는 한 여러 명의 아기를 입양해서 키울 것을 하는 아쉬움뿐이다.

우리나라의 경제 한파가 휩쓸고 간 후유증은 오래 가는 것 같다.

우리 집은 언제쯤이나 경제 한파에서 벗어날까. 지금 나는 14개월짜리 아기와 백 일짜리 아기를 돌보고 있다. 진영이까지 세 명의 귀여운 사내아이들을 키우면서 힘들다는 생각보다는 저 세 놈 다 내 아들이라면 정말 신바람 나는 삶이 될 텐데 하는 아쉬움만 든다.

이 세상엔 여러 빛깔의 사랑이 존재하지만 혈연중심이나 이성간의 사랑이 아닌 아무런 보상이나 대가가 없는 가슴에서 끊임없이 샘솟는 순수한 사랑은 위대한 사랑이라고 자부심을 갖는다. 남편과는 사랑이 뭔지 아무런 감정을 느끼지 못하고 결혼했다. 지금 생각해 보면 남편과 무덤덤한 감정이었기에 우리 애들하고 빨리 정들고 연민의 정으로 시작된 사랑은 끊을 수 없는 끈끈한 모정으로 변한 것 같다.

흔히들 말하기를 "아무려면 배 아파 낳은 자식만큼 애절한 정이 있을까"라는 말을 한다. 나는 이 말의 뜻을 잘 모르겠다. 아이를 낳은 경험이 없기 때문에…. 하지만 남남으로 만나 이루어 낸 애틋한 모정을 어찌 낳은 정에 비유할까? 이것은 순수한 사랑 그 결정체이다.

샘물처럼 솟는 사랑 없이 남부러워하는 엄마 자리에 앉기란 배앓이의 고통에 비유할 수 없는 가슴앓이의 진통은 그 어떤 글로서도 충분히 표현할 수 없다. 비록 넉넉한 형편은 아니지만 웃음 천국에서 살아갈 수 있음을 늘 감사하며 오늘도 성실히 삶을 살아간다.

2009년 1월

노란 국화야

늦가을 무서리 속에 피어나는 황국은 지조강한 여인의 모습과도 같다. 눈보다 더 시린 새벽 찬 서리를 견디며 그윽한 향기와 중후한 아름다움을 간직한 채 흔들리지 않는 자태가 여느 꽃들과 다른 점이다.

대부분의 꽃들은 계절을 가려서 핀다. 대지의 기운이 훈훈하고 따사로운 햇볕과 훈풍이 만물을 생동시킬 때 모든 수목의 꽃들은 서로 경쟁이라도 벌이듯이 다투어 피어난다. 환한 웃음으로 꽃단장을 하고 벌과 나비들을 유혹 한다. 벌과 나비를 부르는 꽃에 응원을 북돋아 주는 에너지는 다름 아닌 햇볕과 대지의 훈훈한 기운이다. 그 천혜의 기회를 놓치지 않고 꽃들은 앞을 다투듯이 피어나 한 시절을 누리는 셈이다.

황국만은 성질이 좀 다르다. 이미 좋은 시절은 다 지나가고 생명의 축복을 거부하는 대지의 써늘한 기운과 찬바람에 낙엽이 떨어져 뒹구는 철 늦은 계절에 홀로 피어나는 독특한 성질부터가 특이하다.

마치 갓 짜서 내놓은 비단옷을 입은 듯이 눈부시게 샛노란 꽃의 빛깔 속엔 화려한 외로움이 깃들여져 있다. 꽃의 연인인 벌과 나비들이 월동준비를 다 마치고 어디론가 모두 자취를 감췄으니 주변엔 고요와 적막만이 감돌고 있다. 그러나 추위로 인한 괴로움과 고독을 오히려 묵묵히 누리기라도 하려는 것일까? 한구석 흐트러짐이 없는 노란 국화의 아름다운 모습은 도도하기 이를 데가 없다. 어느 누구도 감히 접근하기가 어려울 것 같은, 줏대가 매우 강하고도 품격이 고상한 여인의 태도를 연상시키는 모습이다.

아스라이 드높은 하늘을 향해 발돋움하고 서 있는 황국! 외롭지만 초라하거나 만만해 보이지 않는 모습이다. 세속적인 잡다한 욕심을 누리기보다는 좀 더 높고 향기로운 이상만을 추구하려는 성자와도 같은 자세로 돋보인다. 꽃들의 모습을 바라보며 사람들의 살아가는 갖가지 형태의 자세를 생각 해 본다. 모든 사람들은 좋은 환경 속에서 좀 더 즐겁고 안락한 삶을 누리기 위해 서로 치열한 경쟁을 벌인다. 남보다 더 누리고 싶고 남보다 즐기고 싶은 것이 인간에겐 숨길 수 없는 본성이어서 어쩔 수가 없는 듯하다.

자기 자신이 더 누리려는 그 편협한 욕심이 지나치면 오히려 화를 부르기도 한다. 추한 모습으로 전락되기도 하는 사람들의 살아가는 갖가지 모습들이 노란 국화의 고귀한 자태를 보며 많은 생각을 갖게 한다.

안방극장인 텔레비전에서 방영되는 사극드라마엔 여인 열전의 장면이 자주 등장된다. 서로 다투고 시기하고 갖은 획책을 다 동원하면서 까지 치열하게 힘겨루기를 하는 역사 속의 실존인물들! 그 여자들의 궁극적인 투쟁목적은, 권력과 사랑과 영화를 내 것으로 확보하여 좀 더 넉넉하게 누리겠다는 의도이다. 남보다 더 많은 것을 쟁취하기 위해 심지어는 음모와 술수와 야비한 전략까지도 불사하는 여인들. 그들이 펼치는 각양각색의 표정연기를 보면서 꽃들이 벌이는 전쟁장면을 연상하곤 한다.

햇볕이 넉넉한 봄 동산에 오르면 수많은 꽃들이 다투어 피어나 서로 경쟁을 하듯 예쁜 모습을 뽐내는 광경을 만나보게 된다. 발랄한 색상의 아름다움을 과시하는 꽃, 은근한 매력으로 시선을 이끄는 꽃, 어떤 꽃은 특이한 향기를 먼 곳까지 내뿜어 좀 더 자기영역을 넓히면서까지 주위의 눈길과 호감을 유인하기도 한다.

빨간색 파란색 노란색 등 짙은 색깔로서 시선을 모으는가 하면 어떤 꽃은 은은한 색채와 고상한 기품으로 승부를 겨루기도 한다. 가벼운 원색보다는 파스텔 톤의 우아한 색상이 더욱 매력적일 것이라는 개체적인 판단에 의한 팽팽한 경쟁심리 때문인 듯하다.

화려하고도 우아한 갖가지 색채화장과 각자 개성 있는 모습으로 단장을 하고 발돋움하는 수많은 꽃들! 봄 동산에 피어 있는 각양각색의 꽃들은 좀 더 화사한 눈웃음을 선보이며 어떤 대상을 찾기에 바쁘다. 그 대상은 다름 아닌 벌과 나비들이다. 꽃들에겐 매력적인 연인이라고 볼 수 있는 벌과 나비! 그들을 부르기 위해서 모든 꽃들은 곁을 스쳐가는 작은 바람결까지도 놓치지 않는다. 교태스러운 한들거림으로 유혹의 제스처를 끊임없이 연출해 내겠다는 속셈이다.

어떻게 하면 남들보다 더 많은 사랑과 관심을 독점할 수 있을까! 그리고 남보다 더욱 호강스런 영화를 누릴 수 있을까! 갖가지 수단과

방법을 동원하는 경쟁심리가 꽃들의 전쟁을 치열하게 부추기는 셈이다. 사람이나 꽃이나 본성은 비슷하다고 볼 수 있는데, 그 잡다한 경쟁 속에 끼어들지 않는다면 지니고 있는 지조가 유별나게 고상한 까닭이 아닐까 그런 생각이 든다.

국화야, 너는 어이 호시절 다 보내고 낙엽이 지고 찬바람이 부는 시절에 너 홀로 피였느냐 라고 읊으며 탄식을 한 옛 시인도 있다. 오상고절의 깊은 의미를 간직한 국화를 연모하는 시인의 심정을 이해할 것 같다.

추위와 외로움을 견디며 고고한 아름다움을 홀로 지니고 있는 국화꽃! 하늘을 우러러 한 점 수치스러움이 없는 정결한 모습으로 피어 있는 격조 높은 꽃이 바로 황국의 특이한 개성이 아닌가.

만추의 정취를 빛내는 한 떨기 황국의 그윽한 향기가 있기에 깊어가는 계절의 하늘은 더욱 맑고도 푸른가보다.

만추의 정취를 빛내는

한 떨기 황국의 그윽한 향기가 있기에 깊어가는 계절의 하늘은

더욱 맑고도 푸른가보다.

부족한 연기력

세상은 무대이고 인생살이는 연기라는 말이 있다.

연기력의 능력 여하에 의해서 성공과 실패가 좌우될 수도 있다. 연기력이 우수한 사람들은 쉽사리 성공의 지름길로 들어설 수가 있지만 연기력이 서툴면 인정을 받기가 어려울 수밖에 없다. 명 연기자로서의 조건은 우선 신뢰 받을 수 있는 용모와 표현력이 뛰어나야만 할 것 같다. 같은 표현이라도 제삼자의 눈에 쉽게 호감을 주고 인정을 얻을 수가 있는 힘은 명 연기자로서의 조건이 갖추어 졌을 때라야 가능하다. 반면에 타고난 용모와 표현력이 부족할 경우엔 인정을 받는 길은 한결 더딜 뿐이다.

자기 의지와는 상관이 없지만 명연기자의 여건을 타고나지 못한 사람에겐 그만큼 멀고도 고단한 수련의 과정이 필요한 셈이다. 남들보다 연기력이 부족한 나는 인생살이의 적응이 너무나도 더디고 힘겨웠다. 적지 않은 세월을 살아온 내 삶의 과정을 돌아본다. 왠지 아찔한 현기증이 일어난다. 남들이 지름길로 달려갈 때 나는 고작 외돌아진 터널을 더듬거렸다. 황당했던 순간들이 하도 비일비재했던 터여서 오던 발걸음 뒤돌아보면 마음부터 답답해진다.

다고닌 분복인 외형에 별 자신이 없었던 나는 연기력마저도 부실한 상태였다. 덕분에 삶의 짐이 한결 무거웠던 셈이다. 무골호인형인 남편과, 좀 거칠긴 해도 천진난만한 세 아이들! 그들과의 융합과정을 길들이는 일이 생각처럼 만만치가 않았다. 세상에 쉬운 것이 어디 있을까마는 가장 어려웠던 것은 나를 표현하는 방법이었다. 나의 사랑과 나의 진심을 상대방에게 정확하게 전달한다는 것! 그것이 그렇게 어려울 수가 없었다.

한 몸을 이루고 살아가는 부부간의 사이는 서로의 이해와 타협이 그런대로 수월한 편이었다. 그러나 아이들과의 경우는 좀 달랐다. 어설픈 연기력으론 어림도 없었다. 많은 사람들을 감동시킨 명화인 '사운드 오버 뮤직'의 여주인공 모습이 자꾸만 떠올랐지만 용모도 연기력도 감히 엄두도 없는 나에겐 아득한 세상의 얘기일 뿐 가당치도 않았다.

천진스럽고 순수한 구석이 엿보이는 아이들이었지만 우리 아이들은 나를 대하는 눈빛부터도 어딘지 모르게 신뢰성이 결여된 기색이 엿보였다. 마치 이웃집 아줌마 대하듯 하는 무반응 무감동이 무엇보다도 나의 마음을 자꾸만 슬프게 했다. 가뜩이나 어설픈 나의 연기력은 덕분에 점점 더 주눅이 들고 기가 죽었다.

서툴고 생소하기만 한 가사노동에 의해 숨 돌릴 사이도 없는 와중에서도 세 아이들에게 쏠리는 마음은 어쩔 수가 없었다. 어떻게 하면 저 아이들의 마음을 기쁘게 할 수가 있을까? 무엇을 먹여야 할까, 무엇을 입혀야 할까, 늘 고민했다. 단 돈 천 원짜리 한 장 들고 시장의 저자 거리를 기웃기웃하면서도 아이들의 기호식성과 좋아하는 도시락 찬거리 장만을 위해 무척 신경이 쓰였다.

그런데 암만 생각해도 스스로도 알 수 없는 이상한 변화가 있었다. 다름 아닌 아이들을 향해 샘물처럼 솟구치는 연민과 안타까운 이끌림 이였다. 눈빛과 말과 행동으로서 그 속마음을 표현했지만 아이들은 마이동풍이었다. 시답잖은 무반응으로 나의 심정표현을 외면했을 뿐이다. 진심과 사랑의 마음을 좀 더 잘 표현하려고 애써봤자 별로 반색을 하지 않는 아이들. 결국 아이들에 대한 나의 사랑은 외롭고도 싱거운 짝사랑으로 머물고 있을 뿐이었다.

"얘들아, 이 엄마는 너희들을 정말로 사랑한단다."

이 절실한 속마음을 적절하게 표현하고 싶었으나 나의 연기력으론 여전히 역부족이였던 셈이다. 계모라는 부정적인 선입견이 순진한 아이들의 마음을 강한 힘으로 짓누르고 있었던 것이 이유였지만 그보다 더욱 큰 문제는 나에게 있었던 셈이다. 다름 아닌 연기력이 부족한 나의 무능이 아이들의 마음을 못내 품에 꼭꼭 안을 수가 없었던 셈이다.

어느 땐 서로 치고 받고 북새통을 벌이다가도 금세 서로 뭉쳐 웃고 떠드는, 사랑스러울 만큼 천진스러운 아이들! 가끔씩 저희 아빠가 집에서 휴무를 즐길라치면 넷이 어우러져 북새통을 벌이는 즐거운 소란이 담장을 넘곤 했다. 덩달아서 웃고 떠들어야만 할 내 마음이 괜스레 씁쓸하게 여겨졌던 것은 나 자신이 물 위의 기름과도 같다는 소외감 때문이었다. 그럴 때마다 애꿎은 면 빨래며 주방의 식기들을 닦고 또 닦고 손아귀가 뻐근하도록 빨래더미와 씨름하면서 시름을 달래야만 했다. 덕분에 우리 집의 흰 빨래와 식기들은 표백약을 무척 많이 사용했느냐는 오해와 함께 이웃들의 부러움을 사기도 했다.

나이를 먹고 생활의 이력이 쌓여도 연기실력은 별로 향상되지 않았다. 마지못해 한 가지 묘안을 생각했다. '청소년 대화의 광장'이라는 상호가 걸린 전문 자녀교육기관을 찾아간 것이다. 그 곳에서 자녀들과 마음의 벽을 트는 부모교육 과정을 수료하면서 얼마나 가슴이 설레었는지 모른다. 그러나 이론적인 교육만으론 일시적인 겉치레임을 알았다. 출중한 연기력만으로도 완전한 것이 아님을 알았다. 사랑과 인내와 진실, 이 3가지의 조건으로 다져진 세월의 무게만이 가장 확실한 연기력임을 나는 나중에야 깨달을 수 있었다.

영화 사운드 오브 뮤직의 새엄마처럼 세련된 용모와 아름다운 제스처로서 아이들 마음을 삽시간에 사로잡는 뛰어난 연기력과는 아득히 뒤진 무능력자지만 뒤늦게나마 진심을 인정받은 나의 삶은 하루하루가 보석과도 같다. 마음의 문을 활짝 연 아이들로 인해 시름이 걷힌 어미! 가슴으로 잉태한 자식들이라 더욱 더 소중한 그들에게 마침내 연기력을 인정받은 어미라고나 할까? 나는 이제 세상 사람들의 마음을 사로잡는 명연기자의 명성이 부럽지 않은 삶을 누리고 있는 셈이다.

부족한 연기력으로 인해 무척 더디고 답답했지만 긴긴 아픔과 기다림 속에서 더욱 알차게 영근 한 알의 진주를 품은 듯이 늦게나마 이룬 아이들과의 사랑과 화합이 한없이 대견하고도 감사하다.

이만하면 나도 세상이란 무대 위에서 웬만큼 성공을 이룬 연기자가 아닌가.

2001년 봄

긴긴 아픔과 기다림 속에서 알차게 영근 한 알의 진주를 품은 듯
늦게나마 이룬 사랑과 화합이 한없이 대견하고도 감사하다.

아버님의 포용력

화목한 가정을 늘 강조하시는 시아버님의 가훈 속에서 형제 많은 우리 집안에는 단란함이 유지되어 가고 있다. 80여 평생을 한 곳에 머무시며 삶을 영위해 오셨던 분답게 아버님께서는 뿌리와 전통을 근중하게 여기시는 옛날 어른이시다. 마음속에 고루한 사상이 배어 있을 아버님의 사고방식에 개화의 계기가 안겨졌다. 집안의 큰며느리인 나로 인해 비롯된 일이었다.

하필 많은 사람들이 경제적인 타격으로 인해 어수선했고 우리 집 역시 생계유지조차 벅차던 IMF 때 발생된 일이었으니 아버님의 당혹감은 더욱 심화되었을지도 모른다. 남편이 근근이 꾸려가던 개인사업체가 좌절의 위기에 부딪쳤을 때 나는 궁핍한 생계를 돕는답시고 일거리를 찾았다. 우연한 기회에 위탁모라는 일을 알게 되었다. 그 일은 양육의 책임을 회피하는 부모에게 등 떠밀려 나온 신생아를 몇 개월간 맡아서 키우는 일이었다. 해외 입양 부모를 찾아 넘겨 보내기 전의 기간 동안 아이와 호흡을 함께 하다가 생각이 바뀌어 버렸다.

복지관의 계약기간이 끝날 무렵이 되자 아이에 대한 연민의 정이 뜨거운 모성애로 끓어올랐다. 씻기고 입히고 먹이고 재우기를 거듭한 아이와의 순간들이 마치 만리장성이라도 쌓아 올린 듯이 끊을 수 없는 정으로 얽혀진 셈이다.

탄생의 축복과 함께 부모의 사랑을 누리며 자라는 것이 평범한 사람의 성장과정인데 축복은커녕 외로운 떠돌이 신세가 되어 어딘지도 모를 곳으로 흘러갈 처지에 놓인 위탁아를 향하는 마음이 나 자신의 일인 양 뼈아픔을 느꼈다. 더욱 안타까웠던 것은 부실하게 타고난 아이의 건강상태였다. 정상아의 절반 정도인 체중과 부실한 소화기능으로 바뀌는 환경에 적응할 것 같지 않은 아이에 대한 염려스러움이 입양의 동기로 작용했던 셈이다.

우리 집 호적에 입적시키기까지는 난관도 많았다. 삼 남매의 교육 뒷바라지도 벅찬 형편에 가당치 않은 욕심이라며 남편이 제동을 걸었고 입양기관에서도 우리 집 경제사정을 꺼려했었다. 아이에 대한 끈질긴 애착과 사랑의 힘이 결국 가로막는 장벽을 다 무너뜨리는 가장 큰 힘이 되어준 셈이다. 그러나 이번엔 더욱 큰 장벽이 대기상태였다. 집안의 어른이신 아버님의 의사와 타협하지 못한 상태에서 아이를 입적시켰다는 사실이 못내 꺼림칙했던 것이다. 진작 아버님께 사유를 의뢰할 수가 없었던 것은 힐책과 꾸지람이 두려웠기 때문이다.

당연히 날벼락으로 닥쳐올 줄 알고 지레 겁을 먹고 있었는데 뜻밖에도 아버님께서는 침묵만을 지키고 계셨다. 질타의 매질보다 그리 나을 것도 없는 아버님의 긴긴 침묵시위에 마음 편치 못할 나날을 보내다가 아이의 첫돌을 맞이했다. 그런데 아버님은 뜻밖에 아이의 첫

돌기념 금반지를 들고 찾아오셨다. 첫돌 잔칫날, 아이의 가냘픈 손가락에 금반지를 끼어 주시면서도 별말씀 없이 빙그레 웃으시던 아버님이시다. 큰며느리의 일방적인 처신에 섭섭하셨을 심중을 묵묵히 홀로 삭히시고 마음의 문을 열기까지 갈등과 불만이 많으셨을 텐데도 이해를 해주셨다.

아버님의 넓고 깊은 포용력에 의해 집안에는 화평이 유지되고 할아버지의 손자로서 인정받게 된 아이는 이제 단단한 뿌리를 붙잡은 셈이다. 대가족이라는 공동체 속에 어우러져서 꽃과 열매를 맺어나갈 수 있는 축복받은 생명의 푸른 나뭇가지로 새롭게 뿌리를 내리게 되었다. 80평생의 긴 생애 동안 자신도 모르는 사이에 굳혀졌을 관습의 틀을 열고 인간애적인 사랑의 품을 허락해주신 아버님의 포용력!

크고도 따뜻한 시아버님의 포용력으로 인해 우리 집안에는 단단한 가족애가 꽃피어지고 있다.

2008년 1월

2. 천사의 울타리

부모의 든든한 울타리 안에서
충분한 사랑을 받으며 자라는 아이에겐 건강한 인격이 형성된다.

온 누리에 라일락 향기 그윽한 주일 아침,

“천사의 말을 하는 사람도 사랑 없으면 소용이 없고”란 구절이 합창되어

오월의 푸르름을 찬란하게 한다.

작은 행복

나는 조촐하면서도 성실한 삶을 사랑한다. 풍요한 사람들의 사치스럽고 화려한 삶보다도 집안에 웃음이 끊이지 않는 화목한 가정을 만드는 것이 소망이다.

사십을 넘긴 올드미스가 뒤늦게 웨딩드레스를 입던 날, 주변 사람들의 호기심 어린 눈빛을 잊을 수 없다. 그도 그럴 것이 결혼 적령기를 외면한 채 독신을 고집하며 살아왔었고, 그런 내가 뒤늦게 결혼을 생각하게 되었기 때문이었다. 거기에는 나름대로 동기가 있었다.

생산업체 중소기업에서 인사 관리를 맡게 되었고, 그런 계기로 청소년들이 밝게 살아가는 것을 관심 깊게 지켜봤다. 나 자신을 돌아볼 때 너무 사치스런 감상에 잠겨 인생을 헛되게 보낸 것을 깨닫게 된 것이다. 그래서 청소년들을 위해 회사에 건의하여 보탬이 되어주기도 하였다. 그렇게 반복하는 생활 속에서 새삼 가정이란 보금자리를 갖고 싶어졌다.

중매로 지금의 남편을 만났다. 이상형은 아니었지만 엄마를 하늘나라로 보낸 그의 세 아이들을 보고 마음이 움직였다. 특히, 초등학교 4학년짜리 막내 아이의 해맑은 미소가 내 마음을 결정케 한 원인이었다. 내가 아니면 저 밝은 미소를 되살려 줄 사람이 없을 것 같은 불안한 생각이 들었었다.

순간적인 연민의 정에 이끌려 결혼이란 멀고도 험난한 여정에 겁 없이 덤벼드는 것은 아닐까 하는 두려움도 생겼다. 이렇게 번민할 때 주위에서는 한사코 말렸다. "사춘기에 접어든 세 아이들의 뒷바라지를 어떻게 할 거냐? 그렇게도 세상 물정을 모르냐! 사십이 넘은 나이에 결혼을 할 바에야 무엇 때문에 구정물에 손 담그며 궁상을 떠느냐"고 했다.

그렇지만 신부님의 주례로 새로운 각오와 사랑을 위한 인생의 새 출발을 시작했다. 결혼 초에는 서먹해 하던 아이들의 입에서 이젠 응석 어린 '엄마' 소리가 정겹게 나오고 서로들 경쟁하듯 내 팔에 매달리며 "친구 엄마들 중에서 우리 엄마가 최고야"하며 좋아하는 천진한 세 아이들의 재잘대는 모습을 바라볼 때가 제일 행복하다. 하지만 이렇게 화목한 가정으로 이끌어 오기까지의 어려웠던 과정을 어떻게 다 표현할 수 있을까?

이웃에서도 소문이 자자했던 억세고 까다로운 열여섯 살의 큰딸에게는 따뜻한 사랑으로 언니나 친구가 되어 아이의 장점을 찾아 칭찬을 해주며 진솔한 대화로 시간을 같이 해주었다. 마침내 그 억세고 까다롭다던 큰딸에게서 감격스런 편지를 받았다.

"엄마! 엄마는 화려한 삶은 아니지만 성공한 인생을 살았어요. 저에게는 인간 회복을 시켰고요, 아빠의 잃어버린 청춘을 찾아주셨고, 남동생에겐 밝은 표정을, 막내는 고운 미소를 주셨어요. 엄마는 우리 가족을 구원하신 정말 고마운 분이에요."

큰딸과 아들은 웬일인지 어릴 적부터 사이가 매우 안 좋았다고 한다. 그렇게 다투면서 성장했기 때문일까, 유난히 기가 죽어 어수룩한 열다섯 살의 아들에겐 사나이다운 기상을 살려주는 것이 우선이었다. 그래서 정서와 용기를 심어주기 위해 애절한 사랑의 편지를 자주 전해주었다. 그리고 음악과 운동 쪽으로 적극 밀어주기도 했다. 때로는 내가 데리고 들어온 아들처럼 귀한 음식을 남편과 큰딸 몰래 챙겨 먹이고 꾸중들을 일은 숨겨주느라 가슴이 조마조마했었다. 이렇게 엄마의 절절한 마음을 헤아려준 듯, 밝고 건강하게 성장해가는 아들을 바라보면 형언할 수 없는 감격에 목이 싸하게 젖어옴을 느낀다.

어디 이뿐이랴, 별나게 잠이 많아서 아침에 깨워 놓으면 징징 짜고 잘 우는 열두 살의 막내딸에겐 어떤 대책이 서지 않았다. 어느 날은 같이 울기도 하고 죄인처럼 호소하며 빌기도 하는 애원의 편지를 자주 전해 주었다.

"사랑하는 내 딸 히야, 네 고운 볼에 아침 햇살 같은 밝은 웃음이 함박 피어나기를 엄마는 오늘도 기도한다." 그리고 자주 데리고 자며 포근히 안아주는 등, 밝은 마음을 갖도록 우화. 설화 같은 이야기를 많이 해주었다. 그렇게 애를 먹였던 막내딸이 이젠 엄마에게 위로의 편지를 써주었다.

"외모와는 달리 알뜰과 검소가 몸에 밴 우리 엄마는 김치 국물도 버리지 않지요. 그리고 순수하신 분! 이런 엄마 뱃속에서 태어나 그 품에서 자랐으면 더 착했을 텐데…."

현재 중학교 이학년인 막내의 편지는 그동안의 힘든 세월을 달콤하게 느껴지게 했다. 하지만 현실은 나와 상관없는 주위 사람들의 입에 올라 서글프게 했다. 때로는 아이들이 나름대로 우울해 보일 수도 있으련만 그런 사소한 감정까지도 내 탓이란 말로 들려온다. 이런 때는 내가 무엇이 아쉬워 죄인 취급을 받아야 하나 한탄하며 흐르는 눈물 속에 아롱지는 세 아이들 모습이 흔들리는 내 마음을 엄마 자리에 꼭 붙잡아 앉혔다.

매사에 부정적이고 정서 불안한 성격의 아이들, 만약 내가 떠난다면 영영 사랑을 모른 채 메마른 가슴으로 삭막한 삶을 살아갈 것이 아닌가? 이 아이들은 아마 전생에서 내가 낳은 자식일거라는 집착에 사로잡힌다.

남편과 그 흔한 주말여행 한 번 못 떠나고, 아직도 신혼여행을 미루고 있다. 우리 아이들과 나는 어지간히 끈질긴 인연의 고리로 묶여 있는 것 같다.

혹독한 인내와 나를 버리는 희생에서 얻은 삼 남매는 내 인생의 값진 보물이다. 이 아이들이 남을 배려할 줄 아는 반듯한 인품으로 곱게 성장하여 각자 사회 일원으로 구김살 없이 굳게 설 때까지 나는 햇빛과 단비가 되어 주리라 다짐한다.

온 누리에 라일락 향기 그윽한 주일 아침 우리 다섯 식구의 입가엔, “천사의 말을 하는 사람도 사랑 없으면 소용이 없고”란 구절이 합창되어 오월의 푸르름을 찬란하게 했다.

1999년 4월

내가 글을 쓰는 이유

글을 쓰는 일은 삶의 맺힌 부분을 풀어내는 이완작업이라고 생각한다. 처진 부분을 부추겨 주고 맺힌 곳은 풀어주다 보면 삶의 길은 한결 원활하게 흘러갈 수가 있지 않은가.

벌써 5년째 수필 창작 실기 수업을 계속해왔지만, 재능이 부족한 탓인지 아직도 안개 속을 헤매는 것 같은 느낌을 지울 수가 없다. 글 쓰는 일이 가사일 솜씨만큼이나 더디고 굼뜬 나는 저만치 앞서서 달리는 문학 동기들을 따라잡지 못한 채 주춤거려왔다. 전업주부인 처지에 글 쓰는 일을 가까이 한다는 것은 그리 쉽지만은 않았다.

개인 사업으로 동분서주하는 남편과 셋이나 되는 아이들 뒤치다꺼리와 자질구레한 집안일에 매달리다 보면 다리 펴고 숨 돌릴 여가조차 없기 때문이다. 해도 해도 진전이 되지 않아서다. 나의 손놀림은 등교하는 세 아이들에게 들려 보내는 도시락 준비만으로도 새벽부터 쩔쩔매다시피 한다. 멸치볶음 계란말이 돈가스 등등 고작 도시락반찬 몇 가지를 볶고 튀기기를 하기 위해 꼭두새벽부터 설쳐야만 했다.

마른 반찬보다 따끈한 찌개를 좋아하는 큰딸 식성이며, 간식 없이는 하루를 넘길 수 없는 한창 먹어대는 아이들에게 인스턴트가 아닌

친연재료의 먹을거리를 마련하는 일도 적지 않은 시간과 정성을 차지하는 부분이다.

성과도 발전도 눈에 보이지 않는 노동의 연속이다 보니 쳇바퀴 속에 갇힌 한 마리 다람쥐의 처지가 바로 나 자신의 모습임을 연상했다. 밀폐된 공간에 틀어박힌 듯이 답답하기 이를 데가 없었다. 막힌 숨통을 트기 위한 탈출구 문을 두드린 곳이 바로 문화센터의 수필창작교실이다. 수강생들의 열정적인 모습이 처음에는 부담스럽게 여겨졌다. 의욕적으로 번득이는 그들의 눈매와 지도교수에게 과감하게 쏟아내는 질문공세부터가 많은 시간을 갈고 닦아온 실력파들임을 짐작하게 했다. 반면에 병아리처지인 나는 주눅이 들 수밖에 없었다.

빽빽한 일과의 밀림을 비집고 허겁지겁 달려가 봤자 미리 와서 책장을 펴들고 강의실에 자리 잡고 앉은 수강생들의 재빠른 동작도 느릿느릿한 나에게는 이질감만을 부추겨줬다. 그러나 어떠한 환경이라도 사람과 사람 사이엔 마음을 열면 반드시 따듯한 인정이 오갈 수 있는 통로가 열린다는 것도 인식하게 되었다. 생존의 전략을 위한 것이 아닌 자아성취와 취미 생활을 위한 자리이고 보니 강의실의 분위기는 한결 여유가 있었다. 상호간에 밀어주고 끌어주며 동기애적인 미덕으로 인해 흐뭇했던 것이다.

바쁜 일상의 틈을 비집고 글 쓰는 일에 도전한 나 자신의 자그마한 열정을 부질없는 헛수고라고 생각해 본 적은 없다. 고인 물이 썩듯이 갖가지 삶의 상처와 아픔을 풀어내지 않는다면 가슴속에 앙금으로 맺혀져 더욱 큰 우환을 잉태할 거라고 생각을 해왔다.

시는 어려워 거부감을 느꼈고, 소설은 허구인 반면에 지나치게 방대한 작업이라 감히 엄두가 나질 않았다. 누구에게나 부담 없이 읽혀지는 수필이 마음에 들었다. 진솔함 속에 삶의 감동이 들어있는 수필 문학의 특성이야 말로 마음을 움직이게 해준 흐뭇한 매력으로 와 닿았다.

막상 도전하고 보니 붓 가는대로 생각나는 대로 쓰는 것이 수필이 아니라는 사실을 터득했다. 내가 직접 경험한 한 토막의 에피소드를 짤막하게 간추리는 작업일지라도 기승전결법이 필요하고 단어선택 하나하나에도 갈등과 고뇌 없이는 이루어지지 않는 것이 수필문학임을 깨달았다.

막막한 사막벌판에서 무한정 펼쳐져 있는 거칠고도 메마른 모래더미를 수도 없이 들추고 헤집는 숨 막히는 노동으로 인해 묻혀 있는 사금을 건져내듯이 한편의 수필을 빚어내는 과정의 고통이 예삿일이 아님을 알았다.

집안일도 문학수업도 진도가 느린 나는 앞장서서 달려가는 강의실의 동기들을 따라잡겠다고 D대학교의 평생교육원이나 S백화점의 문화센터, 그리고 옆 동네의 논술학원까지 전전하며 틈틈이 보충수업까지 받았다. 나의 두뇌 속에 잠재되어 있는 문학적인 재질은 쉽사리 풀려나오지 않고 꼭꼭 숨어 있나보다.

그래도 나는 굽이굽이 맺히고 경직된 삶 속의 응어리를 풀어내고 유연성을 부가시키는 글쓰기를 묵묵히 이어가고 싶다. 소박한 삶의 이완작업으로 좀 더 신선한 생명력을 유지해 나가고 싶다는 욕심 때문이다.

1999년 4월

글을 쓰는 일은 삶의 맺힌 부분을 풀어내는 이완작업이다.
처진 부분을 부추겨 주고 맺힌 곳을 풀어주다 보면 삶의 길은
한결 원활하게 흘러갈 수가 있지 않은가.

새벽 단잠을 깨어

새벽 단잠을 깨고 일어나 우유를 따뜻하게 데워 진영의 입에 물린다. 잠결에 일어나 꼴깍꼴깍 맛있게 우유를 삼키고 있는 아이 얼굴을 무심코 들여다본다. 품에 안긴 아이의 모습이 어찌나 사랑스러운지 가슴 가득 행복지수가 벅차오른다.

까닭모를 기쁨과 감사한 마음이 단잠의 여운까지도 어디론가 몰고 간다. 젖살이 올라 토실해진 두 볼과 전구 불빛에 반사되어 별처럼 반짝이는 두 눈, 그리고 오물오물 우유 모금을 조금씩 빨아 삼키는 작은 입모양이 흡사 조그마한 병어의 입처럼 마냥 앙증스럽다.

우유병을 비우자 아이는 가냘픈 트림소리를 낸다. 포만감을 의식하는 듯이 자욱한 눈빛을 깜박이는 아이의 등을 토닥거리자 그새 곤히 잠든다. 아이의 잠이 든 얼굴을 들여다본다. 세상적인 사심이라곤 어느 한구석도 찾아 볼 수가 없다. 천진무구한 천사의 얼굴 그대로일 뿐이다. 어린것의 모습에 동화되어 한바탕 행복에 젖어 있다가 문득 불안한 생각이 든다.

보호의 손길이 없이는 단 한순간도 지탱할 수 없는 이 물거품 같은 생명을 온전한 건아로서 키워낼 수 있을 만큼 나는 과연 능력이 있는 어미인가. 세상이란 험난한 생존의 전쟁터를 향해 꿋꿋이 대결해 나갈 수 있는 무기인, 갖가지의 능력을 이 연약한 아이에게 고루고루 터득시켜 줄 수 있을 만큼 나는 과연 자격 있는 어미인가, 불확실한 미래에 대한 불안감으로 갑자기 눈앞이 깜깜해진다.

신이 나에게 특혜를 주신다면 50에 얻은 이 늦둥이의 성장을 충분히 도울 수가 있다는 확신을 얻게 된다. 다행스럽게도 그 용기와 자신감이 내재되어 그런 기우를 멀리멀리 날려버린다.

맨 처음 아이를 입양할 때는 모성본능의 지극한 사랑만이 아이에 대한 최고의 배려일 거라는 자부심을 가졌다. 그러나 막상 아이를 품에 안고 보니 새로운 고민에 직면하게 되었다. 다름 아닌 아이를 남들보다 뒤지지 않게 교육시켜야 한다는 욕심이 고민을 부른 것이다. 개인 사업을 꾸려오던 남편이 경제적인 타격을 입게 되었는데 IMF라는 국가적인 경제위기로 인한 불운을 당한 상태이다.

사업체를 일으키려고 몇 군데서 융통해 썼던 운영자금을 상환하지 못하고 몹시 고전상태에 놓여 있었다. 적지 않은 사업자금을 빌려주고 여러 해 동안 묵묵히 지켜보고만 있던 시누이남편에게 죄송스럽다는 편지를 띄우기도 했다. 채무자로서의 송구스러움을 서신으로나마 적어 보낸 것이다.

이런 저런 사정으로 인해서 여의치 못한 경제적인 여건 속에서도 아기를 어렵게 입양할 수가 있었던 것은 천만다행한 일이었다. 어리디 어린 아기를 키우면서 나는 정신적인 풍요로움과 진정한 삶의 보람을 만끽할 수가 있었다.

물질적인 궁핍을 정신적인 부유함을 통해 즐거움을 보상시킨 격이며 자칫 해외 어딘가로 떠밀려 갔을 어린 아기를 나 스스로가 챙겨 안았다는 한 가지 사실만으로도 커다란 행운을 붙잡은 기쁨과 자부심을 느낄 수가 있었던 셈이다. 새 생명으로 인해서 집안 구석구석에 내뿜어지는 묘한 기운은 삶의 소망을 충전시키는 활력소이기도 하다. 칙칙하고도 우울한 생활의 분위기가 울고 웃는 흐느적거리는 어린 진영이의 갖가지 생명의 동작으로 인해 실실이 피어나는 실록의 향기처럼 새로움으로 다가오고 있음을 감사한다. 여섯 식구의 보금자리가 급매 처분으로 넘어가는 커다란 충격 속에서도 나는 웃으면서 이삿짐을 꾸렸다.

밤이면 잠 못 이루고 속 태우는 가장의 고통을 위로하겠다고 밝고 희망적인 얼굴 표정을 유지하기 위해서 나는 수없이 억지 연기를 연출했다. 한창 사춘기에 접어들고 있는 큰 아이와 둘째 셋째 아이에게 기죽이지 않고 밝은 모습과 명랑한 생각을 지켜주겠다고 나의 답답한 속마음을 감추고 등 두드려주고 다독거리며 이전보다 더욱 많은 웃음공세를 퍼붓기도 했다.

여섯 식구가 옹 당겨 비좁고 어둡고 구석구석에 곰팡이가 더덕더덕 피어있는 집, 적은 비에도 빗줄기가 주룩주룩 새는 그 남루한 집에서 아직은 잔뜩 웅크리고 지내지만 우리 가족의 가슴에는 사랑과 꿈으로 가득하다.

정의로우신 하느님은 가난 속에서도 사랑과 꿈을 잃지 않는 우리 가족에게 고난의 보자기에 축복의 선물을 가득 담아 주시리라고 믿어본다. 새벽 단잠에 빠져 쌔근쌔근 작은 숨소리를 내고 있는 아기의 얼굴에 사랑과 평화가 가득하다. 그 모습을 바라보노라니 까닭없이 내 눈가에 이슬이 맺힌다.

1999년 7월

천사의 울타리

따뜻한 관심과 사랑은 어린아이들을 보호하는 울타리다.

부모의 든든한 울타리 안에서 충분한 사랑을 받으며 자라는 아이에겐 건강한 인격이 형성된다. 건강한 인격형성은 평생의 재산이다. 반면에 보호울타리가 부실한 경우에는 아이들에게 예상치 않은 갖가지 부작용이 따른다. 마치 면역력이 약한 어린 묘목을 험난한 자연 환경 속에 방치시키는 격이라고나 할까! 울타리 밖의 추위와 사나운 비와 바람의 행패에 의해 손상될 수밖에 없는 어린 묘목의 운명은 무사할 수가 없다. 그들의 불행은 오직 이웃 사랑을 몸소 실천하는 사람들의 온정과 봉사의 손길에 의해 상황이 바뀔 수가 있으니 다행한 일이다.

한 달에 한 번씩 모임을 갖는 우리 입양가족 회원 중에는 존경스러울 만큼 훌륭한 인품을 지닌 분들이 있다. 대부분 봉사와 사랑, 그리고 어린 생명에 대해서 긍휼히 여기는 마음이 없이는 불가능한 것이 입양부모의 역할이지만.

이 모임을 이끌어가는 50대 중반의 회장부부의 진취성과 희생적인 봉사는 남들보다 두드러진다. 그분들은 마치 낳아준 부모와 가정으로부터 버림받은 아이들을 위해 한 평생을 고생하기로 작정을 하신

분들 같다. 모임을 꾸려가기 위한 봉사정신도 늘 솔선수범이다. 매회 모임의 장소를 주선하고 좀 더 화기애애한 분위기 조성을 위해 아이들과 함께 어울릴 수 있는 이벤트 준비며 갖가지 행사에 필요한 거추장스런 장비까지도 일일이 동원하느라 늘 수고가 많다.

바쁜 와중에도 카메라까지 들고 나와서 그때그때 모임의 현황을 필름에 담았다가 현상을 해가지고 일일이 회원들에게 나누어주는 정성도 담당해준다. 몸도 사리지 않고 늘 봉사적인 모습으로 모임의 분위기를 북돋우니 모든 회원들이 흐뭇한 마음을 갖는다.

그 부부에게는 일곱 명이나 되는 자녀가 있다. 몸소 낳은 아들이 한 명이고 나머지 여섯 명은 모두 입양아들이다. 그 부부가 회원들을 감동시키는 일이 한 두 가지일까 마는, 건강에 이상이 없는 젊은 시절에 첫 아이를 낳고 스스로 단산을 선택했다는 사실이 놀랍다. 그분들은 부모와 가정으로부터 이탈된 가엾은 아이들의 따스한 울타리가 되어주기 위해 자신의 혈통은 초산으로 그쳐 버리게 된 것이다.

그 부부의 집안형편은 여유롭지가 못하다. 일곱 명이나 되는 자녀들의 양육비문제며 한시도 바람 잘 날이 없는 애로사항에 부부의 양어깨가 짓눌릴 수밖에 없을 텐데, 그 부부의 얼굴은 언제 봐도 밝고 행복해 보인다. 좀 더 편안한 삶을 추구하는 현대인들은 인간의 도리인 자식을 위한 울타리역할마저도 거부하려 드는 추세이다. 오직 나 자신을 누리려는 지나친 이기주의에 편중되는 까닭이다.

통계에 의하면 요즘 시대는 저출산 시대라고 한다. 저 출산마저도 부담스럽게 여기는 지나친 이기주의자들의 사고방식은 아예 무 출산을 택하기까지 한다. 국력의 약화를 부추기는 심각한 인구 감소의 현상이 되는 안타까운 세태이다. 출산과 양육의 지루한 희생에 비해서 자식이 부모의 노후를 책임지지 않는다는 부정적인 자녀관이, 마음 얄팍한 젊은 부부들의 무 출산을 더욱 유도하는 듯하다.

날이 갈수록 개인 이기주의 근성이 팽창해지는 삭막한 시대라고 염려하는 사람들이 많다. 그러나 세상에는 아직 넉넉한 인심도 남아 있으니 걱정할 일이 아니다. 먹구름을 비집고 주위를 밝히는 한 점 햇볕과도 같은 따뜻한 인정이 있기에 세상은 그나마 살아갈 가치가 있는 곳이라고 여겨진다.

나 하나만을 누리는 삶보다는, 나보다 못한 이웃을 위해 나누고 봉사하는 일에 솔선수범하는 사람들! 몸소 이웃 사랑을 실천하는 사람들의 따뜻한 손길로 인해서 우리 모두의 삶은 한결 희망적일 수도 있다.

어떤 환경미화원의 미담이 새롭게 부각된다. 그는 도심의 주택가를 청소하는 환경미화원이다. 매일 새벽 2시 30분부터 시작하여 오후 3시에야 끝나는 환경미화원의 일과는 고달픈 중노동의 연속이다. 꼭두새벽부터 시작되는 쓰레기를 청소하는 일이 끝나자마자 그에겐 곧바로 새로운 작업으로 이어진다. 험한 중노동에 지친 몸을 이끌고 다니며 허겁지겁 주워 모으는 폐휴지! 그 고된 작업은 자신을 위한 수고가 아니다. 불우이웃을 돕기 위한 봉사의 수고인 것이다.

폐휴지 10톤을 주워 모으면 시각장애자 한 사람의 눈을 밝혀줄 수 있다는 자긍심이 육신의 고달픔을 잊게 해준 셈이다. 작업복이 온통 비지땀으로 흥건히 젖고 온 몸이 녹초가 되도록 고단한 몸뚱이를 이끌고 남들이 쓰고 내버린 종이 쓰레기를 줍고 다니면서도 그의 마음속에선 끊임없이 기쁨이 샘솟고 있음을 느꼈다고 했다.

가난한 시각장애자의 눈을 뜨여주는 개안수술비는 1인당 몇 십만여 원! 거듭되는 그의 중노동은 만만치가 않았지만 그는 하루도 쉴 사이 없이 이곳 저곳, 높고 낮고 가파른 골목길을 마구 헤매고 다녔다. 길거리에 뿌린 환경미화원의 엄청난 분량의 땀방울에 의해 새 세상을 볼 수 있게 된 개안 수술자는 무려 100여 명이 넘는다고 한다. 그가 장학금을 베푼 불우한 학생들도 50여 명이 넘는다고 한다.

자기 자신은 가파른 산동네의 무허가 낡은 오두막에 살면서, 더구나 10년간의 병상생활 허리 수술로 인해 건강마저도 부실한 처지임에도 불구하고 나보다 못한 불우이웃을 돕기 위한 희생적인 봉사의 나날을 견뎌낸 이웃사랑의 실천사례가 새로운 감동으로 부각된다.

남의 불행을 나 자신의 감기만도 못 여기는 심한 이기주의가 있는가 하면, 자기 한 몸을 녹여 주위를 밝히는 한 자루 촛불 같은 거룩한 정신을 지닌 이들이 있기에 세상은 살만한 곳이 아닌가 싶다.

매월 한 번씩 모이는 입양가족 모임! 모든 회원들이 각자 입양부모로서의 애로를 딛고 입양아에 대한 부모의 사랑을 아낌없이 발휘하는 아름다운 모습이지만 더욱 돋보이는 회원 앞에서면 저절로 고개가 숙여진다.

다름 아닌 여섯 명의 입양아를, 단 한 명뿐인 생자보다 더욱 사랑으로 키우는 부부! 별로 넉넉지 못한 경제사정에도 불구하고, 입양자녀에 대한 한없는 보호본능을 발휘하는 부부. 먹이고 입히고 가르치는 것 이외에도 낳은 자식보다 더욱 깊고 따뜻한 입양아에 대한 부모 사랑을 본 보이는 그 희생정신이 한없이 거룩해 보인다.

가정과 부모로부터 이탈되어 상처받고 비뚤어질 수도 있었을 어린 묘목에 불과한 아이들. 의지할 곳 없는 여섯 아이들의 부모가 되어 험한 세상의 비와 바람을 온몸으로 막아주는 부부의 모습에서 천사의 모습을 본다.

천사의 울타리 속에서 티 없이 자라는 아이들의 모습이 무척 행복해 보인다.

2008년을 마무리하며

먹구름 사이로 주위를 밝히는 한 점 햇볕과도 같은
따뜻한 인정이 있기에 세상은 그나마 살아갈 가치가 있는 곳이라고 여겨진다.

첫 휴가

며칠간의 휴가일정을 마치고 귀대를 하기위해 집을 나서는 큰 아들의 뒷모습을 바라보자니 눈물이 앞을 가린다. 푸른 유니폼을 착용한 아들의 모습이 남들의 눈에는 나라의 불침번으로 보이겠지만 어미의 눈에는 안타까운 애물일 뿐이다.

제 딴에는 몇 날 며칠을 두고 애타게 기다렸을 휴가였을 텐데…. 어미 마음을 위로하기 위해서였는지 아들은 군 생활이 예전처럼 힘들지는 않다고 말했다. 말은 그렇게 하지만 제한된 지역에 갇혀 있다 나온 아들에게 영양보충이며 군부대에서 못다 누린 부분을 챙겨 준다고 마음만 바빴다.

청춘의 자유통제 구역인 군부대를 향해 떠나는 아들의 뒷모습이 생각할수록 가슴을 저미고 있다. 점점 멀어져 가는 아들의 투박한 군화 발걸음 한 걸음마다 어미의 안타까운 한숨이 쌓여 가고 있을 뿐이다. 그날 이후로 나에게는 주책스러운 버릇이 하나 생겼다. 길거리를 가다가 혹은 TV 화면 속에서 군인의 모습을 보게 되면 목이 메고 시야가 흐려진다.

IMF 이후 우리 집의 경제사정은 깜깜한 먹구름 속이었다. 현재 대학생인 큰딸과 대입 준비생인 막내딸 그리고 아직 분유 냄새 폴폴 나는 입양아들 진영에 대한 지출은 막대한 반면에 수입은 마비된 지가 오래되었으니 막막할 뿐이다.

어려워진 사업체를 정리하고 실직과 좌절상태에 머물고 있는 남편 곁에서 나는 요즘 숨도 크게 쉬지 못하며 지내고 있다. 가장이 삶의 꿈마저 잃는다면 가족 전체의 비극으로 이어질 수도 있다는 생각에 살얼음판을 딛는 심정의 나날이다. 가장의 기를 살리고자 나 자신이 솔선하여 위탁모를 하고 있지만 아직은 막막할 뿐이다. 마음 한편으로는 전반적인 경제가 침체되어있는 분위기지만 마음의 여유만이라도 유지하겠다고 긍정적으로 생각했다. 그러나 귀대하는 아들의 뒷모습을 바라보면서 다 잡았던 눈물보따리가 기어이 풀어져 버린 셈이다. 시도 때도 없이 눈물이 난다.

군에 있는 아들을 생각하며 끊임없이 안타까움에 힘들어하는 요즘의 나! 나 자신의 모습이 문득 생경스럽게 여겨진다. 쌓여가는 세월에 의해 마음자세도 시각도 현저하게 바뀌어가고 있다는 사실이 새삼 놀랍다. 어린 시절 나는 군인에 대한 인식이 매우 호의적이었다. 카키색 배낭 속에 건빵을 한 가득 담아오는 오라버니가 휴가 나오는 날만을 기다리곤 했었다.

초등학교 시절 전방의 군부대로 위문편지를 써 보내면서부터는 씩씩한 군인 아저씨라는 호칭과 함께 막강한 나라 지킴의 일꾼으로 여겼고, 사춘기 시절엔 막연한 호기심의 대상으로 연상했었다. 칼날처럼 깃을 세운 카키색 유니폼에 절도 있는 걸음걸이가 왠지 수줍던 가슴을 설레게 했었다. 그 시절이 바로 엊그제 같은데 자식을 군에 보낸 지금은 군인을 바라보는 시각이 천양지차로 바뀌어버렸다. 투박한 군화와 그리고 군장을 둘러메고도 모자라 3~40kg의 무게의 벅찬 배낭을 짊어지고 수시로 험한 행군의 훈련을 하고 있을 아들의 제대 날짜만을 기다리게 된다.

이 시대를 가르쳐 탈냉전시대니 평화통일의 시대니 하면서 대부분의 사람들이 전쟁 불감증 상태로 지내고 있지만 자식을 군대에 보낸 엄마의 심정은 시시각각 가슴이 덜컹 덜컹 내려앉는다. TV나 신문을 통해 볼 수 있는 북한의 태도가 조금만 달라져도 마음이 불안하고 어디선가 폭죽이 터지는 소리만 들려와도 마음은 좌불안석이다. 아들이 제대한 후에는 마음이 어떻게 바뀔까, 아니 아들의 아들인 손자를 군에 보낸 후의 내 심정은 어떻게 변화되어 갈까.

사뭇 궁금해지는 마음자체가 바로 은연중에 아들의 제대를 기다리는 조바심일지도 모른다. 부디 남은 임기 무사히 마치고 인내의 훈장인 자랑스러운 제대복을 입고 밝은 웃음 머금으며 돌아올 아들의 모습을 간절한 기도로서 기대해 본다.

1999년 5월

막둥이의 항변

"누나도 엄마한테 입양아이기는 나랑 마찬가지야. 나보다 먼저 입양했을 뿐이지 나랑 똑같잖아 뭐!"

여섯 살짜리 진영이가 대학생인 자기 누나에게 다그친 항변이다. 터울수가 많은 어린 동생의 뜻밖의 항변에 대학생인 딸은 어안이 벙벙한 가보다. 아직 눈치코치 모르는 아기인 줄만 알았던 어린것의 마음속에 상상 밖의 반발심을 간직하고 있다니.

딸은 몹시 당황스런 표정을 지으며 막둥이를 끌어안았다. 그리고는 "미안해. 진영아. 누나가 잘못했어."라는 사과의 말을 거듭거듭 되풀이하며 잔뜩 골이나 있는 동생을 달래고 있었다.

여러 날째 학기말 시험 준비를 하느라 딸은 스트레스가 쌓여 있는 상태였다. 책상머리에 긴 시간 동안 붙어 앉아 있는 딸은 곁에서 바스락 소리만 들려도 짜증을 부릴 만큼 신경이 예민해져 있었다. 그 곁을 어린것이 풀 그릇에 생쥐 들락거리듯 바스락거리고 있었으니. 참다못한 누나가 어린 동생에게 한마디 따끔한 핀잔을 한 것이다.

"시끄러우니 제발 옆에 얼씬거리지 마."

평소에 고분고분하게만 대해주던 누나였는데, 느닷없는 꾸중이 어린것에게는 몹시 서운하게 여겨졌던가 보다. 머리 큰 누나한테 어리디 어린 동생 녀석이 대드는 모습은 여간이 아니었다. 잔뜩 골이 난 얼굴과 감정이 담긴 말투로서 다그치며 대드는 꼬맹이 동생 앞에 딸은 마치 죄라도 지은 듯이 못내 난처한 표정으로 꼬맹이 동생을 바짝 들어 올려 꼬옥 안았다. 그리고는 수도 없이 미안하다는 사과의 말을 되풀이하며 어린 동생을 다독거리고 있었다. 두 아이의 모습은 무척 진지해 보였다.

어미인 나는 그 광경이 마냥 사랑스럽고도 감동적이어서 한꺼번에 두 아이를 껴안고 볼이라도 마구 비벼주고 싶은 충동을 느꼈다. 좀 쌀쌀맞아 보이는 구석은 있지만 깊고 따뜻한 정감을 간직한 둘째 딸은 막둥이를 무척 사랑한다. 체구가 빈약한 반면에 두뇌가 총명하고 도토리처럼 야무진 동생의 모습이 누나의 눈에는 몹시 대견스럽고도 볼수록 귀엽게만 보였던 가보다.

입양 당시에는 다짜고짜 거부반응을 보이다가 나중에는 무관심했던 누나였다. 그런데 한 지붕 밑에서 호흡을 같이 하며 울고 웃는 애환의 시간을 함께하는 동안 서서히 동기간의 깊은 정으로 얽혀버린 것이다. 입양동생이라는 껄끄러워하던 편견도 어느 틈에 자취를 감추었다. 어린것을 대하는 눈빛이며 손길에도 따뜻한 애착과 사랑이 가득가득 담겨 있어서 피보다 더욱 돈독한 형제지간의 우애를 엿보여주곤 했다. 지켜보는 어미의 심정이 그렇게 흐뭇할 수가 없었다.

소중한 버팀목이 되어 곁에서 다독여주는 터울이 많은 누나! 틈틈이 업어주고 안아주는 누나에게 대든 꼬맹이 동생의 어이없는 항변은 당돌했다. 그러나 누나의 마음은 따뜻했다. 오죽 서운했으면 어린 마음속에서 그렇게 뜻밖의 말이 폭발했던 것일까? 어린아이답지 않은 감정이 담긴 말이 터져 나왔을까 싶어서 오히려 마음이 아팠다는 누나의 다정한 배려였다. 자신의 실수로 인해서 가뜩이나 영민한 입양동생의 마음에 아픈 상처를 주는 것은 아닌가 싶어서 쩔쩔매며 가슴 아파하는 천사 같은 딸! 딸의 선량하고도 다정한 소견이 눈물겹도록 예쁘고도 고마워서 어미 마음은 가슴 한 구석이 자꾸만 찡해지는 느낌이 들었다.

아무리 철모르는 어린것의 지껄임이지만 제 누나한테 퍼부은 막둥이의 항변에는 사실 일리가 있음을 알았다. 내 슬하엔 4남매의 아이들이 있지만 그들은 모두 내가 배 앓아 낳은 아이들이 아니다. 배 아픈 고통 대신에 열 달 이상의 극심한 가슴앓이 진통을 겪고 난 후에야 품 안에 안을 수가 있었던 자식들이다. 배 아픈 고통보다 더한 가슴이 쓰라린 진통과 터널 속의 미로인양 답답했던 아픔이 있었기에 그들을 향하는 나의 애착은 뜨거울 수밖에 없다. 네 아이를 얻는 과정의 산고는 한 아이도 예외일 수가 없었으니 어느 한쪽으로 치우치는 불균형적인 편애 역시 가당찮은 일이어서 스스로도 다행스럽게 여겨진다.

면밀히 따지고 보면 뒤늦게 품에 안은 입양아나 터울이 많은 세 아이들이나 어미와의 처지와 입장 차이는 별반 다를 것이 없다고 볼 수도 있다. 제 누나의 마음을 한참 동안 아프게 자극해주었던 여섯 살짜리의 항변을 무시해 버릴 수만은 없다는 생각과 함께 새삼스럽게 자신의 모습을 돌아보게 된다. 내 나름대로 가슴속에서 우러나는 모성애의 품 안에 안고 있는 네 아이들! 그러나 그들은 어쩌면 자기들 나름대로 상처와 외로움을 마음 속 어딘가에 숨겨놓고 시치미를 떼고 있는 것은 아닌지 문득 안타깝기만 하다.

가슴으로 잉태했고 가슴으로 치른 산고로서 얻은 아이들이기에 그들을 감싸 안을 수 있는 힘도 가슴속에서 우러나는 순수한 사랑이라야 가능한 것이 아닐까.

"누나도 엄마한텐 입양아이긴 나와 마찬가지야!"

제 누나한테 다그치던 막둥이의 항변이 긴 여운이 되어 어미의 귓전을 맴돌고 있다.

2003년

가슴으로 잉태했고 가슴으로 치른 산고로 얻은 아이들이기에

그들을 감싸 안을 수 있는 힘도

가슴속에서 우러나는 순수한 사랑이라야 가능한 것이 아닐까.

두 입장의 차이

요즈음 부쩍 말을 듣지 않고 뺀들거리는 막둥이한테 매질을 했다. 호통만으로는 모자라서 기어이 종아리에 회초리를 댄 것이다. 어미의 회초리에 기겁을 한 아이는 울고불고 야단이다. 매를 맞으면서도 똘망똘망한 발음으로 막둥이는 자기주장을 한다.

"엄마. 내가 잘못했어요. 엄마 말 잘 들을게요. 용서해주세요. 엄마야!"

울면서도 자기 잘못을 비는 녀석의 심성이 싹싹하기도 하고 안쓰럽기도 하다. 나도 모르게 회초리를 내던지고 눈물범벅이 된 아이를 덥석 끌어안는다. 그러자 더욱 큰 소리로 울어대던 아이가 어미의 품 안에 안겨 슬며시 잠이 든다.

잠을 자면서도 따끔한 회초리의 기운이 느껴지는 것일까? 조그마한 입을 비죽거리다가 흐흑 흐흑 울음소리를 내면서 잠 짓을 한다. 이불을 추켜 덮어 주다가 살며시 들쳐본다. 종아리에 매를 맞은 자욱이 선명하다. 뿌연 햇순처럼 여리디 여린 살갗이 불긋불긋 부어 올라있다. 연고를 고루 발라주다가 울컥 눈물이 난다. 어느 한 부분 매를 댈 곳이라고는 없는 푼푼치도 못한 종아리에 매질을 하다니……. 좋은 말로 다이를 때 고분고분했더라면 아무 일도 없었을 것을, 말썽을 피다가 화를 부른 셈이다.

막둥이는 사내 녀석치곤 연한 배처럼 성격이 사근사근한 아이다. 그렇게 사랑스럽고 싹싹하던 아이가 요사이 무척 산만한 행동을 보였다. 컴퓨터실에서 여자아이와 싸웠다고 한다. 어릴 적부터 싸움을 하는 버릇은 정말 나쁘다. 아동심리학에 의하면 갖가지 행동변화의 양상은 지극히 자연스러운 아이의 심리적인 발달과정이라고 한다. 그리 염려할 일이 아닌 것이다. 그렇지만 어미의 노파심은 마냥 방심할 수만은 없는 일이어서 호된 꾸지람에 매질까지 했으니 아이는 무척 놀랐을 것이다. 잠결에도 자꾸만 울먹이는 아이를 다독이며 매를 맞은 자국을 어루만지자니 가슴이 저릿해진다.

아이들의 마음을 움직이는 힘은 딱딱한 훈계보다는 따뜻한 사랑이라고 믿었고 삼 남매를 기르는 동안 진작부터 길들여온 내 나름의 유일하게 적용한 아이들 양육 방법이였는데, 막둥이의 손위 셋 아이들에게는 철저하게 지켜왔었다. 손짓 한 동작, 눈빛 하나에도 일일이 조심성이 따랐다. 소심한 나의 태도에 비해 거침없이 자기표현을 하던 큰아이와 둘째, 셋째, 과연 아이들다웠다. 그래서인지 아이들의 티 없는 모습이 나에겐 사랑스럽게 여겨졌다. 좀 알 수 없는 사실은 주눅이 드는 쪽은 늘 내 모습이었다. 오직 사랑으로 아이들을 다스리자는 어미인 나의 의도는 성미가 드세고 과감한 아이들 앞에선 번번이 마이동풍 격이었지만 무능한 자신이 부끄러웠을 뿐이다.

3남매가 아빠와 함께 어울려 웃고 떠들어 대고 있을 때면 보기도 좋고 다복하게 느껴졌지만 그 속에 끼어들 틈이 보이질 않았다. 먼저 다져온 가족애의 단단한 결속을 침해하는 묘한 기분은 겪어보지 않고는 모를 것이다. 찬 물에 각도는 한 방울의 기름과 같은 소외감이 느껴진다. 아이들 아빠와 3남매가 집안에서 맘껏 큰소리치며 지낼 때도 내 입장은 좀 달랐다. 누가 참견하지 않아도 자신도 모르는 사이에 기가 죽고 주눅이 들었다.

어느 때는 아이들의 말과 행동이 눈에 거슬릴 때가 수도 없이 많았으나 그렇다고 섣불리 꾸지람을 할 수는 없었다. 때로는 화가 치밀고 비위가 거슬릴 만큼 '이건 아니다.'싶었지만 회초리를 들먹이는 짓은 감히 상상조차도 하지 않았다. 조용히 타일러 봐도, 속없이 웃으면서 주의를 지켜봐도 도무지 씨가 먹히지 않을 때도 아이들이 밉기보다는 나 자신의 무능만이 원망스러웠다. 가슴이 답답했다.

겉보리 서 말만 있어도 차마 갈 수 없는 길이 아이 여럿 딸린 후처 자리라는 옛 사람들의 말이 진리라는 사실을 깨닫는 세월이었다. 혼자 숨어 하늘만 바라보며 쏟아지는 눈물을 감추려면 가슴속이 시꺼멓게 타 들어가는 듯했다. 다시 태어나 세상을 살 수 있다면 두 번 갈 수 없는 길이 바로 후처의 길임을 깨닫는 나날이었다고 해도 무리는 아닐 것 같다. 입어도 춥고 먹어도 배고픈 자리. 한없이 외롭고 서러운 길이 계모의 자리요 길임을 절감하게 된다.

아이들의 입장에서 한번 생각해본다. 무조건 새엄마를 따르고 싹싹한 태도를 보인다는 것이 그들로선 부담스럽게 여겨질지도 모른다. 세상을 떠난 생모에 대한 그리움이 거칠고 소란스런 행동으로 반응했을지도 모르는 일이다. 그들의 아물지 않은 상처를 치료하기 위한 처방은 웬만한 세월로는 부족했던가 보다. 퍼 부어도 퍼부어도 부족한 아이들에 대한 나의 사랑은 앞으로도 지속될 영원한 숙제일지도 모른다.

남모르는 갈등의 세월을 딛고 아이들은 어느새 의젓하고도 반듯한 사회인으로 성장했다. 애를 먹였던 큰딸은 출가하여 예쁜 첫 아기를 낳아 기르는 성실한 주부가 되었고 아직 품 안의 막둥이도 탈 없이 자라주고 있다. 4남매의 자식들은 모두 나의 가슴앓이 고통으로 잉태과정을 거쳐 얻은 소중한 보물들이다.

지난 세월 뒤돌아보면 현기증이 눈앞을 가린다. 아슬아슬한 벼랑길을 한없이 더듬거리며 어려운 난관을 지나왔다. 지나고 보니 계모와 입양모의 입장이 너무도 대조적이었음을 알았다. 4남매 모두 가슴으로 낳은 자식이지만 계모로서의 입장과 입양 모로서의 입장 차이는 천지차이다.

맨 처음 품 안에 안은 순간부터 조금도 구애 받지 않는 편안함이 입양모의 처지와 마음상태라면 계모의 자리는 애초부터 살얼음을 딛는 심정이다. 가슴속에 자리 잡고 있는 세상을 떠난 엄마에 대한 그리움을 앓는 아이들과 적응과정이 결코 만만치가 않은 험로일 뿐이다. 많은 분량의 눈물과 숯덩이처럼 시커멓게 타는 가슴앓이의 긴긴 진통 없이는 갈 수 없는 길이 바로 계모의 춥고 서러운 길이 아닌가 싶다.

행복의 조막손

중학교 2학년 막내딸이 학교 갈 무렵 숨 넘어 갈 듯 불러댄다.

"엄마! 엄마! 신발주머니 사야 돼요"

아직 손때조차 묻지 않은 신발주머니가 옆 줄 실밥이 조금 뜯어져서 버리겠다는 것이다. 이건 지난주에 사 준 것이 아닌가? 한마디 해 주려다 이른 아침이라 속으로 삭이며 꿰매어 주었다. 우리 아이들은 검소하다고 자랑스럽게 생각했는데, 역시 시대의 흐름은 어쩔 수 없는 것일까, 내가 잘못 키우고 있는가?

아이들에게 절약정신을 심어주는 것은 모든 생활의 모범이 되게 하는 지름길이라 생각했었다. 편하고 안락한 삶을 추구하는 이기적인 요즘 아이들, 풍요로운 생활에서 오는 유명 메이커만 찾는 고급병 아이들이 많다. 무엇이든 부모에게 바라기만 하는 신세대들에게 무조건의 물질공세는 그들의 미래를 나태하게 만드는 요인이 될 것 같다. 물건의 소중함을 모르는 요즘 아이들! 그들만을 탓할 것만은 아니다. 우리 기성세대들이 각성해 볼 문제는 아닐지?

나의 친정어머니께서는 생활의 여유가 있으면서도 학용품 하나 사려면 다 쓴 노트와 몽당연필을 꼭 검사하셨다. 그리고 몽당연필에 붓

뚜껑을 끼워서 다 쓰도록 했다. 특히 여자 아이에게는 꼼꼼하시며 따끔한 훈계를 하셨다.

"여자가 헤프면 한 집안의 가문이 흔들린다."고 늘 말씀하셨다. 이렇게 꼭 확인하시고 다짐 받은 후 나의 손에 들어온 물건은 소중하게 간직되었다. 그때는 어머니가 원망스럽고 밉기도 했었다. 그러나 지금 생각해 보면 친정어머니께 물려받은 근검절약의 정신은 큰 재산이었다.

나는 가끔 아이들에게 외할머니의 그 알뜰 지혜를 재미있게 엮어서 이야기를 해 주기도 한다. 그러나 아직 어린 막내딸은 알뜰 지혜의 뜻을 잘 모르는 것 같다. 어느 날 친구 집에 놀러 간 막내딸이 전화를 했다.

"엄마! 저 미용실에서 머리 자르면 안 돼"

갑작스런 질문에 언뜻 대답이 떠오르지 않았다.

"집에 와서 이야기하자. 엄마 너 많이 기다리고 있단다."

다정한 음성으로 아이를 불러 들였다. 하지만 마음뿐이지 내 목소리는 격해 있었을 것이다. 언니, 오빠와는 영 다르게 변해가는 막내딸이다. 요 깍쟁이를 잘 타이르려면 분위기를 부드럽게, 아이의 마음을 편하게 해야 하지만 수양이 부족한 나는 그것이 잘 안되었다. 긴 한숨을 몰아쉬며 아이를 바라보았다.

"유희야! 엄마가 해 준 머리 마음에 안 들었니?"

"아니야 엄마! 그냥 친구가 미용실에 가자고 해서 그랬어."

"으응! 그랬니? 그런 것에 낭비할 유희가 아니지? 그렇지만 한번

해 보는 것도 괜찮을 거야."

"싫어. 엄마가 해줘!"

"그래 엄마가 더 예쁘게 해 줄게. 귀여운 것!"

그래도 아이의 기분은 별로인 듯했다. 나는 엄마의 체면을 잠시 접어두고 막내와 같은 아이가 되어본다.

"얘 유히야! 있잖니? 우리 집에 그동안 미용실에 안 다닌 것 다 모았으면 얼마나 될까? 유히와 언니, 엄마 모두 합해서 계산하면 무척 큰 금액이 되겠다. 그렇지? 어림잡아도 1년에 오, 육십만 원은 되겠는데."

"야~ 무척 큰돈이다. 엄마!"

유히는 신기한 것을 발견한 듯 밝게 웃으며 재잘거린다.

이렇게 모녀의 이야기가 오가는 사이 막내딸의 머리 결은 다른 날보다 더 예쁘게 다듬어졌다. 이런 일들이 있은 후 난 까맣게 잊고 살아왔던 맹모삼천지교孟母三遷之教의 뜻을 깊이 생각해 보았다.

큰딸이 어릴 때에 일류학군을 찾아 강남으로 이사를 왔다. 그러나 오늘날 이 시점에서 우리 아이들에게 주입식 공부에만 주력할 때가 아닌가 보다. 아이들이 살아가는데 절실히 필요한 도덕관이나 가치관, 근검절약의 참 뜻을 알게 해 주어야 할 것 같다.

풍요로운 생활 속에 어려움을 전혀 모르는 이 시대의 아이들은 가난도 모르고 이웃의 따뜻한 정도 잘 모른다. 우리 아이들 교육 문제를 남편과 의논하다 밖으로 나와보니 뜻밖에 막내 방의 불빛이 나를 놀라게 했다.

아! 요 귀여운 것이! 새벽까지 예쁜 자세로 공부를 하고 있지 않은가. 얼마 전만 해도 아침잠이 많아서 깨워 놓으면 울보 떼쟁이였는데 엄마의 무딘 가슴에 시어詩語를 떠올리게 한다.

늦잠꾸러기 막내 울보
어느새 / 저렇게 훌쩍 컸나.
여명을 가르며 / 졸음을 털고

이십일 세기/ 미래를 향해 앉은
너의 고운 자태는 / 지혜의 샘이어라.

너는 내 가슴에, / 빛과 어둠의 실-꾸리,
행복의 조막손.

1996년 7월 5일 새벽

아이들의 마음을 움직이는 힘은

딱딱한 훈계보다는 따뜻한 사랑이다

성격 궁합

사람과 사람 사이 친분의 밀도는 성격궁합에 의해서 좌우된다고 볼 수 있다. 세상에서 가장 친숙한 관계인 모녀 사이에도 서로 지니고 있는 성격이 상극일 경우에는 거리감이 생긴다.

나는 이 나이에도 아직 친정어머니가 건재해 계시니 부모 복이 많은 셈이다. 잘 닦아진 도로 덕택에 어머니를 만날 수 있는 고향집은 한나절이면 오고 갈 수 있을 만큼 가까워졌기에 가끔씩 우리 집으로 모셔다가 함께 지내기도 한다. 손수 진짓상을 준비하고 목욕도 시켜드리고 같이 지내면서도 이상한 점이 있다. 모녀간의 성격이 좁혀지지가 않는다. 38년이란 세대차이만 빼고 나면 서로 죽이 맞을 듯한 모녀 사이건만 어긋난 톱니바퀴처럼 늘 삐거덕거린다.

우리 모녀는 외모부터가 다르다. 얼굴 윤곽이 굵고 체형이 길쭉한 나의 외모는 아버지를 닮았다. 반면에 어머니 모습에서 느껴지는 이미지는 나와 전혀 다르다. 어머니의 인상은 고향집 장독간에서 반질반질 윤기를 내며 권위 있게 자리 잡고 앉은 해묵은 항아리를 연상시킨다. 굵고 둥근 골격을 지닌 어머니의 체형은 무척 다부져 보인다. 성격도 외모와 비슷하다. 어느 한 구석도 빈틈이 보이지 않을 만큼 만만치 않다. 어느 땐 작은 입을 꼭 다물고, 초승달 모양의 두 눈을 내리깔고 계실 때가 있다. 그럴 때의 모습은 얼핏 보면 동양적인 여인의 자태로 비칠 수도 있으나 자세히 보면 매서운 카리스마가 엿보인다.

실수를 저지르고 가장 먼저 달려가 엄살 부리며 동정심을 얻어낼 수 있는 너그럽고 마냥 따스한 엄마 품이 아니다. 작은 웃음거리에도 크게 웃고 떠들며 어떤 일에 캐묻고 따지기보다는 웬만하면 넘어가는 내 성격에 비해, 어머니는 매사에 쉽게 넘어가는 법이 없으셨다. 서릿발처럼 냉정하고 비판적인 어머니의 성격은 누구든 간에 눈에 거슬릴 경우에는 칼날 같은 비난과 따끔한 질타를 면할 수 없었다.

내가 어렸을 적에는 남존여비 사상이 매우 심했었다. 여자 목소리가 담장을 넘으면 집안이 망한다는 말로 여자들의 기운을 억누르곤 했다. 그런 얘기들이 어머니한테만은 통하지 않았다. 어머니의 강한 기세에 눌려 가장이신 아버지의 목소리는 주눅이 들어 오히려 자상하고 조용조용한 다독임으로 우리들에게 어머니 역할을 보충해주셨다.

북풍바람처럼 냉정한 어머니 성품에 비해 봄볕 같은 아버지의 품속은 내 유년시절의 유일한 호신처이며 안식처가 되어주곤 했다. 뒷동산에서 친구들과 뛰놀다가 벌침에 쏘였을 때도, 찔레 넝쿨에 정강이를 긁혔을 때에도 울며불며 엄살 부리던 응석받이는 어머니가 아닌 아버지의 품이었다. 엄처시하에서 80평생을 큰소리 한번 못 내시고 낮은 목소리로 어머니와 타협하며 지내시던 아버지의 생전 모습을 연상할 때면 가슴 찡하며 시야가 흐려진다.

어머니의 삶을 가까이서 엿볼 수 있었던 이웃들은 어머니를 "복 많은 미나님"이라고 부러워했다. 어머니에 대한 선망과 시새움이 어머니의 기세를 더욱 부채질한 셈이다. 어머니의 언성은 집안에서 가장 컸고 말 한마디가 법으로 통했을 만큼 위세가 당당했다. 혹시 눈에라도 거슬릴세라 우리들은 늘 긴장을 하고 지냈다. 나는 사춘기에 접어들면서 어머니에 대한 반발심이 서서히 눈뜨기 시작했다. 감히 불만을 표현할 수가 없었던 지라 마음속에서 부글부글 불만이 끓어오르곤 했다.

너나없이 배가 곯았던 보릿고개의 시절에도 우리 집은 별다른 애로를 모르고 지냈다. 한 섬지기가 넘는 천수답은 극심한 가뭄에도 물이 마르지 않는 깊고 푸른 영내가 논 가까이에 흘렀기에 흉년에도 우리 집의 추수마당은 풍요로운 편이었다.

의식주에 별 아쉬움을 모르고 지내면서도 어머니에게는 이해할 수 없는 편견이 있었다. 여자에게는 학벌이 문제될게 없다는 낡은 사상을 주장했던 것이다. 자신은 집안에서 여왕의 권세를 누리면서 남아선호사상을 주장하는, 일관성이 애매한 어머니의 사고방식을 나는 이해할 수 없었다. 시대에 적응시키려면 딸도 상급교육의 혜택을 줘야만 된다고 주장을 하시다가 어머니한테 호된 반격을 당하며 못내 난감하게 여기시던 아버지 모습이 지금도 눈에 선하다.

근동에서 복 많은 마나님으로 통하던 어머니는 70대 후반까지 쟁쟁하게 세도를 부렸고, 아들 손자 며느리 딸 손녀 사위 등 50여 명의 거대한 군단을 거느린 막강한 군주로 군림 했었다. 대가족을 제압하려 드는 어머니의 기세에 대해 반발심을 가졌던 적이 한두 번일까 마는 연세 98세인 지금까지도 수그러들지 않는 어머니의 부정적인 생각이 안타깝다.

어머니 연세 70대 후반에 큰오빠가 갑자기 병을 얻어 유명을 달리하는 불운이 닥쳐왔다. 집안의 웃음을 앗아간 비극적인 현실로 인해 어머니는 천하를 다 잃어버린 듯 비탄의 눈물을 한없이 흘리셨다. 그 불행의 총책임을 복이 없는 큰며느리 탓으로만 여겼다. 최선을 다했어도 회복될 수가 없었던 것은 큰 오빠의 타고난 수명이 짧은 탓이라고 위로했지만 어머니는 역정만 내셨을 뿐이다.

칠순이 넘은 올케 언니는 98세 되신 시어머니의 호된 시집살이를 아직도 하고 있다. 언니의 등은 굽고 뼈마디마다 쑤시고 아픈 병약한 몸으로 혹사당하는 모습을 보고 있노라면 가슴이 아프다. 올케 언니의 짐을 덜어주려고 어머니를 가끔 모셔오지만 아들이 셋이나 남았는데 출가외인이 친정 집안일에 나서는 것은 오빠들의 위신을 손상시키는 것 같아 나의 마음은 한없이 무겁기만 하다.

날개 없는 남자천사였다는 아버지 얘기며 숨 한번 크게 쉬지 못하고 시집살이 오십 여 년 동안 고생을 너무도 많이 겪었다는 큰 올케 언니와 작은 올케 언니의 얘기 등을 하면서도 모녀간의 언성은 어긋난 톱니바퀴처럼 내내 삐거덕거린다.

웬만큼 맞춰 보려고 애써보지만 끝끝내 좁혀지지 않는 우리 모녀의 성격궁합은 기름과 물처럼 겉도는 상극임이 확실하다. 그럼에도 불구하고 어머니 떠나가시고 없을 날을 생각하면 가슴이 찡하며 눈가에 이슬이 맺힌다.

2008년 2월 20일

우울증

결혼 후 3년여의 세월을 우울증 증세로 고통 받았다.

웬만한 문제라면 웃어넘기는 성격인데 우울증으로 시달리게 된 것은 뜻밖의 사건이었다. 내 의지와는 상관도 없이 변덕스러운 병의 증세가 이해할 수 없을 만큼 당황스럽기 짝이 없었다.

집안에 남편과 3남매가 함께 모여 있을 때는 여느 때와 다름없이 가족들 속에 어우러져 무난하게 지내다가도 식구들이 집을 비우고 혼자 있게 되면 마치 숨바꼭질이라도 하듯이 숨었던 증상이 나타났다.

마치 무엇인가가 조화를 부리는 듯해서 불안한 생각까지도 들었다. 육신의 어느 부위에 나타나는 통증도 아니고 외부로 확인되는 증세도 없다 보니 한 집안에서 지내는 가족들조차 몰라주는 병마와 고독한 싸움을 벌이는 격이었다.

고통 없는 병이 없다지만 마음으로 앓는 우울병은 수술을 필요로 하는 외과적인 질병보다 더욱 혼란스러운 고통을 견뎌야만 했다. 마음이 허무해지고 많은 것을 잃어버린 듯 상실감에 빠져 이유도 모를 서러움이 가슴속에서 자꾸만 끓어올랐다.

형용할 수 없는 서러움과 울분이 목울대를 치밀고 올라올 때면 꺼이꺼이 큰소리로 울어 젖혔다. 저녁 밥상을 준비하다가도 식구들 빨래거리를 정리하다가도 혼자 지키는 빈 집을 눈물로 가득 채웠다. 실컷 울고 나면 답답했던 가슴이 다소 후련해졌다. 그런데 그 기분이 오래가질 않았다. 더욱 강도 높은 허탈감과 불안증을 가증시켰을 뿐이다.

생각다 못해 남편에게 고통을 호소했더니 그는 신중하게 여겼고 마침내 살던 집을 옮겨 환경을 바꿔주면서 관심을 기울였다. 노처녀가 곡절도 많은 재취자리로 들어와 생소한 환경에 적응을 못해서 부작용을 앓고 있다고 여기며 안타깝게 생각했다. 먼저 가신 분의 손때가 묻어있는 살던 집과 가구 등을 모두 바꾸고 난 후에도 고통스러운 우울증 증세는 조금도 호전되지 않았다. 오히려 병세가 악화되었는지 불쑥불쑥 하루에도 몇 번씩 자살충동까지 느껴졌다. 어쩌면 충동에 이끌려 큰일을 저지를지도 모른다는 예감이 밤낮없이 마음속을 어지럽혔다. 생모를 잃어버린 상처가 아직 아물지도 않았을 철없는 아이들 마음에다가 또 한 차례의 아픔을 안겨주면 죄악이라고 머리를 내저으면서도 시시각각 어둠의 유혹이 정신을 교란시켰다.

모든 질병은 원인을 찾으면 근본적인 치료가 빠르다는 전문가의 주장을 떠올리며 곰곰이 생각해봤다. 우울증을 유발시킨 동기가 결혼 후 첫 번째로 맞이했던 내 생일날 비롯되었던 것임을 짐작하게 되었다. 그날 나는 남편의 뜻에 이끌려 3남매와 함께 집을 나섰는데 하필 목적지가 시부모님 계신 남편의 고향집이었다. 늙으신 시부모님 곁에서 밥상을 준비하고 시중을 돌보고 있는 동안 남편과 아이들의 모습이 한참 동안 보이지 않았다. 뒤늦게 알고 보니 넷이서 남편의 전처이자 3남매의 생모가 안장된 밭 자락의 묘지에 모여 있었던 것이다.

다정스럽게 묘지를 어루만지는 네 식구의 모습을 지켜보는 동안 가슴언저리에서 썰렁한 바람이 느껴졌다. 결혼 후 3개월도 채 안돼서 맞이한 나의 생일날이었던 일이었으니 모욕감과 수치감, 그리고 소외감으로 인한 외로운 심사를 위로 받을 길이 없었다.

나도 모르는 사이에 밝고 낙천적인 마음이 부정적인 측면으로 바뀌어져 가고 있었다. 하루에도 열두 번씩 나 자신의 존재에 대해서 물음표를 그렸다. 나란 존재는 대체 무엇인가? 삼 남매와 남편에게 밥하고 빨래하고 살림치다꺼리나 하는 생각도 감정도 모르는 도구일 뿐이란 말인가! 가슴을 비우지 못 한데서 비롯되는 세속적인 자기 연민이 나도 모르게 자꾸만 머리를 치켜들었다.

꼬리를 물고 일어나는 소외감과 허무감, 그리고 많은 것을 잃어버린 듯한 피해망상증으로 인해 삶의 의욕까지도 점점 잃어갔다. 외면상으로는 멀쩡했으나 마음속은 헝클어진 실 꾸러미처럼 점점 더 혼미해져 가고 있었다. 가족들이 집을 비운 낮 시간에 혼자서 울고불고 야단이 났을 때 마침 고향친구 S에게 전화가 왔다. 울음 섞인 내 음성을 듣고 몹시 궁금해 하던 그녀에게 고통을 호소했더니 그녀는 스스럼없이 우정을 발휘하면서 용하고 소문난 점술가를 찾아 나섰다.

이승에 미련이 남아 있는 전처의 넋을 위로해주는 부적을 지니고 살풀이를 해주라고 권했지만 신빙성이 없는 점술인들의 주장에 의존하고 싶지는 않았다. 귀신의 조화라며 불안 심리를 자극하는 역학자들의 상술을 외면하고 나서 시골에 계신 시어머님께 불편한 며느리의 심신을 호소했다. 그러자 시어머님께서는 대경실색을 하시며 드디어 올 것이 왔다는 표정을 지으셨다. 그날 밤 어머님은 의욕을 잃고 쳐져 있는 내 손목을 꼭 붙잡고 집 뒤쪽의 산소로 향했다. 거울 조각 같은 하현달이 키 큰 소나무 가지에 숨어 지켜보는 깊은 밤의 고요 속에서 먼저 가신 분의 묘지를 쓸어안고 씨름판을 벌이듯 어머님은 애걸복걸하셨다. 무작위로 터져 나오는 방언처럼 뭐라고 끊임없이 중얼거리는 어머님의 발음은 단 한마디도 알아들을 수가 없었다. 다만 우울증을 앓고 있는 나를 위한 어머님의 애타는 심정만은 이해할 수가 있었다.

쓰러지고 넘어지며 천지신명과 먼저 가신 분에게 고통당하는 이 며느리의 건강을 지켜달라고 봉두난발한 모습으로 간구하시던 어머님의 처연한 모습이 지금도 눈에 선하다. 13년이 흘렀다.

며느리를 위하는 어머님의 진심을 엿보는 순간 나도 모르게 뜨거운 눈물이 펑펑 흘러나왔다. 부족한 나를 위해 가슴을 태우며 빌어주고 있는 어머니께서 내 곁에 계시다는 사실이 춥고도 허탈했던 마음 속을 장작불로 덥혀주듯이 뜨거운 기운을 불어넣어 주었고 나의 잃었던 소망을 되찾아준 셈이다.

세상엔 귀신이라는 존재가 없지는 않다. 귀신은 사람의 마음을 헝클고 서서히 삶을 파괴시키는 몹쓸 괴력을 지니고 있다. 그 몹쓸 귀신은 실상이 아닌 허상이며 반드시 내 마음 안에서만 존재할 뿐이라는 사실을 깨달았다.

부정적인 마음속에는 반드시 귀신이 존재한다. 미움과 원망은 귀신을 불러들이는 주술이라고 볼 수 있다. 반대로 감사하는 마음과 사랑하는 마음속에는 천사가 깃든다. 귀신을 불러들이는 것도 천사를 불러들이는 것도 결국 남이 아닌 자신에 의한 결과임을 나는 나의 삶 속에서 절절하게 체험한 셈이다.

쓰러지고 넘어지며 혼비백산 상태에서 며느리의 건강을 빌어주시던 고마운 시어머님, 아직 나의 손길을 무한정 필요로 하는 철없는 아이들, 그리고 호박 맛처럼 무덤덤하지만 그래도 은근한 정을 변함없이 간직하고 있는 남편, 사랑하는 가족과 함께 나누는 가족애만으로도 기뻐하고 감사해야 할 삶의 조건이 아닌가.

작은 것에도 늘 감사하고 기뻐하는 긍정적인 마음자세야말로 만복의 근원이라는 삶의 진리는 우울증을 호되게 앓고 난 후에 깨닫게 된 셈이다.

- 결혼 16주년 기념일 날

2008년 2월 27일

3. 생각의 씨앗

생각을 마음속에 간직하다 보면
그 꿈은 서서히 아름다운 꽃으로 피어나
씨앗으로 여문다.

남을 위한 봉사의 삶이란
자기를 비우는 자세와 희생정신 없이는 불가능하다.

거룩한 봉사

무채색의 제복 속에 철 따라 바뀌는 유행패션의 화려한 유혹을 모두 차단하고 지내는 성당의 수녀님들. 그분들의 하루하루는 이른 새벽 기상시간부터 밤늦은 취침 전까지 오직 남을 위한 봉사로서 꼬박 채워진다. 그분들에겐 개인적인 작은 시간과 자기만의 여가는 허락되지 않는다.

세상엔 수많은 종류의 직업이 있지만 개인시간이 주어지지 않는 직업은 거의 없다. 아무리 하찮은 일에 종사 할지라라도 사적인 자기만의 시간을 누릴 수 있는 자유로움이 주어지는데 수녀님들에겐 그것이 도통 허락되지 않는다. 수녀원의 엄격한 규율이 개인의 시간을 일 년 내내 통제하기 때문이다. 모든 인간의 본능인 오욕칠정에 대한 욕구를 먼 세상의 얘기인양 무심히 외면하고 지내는 이들이 바로 수녀님들의 생활이다.

내가 알고 있는 어느 가톨릭 집안에 수녀원으로 출가한 자매님이 한 분 있다. 집안의 작고 큰 행사 때가 되면 각처에 흩어져 살고 있는 형제와 자매들이 모두 모이는데 매번 참여할 수 없는 이가 있다. 다름 아닌 수녀원으로 일찍이 출가한 수녀님이다. 그분은 일 년 동안 빼곡히 짜여 있는 봉사 스케줄에 얽매어 지내느라 가족들과의 기쁜 만남의 기회를 모두 외면한 채 오직 봉사활동에만 매달려 지낸다.

홀로 떨어져 지내는 수녀님보다 더욱 안타깝게 여기는 쪽은 언제나 친정 집에 모인 그의 가족들이다. 불과 몇 시간이면 만날 수 있는 거리지만 마치 수만리 밖에 떨어져 지내는 이산가족들과 다를 바가 없다. 수녀님의 빈자리엔 보이지 않는 봉사의 기운이 감돌고 있는 것일까! 가족이 모두 모여 있는 시끌벅적함 속에서도 모름지기 경건한 분위기를 느끼게 되니 이상한 일이다.

그 집에 일 년 중에서 단 한 차례 가장 기쁜 잔칫집 분위기를 연상시킬 때가 있다. 다름 아닌 수녀님의 휴가기간이다. 일 년 365일 중에 단 한 차례 허락되는 수녀님의 특별 휴가기간은 단 6일이었다. 가족들과 함께 지낼 수 있는 유일한 기회인 셈이다. 각처에 흩어져 지내던 형제자매들이 한자리에 모이고 적적했던 집안은 금세 흐뭇한 잔칫집 분위기로 바뀌곤 한다.

떡 잡채 식혜 등 별식을 만들어 나누며 가족들과 더불어 얘기꽃을 피우는 모습은 마치 텔레비전의 화면 속에서 볼 수 있었던 남북이산가족 상봉의 잔치분위기를 엿보는 기분이 들곤 한다. 일 년 365일중에 유일한 만남의 시간을 기뻐하는 그 가족의 모습을 바라볼 때마다 나는 어떤 삶의 이치를 깨닫곤 한다. 남을 위한 봉사의 삶이란 자기를 비우는 자세와 희생정신이 없이는 불가능하다는 사실을 알게 된다.

지식이 있고 없고를 떠나서 갖은 자와 갖지 못한 자 그리고 늙고

젊고를 막론하고 봉사하는 손길은 거룩해 보인다. 봉사의 손길을 필요로 하는 곳은 여러 곳에 산재해 있다. 대부분 가난하고 외로운 소외계층들이다. 독거노인, 병든 사람, 극빈자, 고아 등 봉사의 손길을 필요로 하는 곳은 너무도 많지만 솔선수범하는 사람의 수는 보기가 드물다.

성경말씀엔 남을 위한 봉사를 빛과 소금에 비유하기도 했다. 대부분의 사람들은 내 생활에 얽매고 내 가족한테 연연하느라 봉사라는 낱말조차 모르고 지낸다. 유원지나 공공장소에서 땅에 떨어진 휴지 한 조각 줍고 지나는 것쯤을 마치 봉사로 여길 만큼 인색해지기 쉽다. 비록 하찮은 봉사의 손길마저도 주위를 밝히는 작은 감동을 전해주는 초석이 되어주니 봉사의 손길이 아름답다는 사실을 알 수가 있다. 하물며 오직 남을 위한 봉사로서 일생을 바치는 사람들의 생애야말로 만인의 가슴에 아름다운 감동을 안겨주는 위대한 힘으로 작용할 수밖에 없다. 온전한 자기희생이 없인 불가능한 것이 봉사정신임을 어쩌랴!

나이 어린 고아와 무의탁 노인, 가난하고 병든 사람 등 아무런 힘이 없이 내버려진 소외계층을 위한 사랑과 봉사로서 자신의 한평생을 다 바치는 사람들! 단벌뿐인 무채색의 제복 속에 간직하고 있는 수녀님들의 봉사정신은 한없이 거룩해 보인다. 길을 가다 먼빛으로 바라만 봐도 절로 고개가 숙여지는 세상을 밝히는 천사들! 봉사자들의 거룩한 삶에 진심으로 박수를 보낸다.

사랑하는 마음에 어찌 노소가 구분될 수가 있겠는가.
오히려 나이든 사람일수록 생을 지탱하는
가장 큰 힘이 다름 아닌 사랑의 힘이라고 믿는다.

밸런타인데이

사랑하는 사람에게 초콜릿 선물을 주고받는 밸런타인데이의 유래는 3세기경 로마시대로 거슬러 올라간다. 당시 남녀의 결혼 풍습은 왕의 권력에 의해서 지배당하고 있었다. 누구도 황제의 허락 없이는 결혼할 수가 없었다. 정의로운 가톨릭 사제가 그 법령을 어겼다. 서로 사랑하는 남녀를 황제의 허락 없이 맺어준 것이다. 사제는 법령을 어겼다는 이유로 순교를 당하고 말았다. 숭고한 희생자인 그 사제의 이름이 바로 밸런타인이다. 사람들은 그 안타까운 역사를 기리기 위해 기념일을 정하고 사제의 이름을 기념일의 명칭으로 했다. 사랑하는 이성에게 초콜릿 선물을 교환하는 풍습이 그때부터 전해 내려왔던 것이다.

지구촌 전체가 거대한 문화권으로 묶여진 근래에 와서는 동서양을 막론하고 밸런타인데이 때면 마치 사랑의 대축제를 벌이듯 온통 부산스럽다. 사랑고백의 의미를 담은 초콜릿 선물은 주로 여자가 남자에게 살며시 건네준다. 조그마한 선물꾸러미에 사랑하는 마음을 담아 이성에게 전해주는 풍습이야말로 구구절절 한 말보다는 향기롭지 않은가.

우리나라에서도 해마다 이맘때가 되면 제과업계에서는 일 년 중에 최고의 호황을 누린다고 한다. 희로애락으로 점철된 인생의 각가지 감정 중에 가장 아름답게 볼 수 있고, 사랑하는 마음을 표현한다는 뜻 자체를 탓할 문제는 아니다. 다만 100% 수입산 초콜릿의 대량소비로 인해 엄청난 외화낭비를 부채질하고 있는 것 같다. 이왕이면 우리 정서에 알맞고 친근한, 이를테면 내 나라에서 생산되는 선물을 각자의 개성에 맞게 준비한다면 한결 가치 있고 실속도 있을 텐데 덮어놓고 외래문화에 물들어 버리는 주관성, 빈약한 사고방식이 안타깝다는 생각이 든다.

이 기회를 놓칠세라 소비심리를 최대한 자극하기 위해 모든 수단 방법을 총 동원하는 상혼도 문제다. 겉포장의 화려한 데코레이션으로 인해 선물 속에 깃든 진심이 숨어버리는 느낌이 든다. 충동구매로 구입한 상품에 쉽사리 식상하듯이 겉치레적인 허세가 진실을 가리고 희석되는 것에 안타깝기만 하다. 대부분의 사람들은 밸런타인데이 하면 젊은이들의 행사로만 생각하는데 나는 그렇게 생각하지 않는다.

사랑하는 마음에 어찌 노소가 구분될 수가 있겠는가. 오히려 나이든 사람일수록 생을 지탱하는 가장 큰 힘이 다름 아닌 사랑의 힘이라고 믿는다. 나는 이 나이에도 그날을 꼬박꼬박 기념한다. 아직도 연애감정을 지니고 있느냐고 반문할 수도 있다. 연애감정보다 한결 더 밀도 있는 사랑의 감정을 말보다 작은 선물로 표현하겠다는 나름대로의 소신이 있어서이다. 자기 생명을 희생하면서까지 사랑의 정의를 실천한 밸런타인의 숭고한 정신을 기리고 싶었고, 이 기회에 사랑하는 이에게 평소에 못 다한 감정을 전해주고 싶다는 소박한 이유로 나는 이 날을 기념하고 있다.

올해도 어김없이 밸런타인데이를 상징하는 초콜릿바구니들이 골목마다 넘쳐나고 있다. 백설 공주의 새하얀 팔목에나 어울릴 듯한 겉포장이 호화롭게 장식된 초콜릿 바구니들이 시선을 끌지만 나는 쉽사리 동요되지 않는다. 지나친 외화낭비를 우려하는 애국자여서라기보다는 우리의 정서에 맞는 선물로 나만의 정성이 담긴 선물을 하고 싶어서이다.

색종이로 포장한 하트 모양의 빨간 사과를 대바구니에 채우고 그 한가운데에 한 통의 편지를 꽂으면 그에게 전하는 나의 밸런타인 선물 준비가 완료된다. 편지의 내용은 글자 하나하나에 나의 손때가 깃든 육필로 준비한다. 편지의 사연은 사랑한다는 말과 건강을 빈다는 말과 감사하다는 말, 이 세 마디의 말속에 진실을 가득 담는다.

귀가 후 그 선물을 받아 든 남편의 반응은 예나 지금이나 별로 변함이 없다. 시익하고 소 웃음을 지으며 고맙다는 말 한마디가 답례의 전부이다. 무던한 남편의 답례가 바로 선물바구니에 담긴 둥글둥글한 사과모양을 닮았다. 혀끝에 살살 녹는 초콜릿의 단맛과는 대조적인 무덤덤한 그의 표정에는 달지도 쓰지도 않은 우리 부부의 사랑이 가득 담겨 있다. 뜨겁지도 차갑지도 않을 바엔 차라리 토해버리라는 성구가 있다. 우유부단함을 질타하는 명구지만 우리 부부의 사랑은 처음이나 지금이나 한결같다.

인생의 1/3을 함께 지냈지만 우리 사이는 미지근한 사랑의 체온을

변질시키지 않는다. 너무 싱겁다는 생각은 들지만 서로 믿고 의지하는 마음만은 남부럽지 않게 돈독하다. 한결같이 변함없는 남편의 사랑에너지로 인해 내 삶이 충전되고 있으니 얼마나 감사한일인가.

단맛이 지나쳐 뒷맛을 씁쓸하게 하는 초콜릿 같은 사랑보다는 시일이 흐를수록 부담 없는 향기의 여운으로 감도는 한 덩이 사과 맛 같은 신토불이적인 사랑을 더욱 소중하게 간직할 것이다. 밸런타인데이의 의미 속에 우리 부부의 사랑을 곰곰이 반추해본다.

화마가 삼켜버린 남대문

국보 1호인 남대문이 주저앉았다.

2008년 2월 19일 밤 다섯 시간 동안의 참담한 화재상황을 생중계한 텔레비전의 화면을 낱낱이 지켜봤다.

600년이라는 기나긴 세월을 갖가지 수난의 역사 속에서도 굳건하게 지켜온 남대문이 아닌가. 난데없는 화마의 불길에 휩싸여 붕괴되는 광경을 속수무책으로 바라만 보고 있자니 답답한 마음이다. 국보 건물이 시커멓게 내뿜는 연기와 악마의 혀처럼 건물 안쪽에서 널름거리는 버얼건 불길 속에서 바지직 바지직 소리를 내며 타고 있다. 힘없이 땅바닥으로 굴러 떨어지는 불에 탄 목조잔해들의 비명을 듣는 동안, 마치 나 자신의 살과 뼈가 마구 타 들어가는 듯한 고통으로 내내 안절부절 못했다. 생각할수록 답답했던 것은 무기력한 소방대책이었다. 기름 탱크에 불이 붙은 것도 아니고 대형 건물에 붙은 큰 불이 아님에도 끝내 불길을 잡지 못한 채 그 소중한 국가의 기나긴 역사를 간직한 보물을 송두리째 잿더미로 만들다니 어처구니가 없었다.

화재에 대처하는 방어력이 원시적인 수준에 불과하다니 수치스러움과 안타까움으로 지켜보는 가슴이 시커멓게 타 들어가는 느낌이었다. 화재의 요인을 알고 나자 분노와 황당스런 마음으로 더욱 말문이 막혔다. 개인의 사소한 감정이 어마어마한 국가의 손실과 국제적인 수치까지 불러왔다는 사실을 이해할 수가 없다. 범인은 70세인 남자로 2006년 4월에도 한차례 유사한 범죄를 저지른 무서운 전과범이었다. 그는 강제 철거당한 자기 집의 보상 문제로 불만과 억울한 감정을 해결하기 위해 법정투쟁을 했고 여의치 못하자 국가에 대한 복수심으로 발전하여 결국 문화재 방화라는 극단적인 범행을 저질러버린 것이다.

고희의 연령이라면 인생의 황혼기로서 적어도 생각의 깊이가 있을 법도 한데 천인공노할 범행을 저질러 온 국민은 물론이거니와 세계의 이목까지도 집중시키다니…. 한순간의 범행으로 인해 자기 가문의 수치와 불명예를 후세에까지도 씻을 수 없는 커다란 오점으로 남겨지기를 자처한 늙은 범인의 처신이 생각할수록 이해할 수가 없었다.

그 방화범의 몹쓸 범행보다 더욱 우매한 것은 문화재 관리국의 방관적인 태도이다. 허술한 관리체계로서 소중한 문화재를 범행의 표적으로 노출시킨 당국의 안일무사주의가 개탄스럽기 이를 데 없다. 600여년이라는 장구한 세월을 두고 이 겨레의 역사와 이 민족의 고난 많은 운명을 지켜보며 함께 애환을 나눈 민족의 심장인 문화재를 너무 하찮고도 허름하게 방치해왔다는 점이 생각할수록 답답하기만 하다.

일반 가정집 수준의 무인경비 시스템의 허술한 허점을 이용하여 노숙자들이 들쑥날쑥 하는 무질서한 무료숙소로 둔갑되어 있었던 것이다. 몇 년 전부터 노숙자들은 밤이면 제 집처럼 드나들면서 이층 문루에 기어 올라가 라면도 끓여먹고 술도 마시면서 추울 땐 깡통에 불을 피워놓고 잠을 자는 자유분방한 노숙자들의 주거장소로 둔갑되었다고 한다. 참으로 개탄스럽고도 안타까운 일이다.

노숙자들이 실례를 한 대소변냄새가 진동하고, 소주병, 막걸리 병, 과자봉지가 널브러져있는 남대문, 이미 대한민국의 국보1호 자리에서 밀려난 지가 오래된 상태였다는 점이 더욱 어처구니없는 사실이 아닌가. 구멍이 숭숭 뚫려버린 국가의 시스템이 결국 숭례문이라는 국가의 자긍심을 상징해온 국보를 참혹한 불구덩이 속으로 몰아붙인 셈이다.

설사 기술력을 동원하여 이전의 모습을 복원시켜 놓는다 해도 겉모양은 같을지라도 깊이 담겨진 역사의 잔영은 모두 사라진 것 같은 느낌이 들것이다. 지켜보는 마음은 더욱 허탈했다. 600년이라는 기나긴 세월 동안 이 민족의 기쁨과 한이 속속들이 배어 있는 수난의 역사와는 이미 거리가 멀기 때문이다. 처참한 폐허지로 바뀐 남대문의 빈자리에서 한바탕 통곡이라도 하고 싶은 심정이 들었다.

2008년 2월

아들을 위한 기도

장성한 큰 아들을 향하는 간절한 기도제목이 있다. 정녕 아들에게 합당한 반려자를 얻고자 하는 어미의 염원이다. 무한한 인생의 꿈을 지향하는 아들에게 오늘도 어미는 행복한 미래의 예감을 암시해 본다.

안드로규스의 신화에 의하면 사람의 몸은 원래 네 개의 다리와 네 개의 손과 두 개의 얼굴, 그리고 두 개의 다른 성으로 이루어졌다고 한다. 이성에 대한 그리움으로 갈등하는 청춘기 특유의 심난증이 다름 아닌 자기 분신을 찾기 위한 방황이라는 것이다.

아직 자기 자신의 분신을 찾아내기 위하여 방황기에 머물고 있는 큰아들이다. 나는 미신을 믿는 사람은 아니지만 부부간의 행불행을 좌우한다는 찰떡궁합과 상극궁합에 대한 사람들의 얘기에도 귀 기울이게 된다. 성격도 취향도 외모까지도 비슷하고, 매사에 죽이 맞아 순조롭게 화합을 이루어나가는 부부를 찰떡궁합이라고 한다. 이를테면 자기 분신을 확실하게 찾아낸 결과인 셈이다. 궁합이 상극인 부부의 경우는 발에 걸맞지 않은 신발을 신고 먼 길을 가듯이 본인이나 남들이 보기에도 불편하고 어색해 보인다.

서로 호흡이 척척 맞는 부부는 작은 생활의 기쁨도 크게 누릴 수 있거니와 설사 고난의 고비를 만난다 해도 서로 합심 노력하면 순조롭게 극복해 나갈 수가 있을 것이다. 반면에 서로 마음과 몸이 분열된 상극 부부에게는 기쁜 일도 결코 즐거움을 모른 채 지나칠 수밖에 없을뿐더러 작은 인생의 시련기마저도 헤쳐 나갈 여력을 잃어버리고 결국 인생의 씁쓸한 고배만을 나누어 마시는 결과가 된다.

궁합의 근원은 다름 아닌 성격이 아닌가 싶다. 선한 심성과 긍정적인 자세와 남을 배려하는 마음자세는 어떤 대상과도 순조롭게 화합을 이루어 갈 수 있는 찰떡궁합의 조건을 갖춘 셈이다. 반대로 상극 궁합의 조건은 매사에 대한 부정과 불신과 이기주의적인 성격의 소유자에게 해당된다고 볼 수 있다.

어미로서 객관적인 눈으로 아들의 모습을 살펴본다. 아들의 성격과 외모는 특별히 흠잡을 데가 없다. 186cm의 장신에 듬직한 체구와 얼굴 인상도 무난하다. 생존경쟁에서 뒤지지 않을 기본무기인 사교적인 매너와 생활력도 지니고 있으니 이만하면 그럴듯한 재목이 아닌가 싶다. 남부러울 것이 없는 아들의 반쪽을 채워 줄 수 있는 규수는 과연 어떠한 모습이라야 합당할지. 얼굴 고운 것은 마음씨 고운 것만 못하단 말도 있지만 이왕이면 겉모습과 마음씨 모두 웬만했으면 좋겠다는 욕심이 간절하다.

어느새 세월이 참 많이 흘렀다. 아직도 나의 기억 속에는 꾀죄죄한 까까머리 첫인상이 눈에 선할 뿐인데…. 매일 새벽 성당으로 달려가 경건한 마음으로 첫 미사를 드렸던 시절, 당시 나의 간절한 기도는 다름 아닌 유종의 미를 거둘 수 있게 해달라는 간구였었다. '엄마를 여읜 가엾은 마음을 생모 이상의 따뜻한 사랑으로 감싸줄 수 있는 마음을 주셔요.'라고 천주님의 깊은 뜻에 전폭을 의뢰했었다.

많이 먹고 많이 생각하고 많은 것을 배우고 익혀나가야 할 때 엄마 도움이 필요한 소중한 시기에 생모를 여의는 충격과 상처로 인해 몹시 마음 아팠을 아들! 그 마음을 다독이고 위안시킬 수 있는 지혜와 사랑을 얻기 위한 간절한 갈구가 새벽 미사의 기도제목이었다.

늘 주눅이 들어 있던 모습이 왜 그렇게 측은하게만 보였는지….

연년생인 누나와 여동생 틈에서 흡사 샌드위치처럼 부대끼던 까까머리! 셋이서 뒤얽혀 서로 치고 받고 살벌한 싸움판을 자주 벌이곤 했었는데 그 북새통 때마다 아들은 궁지에 몰렸을 만큼 얼띤 구석이 있었다.

3일을 못 넘기고 빈번한 삼 남매의 치열한 싸움판을 부실한 이 어미는 감히 뜯어 말릴 엄두를 못하고 아빠에게 들킬까 봐 발을 동동 굴렀던 그 때가 어제 일 같은데, 어느새 의젓하게 장성한 아들의 반려자를 운운하고 있다니 세월이 참 많이 흘러갔다.

요즘은 남녀의 혼인에 대한 인식이 옛날에 비해 많이 달라진 추세다. 남녀의 만남과 맺어짐이 너무 쉽게 이루어지는 반면에 가정이란 소중한 공동체를 소홀하게 취급하고 있다는 점이 못내 안타깝다. 남녀가 만나 이상적인 찰떡궁합을 유지해 가기 위해선 사랑과 이해와 인내로서 서로 협조하고 보완하는데 인색해서는 안된다. 처음에는 어긋나고 뒤틀어져 있던 타악기의 협주일지라도 끊임없는 인내와 타협 속에서 조율해 나가다 보면 마침내 아름다운 화음을 연주할 수가 있는 이치와도 비슷한 것이 부부간의 궁합이라고 생각한다.

결코 짧지 않은 인생의 여정을 동행하는 동안 기쁘고 즐거울 때보다는 괴롭거나 슬플 때 서로 더욱 위해주고 다독거려 줄 수 있는 반쪽! 아들의 부족한 부분을 보충해 나갈 수 있는 참신한 규수를 맞이할 수 있도록 간구하는 마음이 간절하다.

우리 집안의 상기둥인 큰아들의 앞날에 하느님의 축복이 가득 동반되길 기도하면서 경건한 마음으로 두 손을 모아본다.

2008년 5월

인내와 타협으로 조율해 나가다 보면
마침내 아름다운 화음을 연주할 수가 있는 이 이치와도 비슷한 것이
부부간의 궁합이 아닐까.

시어머니의 참사랑

시대가 변하고 풍습이 바뀌어도 고부간의 갈등은 예나 지금이나 별로 달라지지 않았다고 한다. "고초당초 맵다 해도 시어머니 시집살이보다 더 매울소냐."라고 한탄했던 우리의 옛말이 있는가 하면 한 부엌을 두 여자가 드나들면 편안하지 못하다는 서양속담도 있다. 고부간의 융합이 어렵다는 뜻을 담고 있음을 알 수 있다.

동서고금을 막론하고 화합하기가 어려운 사이가 고부간이라는데 우리 집의 경우는 좀 다르다고 생각된다. 큰며느리인 내가 지혜로워서 화목이 유지된다고 자기 자랑이라도 늘어놓으려는 것일까 지레짐작할 수도 있지만 천만의 말씀이다. 순전히 시어머니의 인품이 남달리 넉넉하시기 때문에 고부갈등이란 낱말은 우리에게는 해당될 수가 없다.

올해 80세이신 나의 시어머님께서는 아직도 자기희생을 낙으로 여기시며 자식들에게 보호를 받기보다는 자식들을 위해 물질적으로 정신적으로 몸소 사랑을 실천하는 어른이시다.

6남매의 아들과 며느리, 딸과 사위, 그리고 16명의 손자손녀는 물론이고 80평생을 해로해 오신 아버님께도 아직도 내조의 공을 아낌

없이 베풀고 계신 어머님이시다. 희끗희끗한 백발에 성한 곳 없이 노쇠해져버린 어머님, 한 그루의 고목과도 같은 어머님의 노고 어디쯤에 그토록 많은 분량의 사랑을 지니시고 있을까 궁금하다.

어머님의 인상은 따뜻하다거나 후덕하게 보이지는 않는다. 살갑고 포근하기보다는 무뚝뚝해 보이는 어머님의 겉모습, 겉을 보고 속을 저울질하지 말라는 옛말의 뜻을 실감시키는 외모를 지니고 계시다. 희로애락의 감정표현을 좀처럼 내색하지 않으시는 어머님의 무표정이 처음에는 불안할 정도였다. 전화상으로 문안인사를 드리는 며느리에게 어머님은 반가운 표현을 내색하지 않으셨다. 자상스러움이라든가 따뜻함이 결여된 무뚝뚝한 전화음성이 어느 때는 뭔가 며느리에게 불만이 있는 것처럼 퉁명스럽게 대하신다. 그러나 세월이 흐르고 보니 어머님의 속마음은 따뜻한 분이라는 것을 알았다.

나이가 들수록 몹쓸 이기심만이 발동되는 것이 사람의 본성이라고 한다. 꾀병이나 엄살을 부리며 자식들의 관심을 끌기 위해 가식적인 행동까지도 망설이지 않는 것이 노인들의 속성이라는데 우리 어머님께서는 오직 자식들 맘 쓰일까봐 아픈 것도 참고 퉁퉁 부어 오른 관절인데도 자식들한테 괜찮다며 힘겨운 일을 하신다.

자식들에게 먹일 무공해 먹거리를 손수 장만하시느라 양손에 흙 묻히고 땀 흘리시는 어머님의 근면성은 사위까지 얻은 나를 염치없는 며느리로 전락시킨다. 어머님께서 흘리신 땀방울이 배어 있는 배추 무 고추 생강 등 갖가지 채소와 양념거리를 손수 가꾸고 수확하셔서 흐린 눈 껌벅이면서 정성껏 가꾼 무공해 김장을 객지의 자식들에게 먹이겠다고 서둘러 보내주는 어머님이시다. 거칠고 힘겨운 농사일에 지쳐 성한 곳이라곤 없는 노구를 이끌고 거두어들인 마늘, 팥 콩 참깨 등의 알곡들을 꾸러미로 잔뜩 포장하여 자식들에게 골고루 나누어 주신다. 고된 작업을 유일한 낙으로 여기시는 어머님의 거칠어진 두 손이 오늘따라 눈에 아려 가슴이 메인다.

자식들에게 퍼 주어도 퍼주어도 덜 준 것 같아서 허전하시다는 어머님의 자식 사랑의 실천을 본받고 싶지만 부족한 나는 도저히 흉내도 못 낼 것 같다. 겉치레적인 말보다는 행동으로서 몸소 자식 위하는 마음을 본보여 주시는 어머님의 희생적인 사랑 앞에 염치없는 며느리인 나 자신이 부끄럽고 죄송스러울 뿐이다.

열정으로 불사른 하루해가 황혼녘을 더욱 곱게 장식하듯이 희생도 많았던 어머님의 남은 생애가 부디 평온한 여생의 행복으로 오래오래 이어지길 복의 근원이신 천주님께 간절히 간구해본다.

2008년 늦가을

가슴속에 별로 뜬 동생

올 때는 순서가 있지만 갈 때는 그렇지가 못한 것이 태어남과 죽음의 이치가 아닌가. 하나뿐인 여동생을 머나먼 세상으로 앞세워 보내야만 했을 때 신의 섭리가 한없이 원망스럽기만 했다. 천수를 누리고 떠나는 인생이라면 가는 발걸음도 한결 가벼울 수 있었을 텐데.

잔인한 운명의 폭력에 빼앗기듯 자기 몫의 삶을 이승에 두고 다신 돌아오지 못할 먼 길을 떠날 수밖에 없었던 동생의 발걸음은 얼마나 무겁고 두려웠을까. 대장암이라는 병원 측의 검진결과를 받아 들고도 처음엔 믿으려고 하지 않았다. 터무니없는 오진일 거라며 재검진을 의뢰했지만 운명의 신은 너무나도 야속했다. 기어이 아직 할 일이 많고 연륜이 창창한 동생의 생명을 잔인한 방법으로 빼앗아 가버린 것이다. 티끌만한 가능성에 매달려 있을 때도 나는 낙관적인 생각만을 했다. 고도로 발달된 현대의술이 동생에게 꼭 기적을 가져다 줄 것이라고 믿었었다.

절반도 못 누리고 떠날 자기 운명을 미리 알고 준비라도 했는지 동생은 형제들 중에 유별스러울 만큼 근면 성실했다. 무능력한 남편을 조금도 원망하지 않고 일찌감치 생활전선으로 뛰어 들었다. 동생은 마치 누군가에게 쫓기듯이 목돈 마련을 위해 허겁지겁 몸 사리지 않고 애를 쓰더니 기어이 소기의 목적을 일구었다. 하나뿐인 외동딸의 교육자금과 그렇게도 막중한 자기 집 장만의 과업을 훨씬 앞당긴 것이다.

그러나 체력의 한계를 의식하지 않고 가사노동과 직장노동에 매달려 줄기차게 전력투구 하더니 얻은 것보다 더 이상의 큰 것을 잃게 된 셈이다. 대부분의 주부들이 손쉽게 경험하는 보험 세일즈라든가, 그 외의 육체적인 힘을 안 들이고 할 수 있는 일엔 단 한 번도 손을 대 본 적이 없는 동생이었기에 안타까운 마음이 더하다.

남에게 부담을 줄 수도 있는 세일즈 일에 매달리기보다는 비록 몸은 고달플지라도 육체노동을 해서 그 때묻지 않은 대가로 살아가겠다는 소신이 남달리 강했던 동생! 자기 유익을 위해 잔머리를 굴린다거나 얄팍한 요령을 부리면서 불로 소득을 얻기보다는 육체노동의 신성한 대가를 원하던 그였다. 근로조건이 열악한 생산 공장에서 쉴 사이 없이 일을 했고, 지독한 내핍생활로서 가정경제를 구축해 나갔다. 추호도 남에게 피해를 끼친다거나 작은 부담조차 용납되지 않았을 만큼의 대쪽 같은 처신이 마치 얼음장 밑에 흐르는 맑은 물 같았다.

겁쟁이에 감성이 여린 내 성격에 비해 늘 어른 같던 동생은 이 언니보다 언제나 한 수 위였다. 그는 갑자기 닥쳐온 죽음의 선고 앞에서 조차 침착성을 잃지 않았다. 투병생활 일 년 동안 곁에서 간병을 거들던 나에게 불안한 내색을 감추던 그는 날이 갈수록 갖은 고통을 견디내느라 이를 악물면서도 오히려 언니를 염려스러워 했다. 눈자위가 짓 물도록 시도 때도 없이 눈물을 찔끔거리는 나약한 언니가 그의 눈엔 철부지인양 여겨졌던 가보다.

복숭아빛깔의 볼그레한 양 볼에 모나리자의 잔잔한 웃음을 늘 입가에 담고 있던 유난히도 곱던 동생! 고향집 툇마루에 고이던 늦은 가을 햇살 같던 애련한 눈빛의 동생이 보고 싶다. 왠지 한없이 센치멘탈해 보이던 동생이, 그 차분한 겉모습과는 달리 너무도 치열하고 안타까울 만큼 짧은 인생을 살다 떠난 셈이다.

거친 일 마다 않고 악착같이 일을 했고 그 대가로 내 집 장만을 하고 그 집에서 마치 한 백 년을 누리기라도 할 듯이 쓸고 또 쓸고, 닦고 또 닦으며 집안 구석구석마다 온통 불꽃같은 애착을 쏟아 붓더니 그 고단한 일손을 지금은 하늘나라 먼 곳에서 생전에 풀지 못한 호기스런 휴식을 누리고 있는 것일까.

동생의 빈자리는 너무나도 컸다. 달이 가고 해가 갈수록 동생의 빈자리로 인한 허탈감은 무엇으로도 채워지지 않았다. 얼마 전엔 그와 나의 어릴 적 꿈이 새겨져 있는 고향에 갔다. 칠순을 넘긴 큰 올케 혼자 빈 둥지 같은 옛 집을 지키고 있는 고향집엔 썰렁한 바람만이 감돌고 있었고 뭔가를 잃어버린 듯한 허탈감으로 인해 나는 마치 넋 빠진 사람처럼 길거리로 나섰다.

발뒤꿈치에 물집이 매달리고 터진 물집에 군살이 붙도록 책가방을 껴안고 둘이서 수없이 오갔던 인적도 뜸하던 산모퉁이 학교 길, 아직 옛 모습이 구석구석에 남아 있는 그 길을 걸으며 나는 한사코 목 메인 소리로 동생을 부르며 눈물을 흘렸다.

스쳐가는 바람에 그녀의 넋이 담겨 있을까, 산새들 울음 속에 못다 나누고 간 얘기라도 들려 줄 수 있을까! 귀 기울이고 두 눈을 두리번거렸지만 옛날과 다를 것 없는 푸른 하늘 빛깔만이 흥건히 눈물 젖은 시야에 가득했을 뿐이다.

겨우 나이 차이가 다섯 살 손위였지만 숙성했던 나는 그 동생을 자주 업고 다녔다. 그녀의 만학도 시절엔 벅찬 등록금을 보태주기 위해 다니던 직장에선 가불대장이 되기도 했다. 흐르는 세월과 함께 조금씩 주름살 늘어나는 서로의 모습을 지켜보면서 함께 나눴던 어릴 적 얘기며 달고 쓴 인생살이의 얘기를 여과 없이 나누며 마음 기대며 늙어갈 줄 알았더니 그는 무엇이 그리도 성급했던 것 일까?

어느새 동생이 떠난 지 삼 년여의 세월이 흘렀다. 맛있는 음식을 먹고 가고 싶은 곳에 가고, 보고 싶은 사람들 만나면서 아무런 일이 없었던 것처럼 살아가다가도 문득 그런 내 모습이 미워질 때가있다. 못다 누리고 가버린 동생에게 미안하기 때문이다. 아스라이 푸른 하늘만 바라봐도 울적해지고 슬픈 음악 소리만 들어도 눈물이 주르륵 흘러내린다. 한바탕 훌쩍거리다가도 퍼뜩 정신이 들곤 한다.

"가엾은 내 아이 잘 부탁해."

동생이 남기고 떠난 유언 한 마디가 한없이 쳐져 있는 양 어깨를 부추겨 올리는 기분이 든다. 동생이 두고 간 이승의 짐을 얼마간이나마 덜어주기 위해서라도 뒤에 남은 내가 꿋꿋이 마음을 다잡아야만 하지 않는가.

생전에도 언제나 앞서가던 동생이 하늘나라에 가서까지도 언니마음을 깨우쳐 주고 있는 것만 같다. 입가에 머물던 잔잔한 미소가 무색하리만큼 어느 땐 칼날 같은 비판력으로 마음 여린 언니를 깨우쳐 주던 동생이었다.

싱크대 밑에서 기어 나오는 작은 바퀴벌레 한 마리만 봐도 질겁하여 달아나고 당장 바닥이 드러나는 내 집의 빈 쌀독 걱정보다도 텔레비전의 화면에 비춰지는 지구촌 난민들의 비참한 굶주림의 모습에 철철 눈물 흘리곤 하는 마음 여린 언니를 늘 염려스러워 하다가 떠난 동생이다. 죽음의 문턱에서 가쁜 숨 헐떡이면서도 꼭 물가에 내놓은 아이 같다며 부실한 언니를 안쓰러워하던 동생이 하늘나라 먼 곳에서조차 마음이 놓이지 않는 것일까.

꿈속에서 나타나고 한 줄기 바람결인양 생시에도 다가와 어수룩한 생각을 다잡아 주고 일깨워 주며 언니의 가슴속에 지지 않는 별이 되어 떠 있는 동생이다. 어둠을 밝혀 주는 그 별빛 가슴에 안고 때로는 모르는 척하며 그가 두고 간 오늘을 누리고 있는 나는 무던히도 염치없는 언니라는 생각이 머물곤 한다.

2008년 3월 초

스쳐가는 바람에 그의 넋이 담겨 있을까,

산새들 울음 속에 못다 나누고 간 얘기라도 들려 줄 수 있을까!

생각의 씨앗

문득 현재 내 삶의 모습을 비춰본다. 마음에 품었던 생각의 씨앗에 의해 삶의 방향까지도 영향을 받았다는 사실을 실감한다. 사람이 마음에 품는 생각 속에도 모름지기 씨앗이 담겨 있음을 알 수 있다.

평소의 생각을 마음에 간직하다 보면 그 꿈은 서서히 아름다운 꽃으로 피어나 씨앗으로 여문다. 누구든 자신의 꿈이 크고 작음을 떠나서 생각의 씨앗은 끈기와 열정으로 맺게 됨으로 운명이 좌우되기도 한다. 어떤 씨앗은 싹을 틔워 꽃을 피우고 열매를 맺는가 하면, 어떤 씨앗은 싹도 틔우기 전에 흔적도 없이 소멸되어 버리기도 한다.

세상에 존재하는 삼라만상이 저마다 씨앗을 지니고 있다고는 하지만 사람이 지니고 있는 생각의 씨앗처럼 끈질긴 생명력을 지니고 있는 것도 드물다. 다가 올 미래에 대해서 꿈을 먹고 지내는 시기인 처녀시절, 나에게 짧지 않은 세월 동안 머물렀던 직장이 있었다.

국영기업에 연관된 회사이던 그곳에서 인사과의 사무는 주로 근로청소년들을 대거 채용하는 일을 맡아보고 있었다. 그 일터는 불우한 결손가정의 아이들에겐 생계의 근거지였던 셈이다. 낮엔 일하고 밤이 되면 책가방을 메고 야간 학교로 달려가는 그들의 생활은 곁에서 보기에 무척 고달파 보였다. 체력이 달려 코피를 쏟는 아이가 있는가 하면 생계비와 학비를 충당할 능력이 없어서 야간 학교의 수업마저도 중도에 포기하는 아이도 있었다.

한창 부모의 보살핌 속에서 배부르고 등 따스하게 자라날 시기에 생계의 짐까지 지고 있는 그들의 고충은 더 말할 나위가 없다. 창백하게 여위어가는 딱한 모습을 관리자의 입장으로서 막연히 바라만 볼 수가 없었다. 학비를 보태주고 책가방에 영양제를 넣어 주며 용기를 북돋아주다 보니 번번이 월급봉투가 축나고 자신의 개인생활이 곤곤해졌다.

그러나 한 가지 신기한 사실을 발견했다. 생활은 어려웠지만 비워진 만큼 흐뭇하게 채워지는 마음의 충족감을 얻을 수가 있었다. 안타깝다는 생각에서 비롯된 하찮은 도움의 손길이 몇 곱절의 보람으로 되돌아 왔을 때마다 가슴 벅차던 기쁨을 나는 지금도 잊지 못한다. 먹구름 걷힌 하늘빛처럼 밝은 얼굴로 바뀐 근로청소년들을 대할 때면 메말랐던 가슴이 알 수 없는 충족감으로 두근거렸다.

아이들의 심리는 단순하고 순수해서 상대가 자신을 이해해주고 있다는 것을 알게 되면 마음의 문을 열었다. 사랑의 손길을 의식하게 되었을 땐 그늘졌던 안색이 소망의 빛으로 반짝거렸다. 육체적인 고달픔과 배고픔의 서러움보다 감수성이 예민한 청소년기의 아이들에게 가장 중요한 것이 다름 아닌 따뜻한 관심과 사랑의 손길이었다는 사실을 일 속에서 깨달은 셈이다.

환경은 생각을 낳고 생각을 마음속에 지니고 있다 보면 기어이 싹을 틔우고 뿌리를 내리는 것이 하늘이 내린 이치가 아닌가? 비록 어두운 환경 속에서 힘겹게 개척해 나가는 나날 속에서도 부디 마음속에 생각만은 밝고 건전하게 여물어가기를 간절히 기원하면서 근로청소년들과 함께 했던 그때의 기억들이 새롭다.

그때부터 불우한 소외계층의 아이들을 위해서 뭔가를 해보고 싶다는 생각을 했다. 비록 큰 업적을 이루는 사회사업가로서의 야망에는 못 미칠지라도 작고도 소박한 봉사적인 삶을 실천해보겠다는 생각을 마음속에 간직하고 있었다. 쉽사리 무산시킬 수 없을 만큼 간절했던 그 생각이 기어이 씨앗으로 여물어 결혼관을 바꿔 놓았고 결국 오늘의 삶 속으로까지 따라붙어 적지 않은 영향을 주고 있는 셈이다.

가장 중요한 인간대사라는 결혼관에 대해서 나는 남들과는 다른 방향의 생각을 지니게 되었다. 늦은 나이에 결혼을 결정했을 때 가장 섭섭하고 답답하게 여기셨던 분이 친정어머니였다.

"하필 재취자리로 가겠다고 좋은 혼처 다 놓쳤느냐?" 하시며 못내 서운하게 여기시던 어머니, 어머니의 표정에는 실망과 염려의 기색이 역력했다. 친정어머니께서 가장 못 마땅하게 여겼던 조건이 당사자인 나에게 결혼을 결정한 요인이었으니 모녀간의 생각차이는 너무나 간격이 멀었던 셈이다.

전실 자식 3남매를 품에 안겠다고 출산의 능력마저도 자제했을 때, 이해할 수 없다며 분통을 터트리는 친정식구들의 안목과 생각을 당사자인 나 자신은 오히려 이해할 수 없는 생각이라며 반박했던 일이 새롭다.

세상에 존재하는 삼라만상이 저마다 씨앗을 지니고 있다고는 하지만
사람이 지니고 있는 생각의 씨앗처럼
끈질긴 생명력을 지니고 있는 것도 드물다.

국제 식품의 가치

김치는 한국을 대표하는 식품으로 국제적인 시장에서 그 가치가 인정되는 훌륭한 음식이다. 그동안 하찮게 여겨지기도 했던 우리의 음식이 국제적으로 인정을 받았다니 대견한 일이 아닐 수 없다. 매 끼니마다 밥상에 오르는 김치는 가장 중요한 우리의 부식이다.

배추김치 무김치 갓김치 오이김치 부추김치 등 맛과 종류가 다양하지만 김치만으로 차려지는 밥상은 왠지 허름해 보인다. 귀한 손님에겐 체면이 말이 아니고 스스럼없는 내 가족한테도 김치뿐인 밥상을 거듭 내놓기가 민망스럽게 여겨진다. 그 만큼 초라하고 무성의한 밥상쯤으로 인식되었기 때문이다.

배고팠던 보릿고개 시절에도 김치에 대한 인식은 지금이나 별반 차이가 없었다. 직장인이며 학생들이 꼬박꼬박 가지고 다니던 점심 도시락에 매번 김치만이 담겨 질 경우엔 주위 눈치를 의식하며 주눅이 들곤 했었다. 그만큼 초라한 반찬 대우를 받았기 때문이다.

산해진미로 갖춰져 있는 대가 집의 십 이첩 반상에 올려져 있는 김치라면 웬만큼 품위가 돋보일 수도 있다. 그러나 가난한 민초들의 궁핍한 생활 속에선 민생고 해결을 위한 가장 값싸고 손쉽게 먹을 수 있는 음식이 김치이다.

김치 밥, 김치 죽, 김치 국, 김치 부침이 등 부유층보다는 빈곤층의 밥상 위에서 배고픔의 애환을 달래주며 가난을 함께 견뎌왔다. 가난의 상징으로 인식되었던 음식이 바로 김치이다. 시퍼런 무청 김치와 속이 덜 차 있고 겉잎만 무성한 짙푸른 배추김치를 커다란 오지항아리에 가득 채우고 긴 겨울의 식량 걱정을 덜고 위안 받던 서민들이었다. 어찌 보면 한없이 군색스럽기도 했던 그 음식이 최고 무공해 음식이었음을 옛 사람들은 미처 모르고 지났었다.

최고인 건강식품을 고작 민생고만을 해결하는 먹거리로 인식되었으니 안타까운 일이 아닌가. 김치가 지니고 있는 위력은 하찮은 것이 아니라 상상 외로 대단한 음식이다. 아무리 기름진 음식으로 갖추어진 음식상일지라도 김치가 빠지면 무척 허전해 보인다. 마치 속이 비어있는 빈 껍질을 연상시킨다. 밥상 위에서 가장 소중한 위치인 중심부에 놓여지는 것 자체만도 중요한 부식임을 알 수가 있지만 그렇게 소중히 여겨지지가 않았던 것만은 사실이다. 사람들은 가정의 빈부격차와 문화적인 수준을 김치의 소비에다 비교하려고 한다. 빈곤층일수록 김치 소비가 많다는 편견 때문인지 김치는 담가본 적이 없다는 얘기를 자랑으로 여기는 여성들도 있다. 서구화된 식단이라야 문화수준이 높은 줄로만 착각하는 까닭이다.

주부의 에이프런에 김치냄새가 배어 있고 밥상 위의 주 메뉴가 김치뿐이라면 제풀에 기가 죽었던 빈곤층 주부들의 속마음도 이해가 된다. 알게 모르게 하찮게 여겨졌던 음식인 김치! 이 땅에서 지금까지 가난의 상징으로만 인식되던 그 김치가 근래에 와서 마침내 인식이 바뀌어 가고 있다. 일본의 기무치를 누르고 우리의 김치가 국제식품 규격에 당당하게 채택이 된 것이다.

20여 년간 김치연구에 몰두했다는 연구진들의 발표에 의하면 김치를 아예 과학으로 표현하기까지 했다. 토종젖산균인 '류코노스톡 김치아이'라는 특수한 성분이 대량 담겨 있는 김치가 인체의 건강에 너무도 유익한 것이라는 과학적인 근거가 우리의 연구진들에 의해 세계적으로 증명 되었다는 것이다.

우리들이 소홀하게 생각했던 음식이 세계의 밥상으로 당당하게 진출되게 되었다는 점이 놀랍기만 하다. 약삭빠른 일본에서는 진작부터 우리의 김치를 모방하여 이름도 비슷하게 기무치라고 품명을 붙여 세계 시장을 파고들었었다. 그러나 제아무리 이윤에 밝고 외교술이 앞서가는 일본일지라도 요령과 술수만으론 우리의 김치 맛을 따를 수가 없었던 것이다.

김치는 기후와 토양에 의한 우수한 배추 무의 농사와 거기에 곁들여지는 각종 양념과 순수하게 이어온 전통적인 우리의 손맛 등 삼위일체가 되어 만들어 내는 우리 고유의 음식이다. 수단방법을 가리지 않고 만들어 내는 일본인들 일지라도 우리의 김치 맛을 감히 따라잡을 수는 없었을 것이다. 우리나라의 국익을 위한 차원에서도 여간 다행한 일이 아닐 수 없다.

한 가지 안타까운 사실은 과잉 생산으로 인해서 김치의 주재료인 배추와 무가 어느 땐 대량으로 쓰레기 처분을 당하고 있기도 하다. 매스컴의 화면을 통해 비춰지는 그 장면에 분노가 치밀지 않는다면 그는 농촌사람들의 노고를 방관하는 이기주의일 것이다. 농부들의 땀과 수고의 결정체인 아까운 배추 포기들이 대전 밭 가득 한꺼번에 무지한 트랙터의 톱날에 짓뭉개어지는 광경을 보면서 정부의 무능과 나태함을 개탄할 뿐이었다. 하느님 앞에 죄인이 된 기분이 들기도 했다.

조금만 더 관심을 가지고 주도면밀하게 살피고 계획한다면 무 배추의 생산과 소비의 조절은 별로 힘이 드는 일이 아닐 것이다. 중요한 사안 보다는 당파분쟁과 개인의 사욕에만 아귀다툼을 하는 위정자들의 처신이 한심 하기만하다. 설사 과잉상태라 해도 세계시장으로 진출 할 수 있는 기반이 구축되었으니 좀 더 거래처를 확장해 보는 특단의 조치도 있을 텐데, 무사안일 주의적인 정치인들의 태도를 도대체 이해할 수가 없다.

우리와 함께 식생활의 애환을 같이 해 온 가장 친숙한 음식 김치! 대가 집의 밥상 위에선 우대를 받기도 하지만 대부분 서민층의 밥상에서 민생고의 시름을 달래주었던 그 서민적인 음식이 과학적인 건강식품으로 인정을 받아 마침내 세계의 식탁에 올려질 수 있게 되었으니 감동이 아닐 수가 없다.

매콤새콤 시원하게 익은 김치 맛으로 오늘도 하루를 이겨나갈 건강 에너지를 보충한다. 김치가 주 메뉴인 우리의 식생활이 행복하고 긍지마저 느껴진다.

가슴에 담아 보내는 혼수

큰딸의 혼사 일이 가까워질수록 밤이면 잠 한숨 이룰 수가 없다. 사윗감이 듬직해 보여서 한결 마음이 놓이지만 까닭 없이 불안한 생각이 든다. 아직 외부 적응능력이 약한 어린 묘목을 온실 밖의 환경 속에 내놓는 심정이랄까. 갖가지 노파심으로 전전긍긍하는 마음엔 또 하나의 가슴 찌릿한 정한이 사무쳐있다.

몇 차례씩이나 바뀌는 지루한 가슴앓이 진통을 겪고 난 후에 어렵사리 품 안에 안을 수 있었던 딸자식이다. 그래서 인지 품 밖으로 떠나보내는 감회가 예사롭지가 않다. 나는 결코 열 달 배 아파 낳는 해산모의 고충을 하찮게 여기지 않는다. 다만 배 아픈 고통이 아닌 가슴앓이의 진통 역시 육체적인 고충 이상의 아픔과 고뇌가 곁들어져 있다는 뜻이다. 딸아이와 내가 팔천 겁 인연이래야 가능하다는 모녀의 관계로 엮어 진지도 어느새 강산이 두 차례 바뀔 만큼의 세월이 흘러갔다.

처음 만났을 때 선머슴아처럼 거칠던 단발머리 여중생이 어느새 예쁘고 다소곳한 규수로 장성하여 눈부신 웨딩드레스를 입고 첫 발을 내딛게 되다니… 문득 큰딸과 함께 울고 웃었던 지난날이 주마등처럼 스쳐간다. 처음엔 눈길조차 마주치기 싫어하던 딸이었다. 새엄마라는 부정적인 선입견이 사춘기 특유의 반항심과 어우러져 스스로 어찌할 수가 없었는지도 모른다. 밥상머리에서 밥순갈을 느닷없이 내팽개치고, 방문을 안으로 꼭꼭 걸어 잠그고 두문불출 하는가 하면, 어느 땐 까닭 없이 손아래 두 동생들을 북을 치듯이 마구 패주었을 만큼 몹시 거친 행동을 서슴지 않던 딸이었다.

선두주자 격인 큰딸의 행동에 둘째 아들과 셋째 딸 역시 덩달아 심통 부리고 신득거리는 통에 사태는 점점 심각했었다. 이미 예견했던 과제였지만 막상 실전에 부딪히고 보니 여력이 부족한 나 자신의 무능함이 안타까웠기에 스스로 채찍질을 하면서 마음을 다 잡았다. 출발과 동시에 앞을 막는 풍랑을 잠재우겠다고 눈물을 삼키면서 고민을 거듭한 결과 어렵게 해답을 찾았다. 다름 아닌 사랑! 사랑이란 무기로서 모성애의 상처에 의해 닫혀져 있는 아이들의 마음 문을 열어보겠다는 의지가 굳혀졌던 것이다.

외롭고 애달픈 짝사랑 작전이 큰딸을 비롯한 삼 남매에게 줄기차게 전개되고 그 사랑의 힘이야 말로 가장 큰 삶의 무기임을 깨닫는 계기가 되었다. 인생이란 큰 바다를 향해 돛을 다는 딸에게 가장 소중히 챙겨 보내고 싶은 혼수가 있다면 다름 아닌 '사랑'이라는 무기이다.

나이 40을 넘어 뒤늦게 인생 새 출발을 했던 나는 가슴속에 무장한 사랑의 힘에 의해 좌절의 위기를 극복하고, 마침내 남부럽잖은 행복을 얻을 수가 있었다. 측근의 반대 의견을 무릅쓰고 노처녀의 신분으로써 3남매의 엄마가 되겠다는 용감한 결심을 하게 된 것은 병석의 엄마를 잃고 흔들리고 있는 아이들에게 이끌리는 연민의 정 때문이었다.

눈빛이 젖어 있는 듯한 막내와 후줄근한 옷차림의 둘째 아들, 며칠 후면 하얀 웨딩드레스를 입을 큰딸은 당시 억세고 부산스러운 선머슴아 같았다. 보호목을 잃어버린 어린 묘목과 흡사한 3남매에 대한 안타까움이 부모 자식이라는 커다란 인연으로 연결시켜준 셈이다.

중매로 만난 남편감은 우등퉁한 용모와 무덤덤한 첫 인상이 매력은커녕 관심 밖의 옆집 아저씨쯤으로 여겨졌을 뿐이었으나 어린 3남매를 대하는 순간, 마치 전생에 내가 낳은 아이를 찾은 것 같은 애틋한 정에 이끌렸다. 사업상 밖으로 겉도는 남편은 뒷전이고 정서 불안한 애들은 나의 정성을 뿌리치며 쉽게 받아드리지 않았다. 도시락 꾸러미에 넣어 보낸 사랑의 편지는 무심하게 외면당했고, 갑자기 비가 내릴 때면 이 학교 저 학교로 우산 들고 허겁지겁 달려갔으나 우산만 챙겨갔을 뿐 반가운 내색을 보이지 않던 아이들이었다.

아직 곁을 떠난 모성애의 그리움을 앓고 있는 아이들이나 배 아픈 고통 없이 셋이나 되는 자식을 품에 끌어안겠다고 가슴앓이를 거듭하는 나의 처지나 고통스럽기는 마찬가지였다. 그러나 사랑의 힘은 위대하다는 사실을 깨달았다. 끈질기게 시도한 외롭고 애달픈 짝사랑이 승리의 기쁨으로 다가왔던 것이다.

갈색 가죽 투피스와 롱부츠의 차림으로 다가온 낯선 멋쟁이를 엄마라고 부르기가 왠지 불안했어요. 그러나 통닭 바비큐와 수박을 싫어하신다던 엄마의 별난 식성이 뒤늦게야 알고 보니 서로 더 먹겠다고 북새통을 벌이던 우리에게 조금이라도 더 먹이려는 엄마의 마음 깊은 사랑 이었음을 깨닫고는 감동했습니다. 고마운 엄마! 정말정말 사랑합니다.

- 엄마를 사랑하는 삼 남매 올림

어미와 자식 간으로 인연을 맺은 후 어느 해의 어버이날 애들한테 받은 사랑의 편지다. 남몰래 흘린 눈물로서 갈고 닦은 사랑의 무기로 애들의 굳어 있는 마음의 문을 열어젖힌 결과이다. 삼 동을 거쳐 우수 경칩을 만난 개구리들처럼 꼭꼭 닫쳐 있던 삼 남매의 입에서 드디어 엄마 소리가 살갑게 터져 나왔다.

저녁시간 한자리에 모이면 어미 곁을 올망졸망 앉아 사랑 쟁탈전을 벌이던 큰딸! 얼마 전 석사모를 쓰고 어미를 껴안고 밝게 웃던 그 딸이 이제 어미 곁을 떠난다. 인생의 항해를 시작하는 큰딸의 가슴속에 어미로서 소중하게 챙겨 보내고 싶은 혼수가 있다. 큰 물질로도 살 수가 없는 그 혼수는 다름 아닌 '사랑'이라는 혼수이다.

기쁨과 고난으로 가득한 삶의 바다에서 때로는 돌풍이 불어 닥쳐와 풍랑이 거칠게 일어날 때에도 잔잔한 평화로움으로 승화시킬 수 있는 사랑!

가장 위대한 힘을 지닌 사랑의 무기를 가슴 가득 무장하고 넓고 큰 인생의 바다를 향해 훨훨 돛을 달 거라. 사랑하는 내 딸아!

2006년 3월 19일

인생의 항해를 시작하는 큰딸의 가슴속에

어미로서 소중하게 챙겨 보내고 싶은 혼수가 있다.

큰 물질로도 살 수가 없는 그 혼수는 다름 아닌 '사랑'이다.

수박

무더위가 기승을 부리는 여름 한철, 풍성한 수분과 달콤한 미각으로 무더위에 지친 심신의 피로를 풀어 주는 과일은 단연 수박이 최고일 것 같다. 수박은 겉모양부터가 시원스럽다. 어느 한 부분도 모난 곳 없이 둥글고 덩치가 큼지막하다. 진초록빛의 바탕색깔, 겉에 그려져 있는 선이 굵직한 무늬, 그리고 투명한 다홍빛 속살까지도 어느 한구석 군색스러움 없이 시원시원하고 멋스러워 보이는 열매가 바로 수박이다.

땡볕이 내리쬐는 여름 들판의 수박밭은 한 폭의 원색 짙은 서양화를 연상시킨다. 원두막이 있고 주변에 시냇물이 흐르고 하늘에 흰 구름이 둥둥 떠 있는 풍경은 여름을 타는 사람들의 마음을 한없이 신선한 청량감으로 씻어 주기도 한다.

끊임없이 흐르는 땀줄기에 의해 고갈된 인체의 수분을 보충해 주고 무공해 청양음료수의 역할을 톡톡히 담당해주는 수박! 수박은 아득한 옛날부터 우리 곁에서 친숙해온 훌륭한 여름나기 과일이다. 영락없는 우리의 토종으로 인식이 된다. 그러나 알고 보면 수박의 고향은 머나먼 열대지방이다. 습도가 높고 무더위가 지속되는 아프리카

땅에서 길들여진 습성 때문일까? 수박은 사계절 중에 여름철의 대표 과일이다. 더위를 즐기는 그 독특한 성질 때문에 수박농사를 짓는 농부들은 숱한 땀방울을 흙에다가 쏟을 수밖에 없다. 수박의 작황은 농부들이 흘린 땀방울의 분량에 비례된다고 해도 과언이 아닐 것 같다.

씨앗을 파종하고 김을 매주고 열매를 거두어 출하시키기까지 쏟아붓는 농부들의 땀방울은 원산지가 열대지방인 수박의 고향에 대한 상징인지도 모른다. 초록빛이 무성한 여름날, 밭두둑을 뒤덮으며 무성하게 줄기를 뻗는 수박밭을 살펴보면 신기하다는 생각이 든다. 꽃과 열매와 줄기마다 돋아있는 잎은 어느 한 부분도 허술한 부분이 없을 만큼 구석구석 섬세한 모양새를 갖추고 있는 특이한 수박덩굴이다. 시대를 앞서갔던 조선시대의 예술가인 신사임당도 화폭에 수박을 묘사하여 초충도의 대표작으로 완성했지 않은가. 그만큼 미술적인 가치를 일찍부터 인정받았던 열매가 다름 아닌 수박이라고 할 수도 있다.

맛의 개성이 다양한 것이 모든 과일의 특성이지만, 나는 한 여름을 식혀주는 신선한 수박 맛을 가장 좋아한다. 사과나 포도의 맛처럼 상큼한 향기는 없지만 수박 특유의 풍부한 수분과 담백한 당도로서 더위 먹고 지친 답답한 마음을 후련하게 씻어주니 고맙고도 신기한 여름열매인 셈이다.

더위에 약한 나는 모든 열매 중에 수박 맛을 가장 좋아하지만 우리 집 아이들에게만은 부득불 감쪽같이 속일 수밖에 없었던 시절이 있었다. 세 아이들이 고학년 진학을 앞두고 한창 공부에 전력을 내던 시기의 일인데 그 무렵 수박의 값이 만만치가 않았다. 냉장고에 수박 한 덩이 사 넣고 나면 마치 가족들을 위한 보약이라도 두둑하게 준비한 기분이었다. 무한한 에너지를 필요로 하는 그 놈의 공부! 무더위와 공부에 지친 애들의 입안에 한 조각이라노 더 먹일 요량으로 어미인 나는 엄두도 낼 수도 없었던 열매가 바로 수박이었다.

애꿎은 냉수만을 들이키며 갈증을 가라앉힐지언정 입에 수박 한 조각 대지 않는 어미! 그런 어미를 아이들은 좀 별난 식성으로만 여겼다. 어느덧 세월이 많이 흘러갔다. 무더위가 기승을 부리는 여름날이면 수박 한 덩이 쪼개 놓고 온 가족이 둘러앉는 일이, 이즈막엔 예전만큼 어렵지만은 않다. 무턱대고 웃을 수만은 없는 그 시절 얘기로 한바탕 웃음꽃을 피우면서 수박처럼 원만해진 가족애를 확인해 보기도하는 어려웠던 시절의 애환이 깃든 추억의 과일이다.

어느 한구석 모가 난 곳이 없이 둥글둥글한 생김새와 자극성 없이 신선한 수박의 맛처럼, 우리의 인생도 수박을 닮은 삶을 살아간다면 좋겠다는 생각을 해 본다. 무더위가 기승을 부리는 여름 한철, 농부들의 땀방울로 알차게 영근 한 덩어리의 수박! 한 덩어리의 수박이 온 가족의 지친 심신에 활력을 보태주는 보약 역할을 해준다.

머나먼 열대지방에서 원정길을 나와 기사도를 발휘하는 수박의 기개가 맛을 볼수록 대견스럽다.

4. 부부의 가을 뜰

가을볕에 물들어 가는 저 감나무 열매의
달콤한 맛처럼
황혼길에 접어든 우리 부부의 삶도 곱게 익어간다.

노란색의 은행나무는

거리 곳곳에서 늦가을 내내 삭막한 도시의 분위기를 아름답게 장식한다.

은행잎

노랑 은행잎들이 써늘한 바람결에 한 잎 두 잎 땅 위에 떨어지고 있다. 아직 생명이 남아있는 듯 꽃보다 더 고운 빛깔을 지니고 있는 은행잎은 또 다른 이미지를 간직한 채 빛나고 있다. 나풀나풀 바람결에 가녀린 몸짓을 하며 떨어지는 은행잎은 꽃밭에서 노니는 나비 떼를 연상시켰다. 봄 동산을 날고 있는 영락없는 나비를 닮아 있었다.

밝은 색을 좋아하는 나는 삼원색 중에서도 가장 해맑은 노란 색을 좋아한다. 빨강색은 너무 강렬해서 왠지 거부감이 느껴지고 파란색은 좀 차가워 보여서 꺼려진다. 노랑색깔은 바라만 봐도 괜스레 마음이 명랑해진다.

나는 꽃 중에도 개나리, 민들레, 황국 등의 노란색 꽃들이 더욱 마음에 들고, 꽃보다 더 고운 가을의 단풍잎 중에서도 은행잎을 좋아한다. 흠도 티도 없이 화사한 노란 색깔이 보기에 좋기 때문이다.

도심의 거리를 장식해주는 가로수들은 포플러나 느티나무가 주종이다. 그들은 붉지도 노르지도 않은 평범한 혼합 색으로 물드는데 비해 은행잎은 깔끔하게 통일된 노랑 빛으로 곱게 물들어 가며 아름다운 자태를 보여준다.

노란 색의 은행나무는 거리 곳곳에서 늦가을 내내 삭막한 도시의 분위기를 아름답게 장식한다. 마음도 어깨도 자꾸 웅크려지는 계절에 은행잎들의 물결은 우리의 쓸쓸한 마음을 열어주며 물들게 한다. 나날이 인정이 말라가는 도시의 거리를 은행나무로 가득 채운다면 좋을 거라는 생각을 해본다.

은행나무의 특징은 꽃이 눈이 뜨이지 않는다는 사실이 다른 나무에 비해 색다른 점이다. 모양도 특이한 아름다운 잎새를 매달고 있다. 은행꽃은 우거진 나뭇잎의 사이사이로 숨어서 피었다가 슬그머니 사라지는 부실한 모양으로 어느 한 구석도 꽃답지가 않다. 아름다운 잎에는 결코 고운 꽃을 허락하지 않는 신의 섭리를 깨닫게 되는 광경이 아닌가 싶다.

은행나무의 잎은 모양새부터가 견고하다. 신록의 계절에는 온통 무성한 초록빛으로 우거지지만 은행잎에는 벌레 한 마리 얼씬거리지 않는다. 아무리 살펴봐도 벌레 먹은 은행잎은 좀처럼 찾아보기 어렵다. 단정한 모양새이기에 생각이 없는 벌레들일지라도 냉큼 범접하기가 꺼려져서인가 보다.

연륜이 쌓인 무성한 은행나무는 위풍이 당당해 보인다. 무더운 여름날, 느닷없이 소나기 한줄기 퍼붓기라도 할 때면 준비 없이 집을 나선 행인들의 고마운 우산이 되어주기도 한다. 아스팔트를 녹일 듯한 무더운 여름날에는 넉넉한 한 둘레의 파라솔이 되어 신선한 청량제 역할을 해주는 은행나무이다.

열매는 고약한 냄새를 풍기기는 하지만 뽀얗고 예쁜 속살은 나무

랄 곳이 없는 귀한 과일이다. 고급음식의 고명으로 쓰임 받는 은행은 신장병에 유익한 민간약재로도 이용된다. 어느 한 곳도 홀대할 부분이 없는 유익한 나무가 바로 은행나무가 아닌가 싶다.

단풍은 생명이 소멸되고 있는 과정이지만, 명랑한 이미지를 간직한 진노랑 은행나무의 잎새들을 바라보고 있으면 밝고 고운 그 정경이 썰렁한 계절을 희망적인 분위기로 전환시켜주고 있다.

하늘빛이 푸르고 바람이 스산하게 부는 날이면 나는 은행나무가 줄줄이 서 있는 거리를 거닐고 싶어진다. 우수수 바람이 불어올 때마다 진노랑 빛깔의 은행잎들이 마치 금 비늘처럼 쏟아져 내린다. 그 길을 걷고 있으면, 가슴속에 깊이 쌓여 있던 쓸쓸한 감정들이 모두 피어오르며 나도 은행잎이 되어 노랗게 물들고 있다.

우리 부부의 가을 뜰

뜰 안의 감나무에 가을이 익어 간다.

지루했던 지난여름의 무더위와 모진 가뭄과 험한 비바람을 모두 겪은 나무. 따스한 가을 햇살 마시며 달게 익어가는 주홍빛 감들이 한 없이 대견해 보인다. 가을볕에 물들어 가는 저 감나무 열매의 달콤한 맛처럼 황혼길에 접어든 우리 부부의 삶도 곱게 익어간다. 더 이상 떫고 쓰디쓴 맛은 거듭되지 않을 것이라는 위안과 함께 가을 뜰 안을 거닐어 본다. 오던 길을 뒤돌아보니 결코 만만치가 않았던 우리들의 여름이었다. 등에 짊어지고 허덕여 온 인생의 짐이 몹시 버겁게만 여겨졌던 느낌은 그이도 나와 마찬가지였을 것이다.

옛 말에 겉보리 서 말만 있어도 결코 갈 수 없다는 후처자리의 길을 나는 스스로 선택했다. 덕분에 남모르는 애환을 겪어야만 했다. 쓰디쓴 고독과 고민으로 숨어서 눈물을 닦았고, 수도 없이 나 자신과의 싸움을 거듭한 세월이기도 하다. 다른 사람 보기엔 제법 평화롭게 물위를 떠가는 듯싶지만 물속의 사정은 숨이 차고 고단한 물오리의 모습 그 자체였다고 할 수 있다. 그이 역시 애로가 많았을 것이다. 생소한 환경에 대한 적응 때문에 심한 뿌리 앓이를 감당할 처지인 올드미

스에 대한 노파심이 적지 않은 부담으로 여겨졌을 지도 모른다.

한없는 모성애를 필요로 하는 어린 삼 남매의 처지와 살림살이엔 문외한인 아내! 어느 땐 샌드위치 같은 난처한 입장이 되어 남 몰래 고심했을 남편이지만 그는 언제나 묵묵히 견뎌주었다. 자라는 애들에겐 필수적인 요소인 모성애라는 위대한 힘을 무한대로 베풀고자 했으나, 어느 땐 나의 인내와 사랑의 분량이 부족하여 진땀 흘리며 끙끙거린 적이 한 두 번이 아니다. 웬 영문인지 아이들의 기질은 몹시 거칠고 드세기가 이를 데가 없었다. 마치 길들이지 않은 야생마와도 같았다 그 들의 드센 기질에 의해 덜컥덜컥 겁이 났던 적이 비일비재한 나날들이었다. 이상하게도 세 아이들과 나와의 얽힌 인연의 끈이 예사롭지 않음을 깨닫기도 했다.

어린 나이에 병석의 엄마와 사별이라는 크나큰 충격을 겪은 탓인지 삼 남매의 사나움은 예사롭지가 않았다. 가엾이 여기며 무수히 다독여도 마음의 문을 냉큼 열지 않는 아이들! 붙임성은커녕 다가갈수록 꼬리를 도사리는 들 고양이 새끼들처럼, 이 어미에 대한 애들의 태도는 해가 바뀌도록 냉랭하기만 했다.

부처님 가운데 토막이라도 극성배기 애들의 등살을 못 견딜 거라며 가까운 이웃들이 염려스러워 했다. 모두들 우려하셨지만 사람의 인연은 알 수 가 없는가 보다. 우리 사이엔 예외의 화합이 이루어졌다. 언제 끝날 것 같지 않았던 애들을 향한 나의 짝사랑이, 고독한 도전 끝에 드디어 긍정적인 반응으로 다가온 것이다. 고양이 눈빛처럼 냉랭하던 아이들이 어느 사이에 어미를 향한 사랑의 쟁탈전을 벌이고 있었다.

어렵게 이루어진 사랑의 화합이라 감동도 기쁨도 한결 더 컸다. 더욱 감사했던 것은 그간 요지부동이었던 큰딸의 변화였다. 가장 거칠기만 하고 마음을 열지 않던 그 딸이 내게 마음을 열어 준 것이다. 그러던 그 딸이 대학원 석사과정까지 마친 후 무사히 짝을 찾아 가정을 이룬 것이다. 얼마 전에는 듬직한 사위를 거느리고 달덩이 같은 아들을 낳아 이 어미 품에 덥석 안겨주기까지 했다. 그 경사로움은 내겐 최고의 선물이 된 셈이다.

어릴 적 잠결에 베개 들고 서성거릴 때면, 품에 안아 단잠을 재웠던 막내딸, 제 언니처럼 거친 성미는 아니었지만 깐깐한 성질이며 차가운 눈빛이 만만치가 않던 그 아이도 어느새 명문대를 나왔고 예쁘게 자라 지금은 대기업에 취직하여 직장여성으로 성숙해 가고 있으니 내겐 또 하나의 보람이 아닌가!

사춘기 열병인지 툭하면 나오는 거짓말로 아빠와 누나에게 꾸지람을 들을 때마다 마치 내가 밖에서 데려온 아이마냥 잘못을 감추느라 가슴 졸이게 했던 아들도 어엿한 직장인으로 뿌리내리고 있으니 이만하면 우리 부부의 자식농사는 풍년을 맞은 셈이다.

입양을 한 늦둥이 진영이를 기르는 재미도 내겐 말로는 다 할 수 없는 커다란 보람이자 기쁨이다. 진영이는 우리에게 기쁨조로 등장한 행복덩어리이다. 이제는 다 자란 두 누나와 형의 사랑까지 듬뿍 받으며 밝고 씩씩하게 자라주는 막둥이의 모습은 하늘이 우리 부부에게 내린 또 하나의 보람이기도 하다.

이 가을 우리 집 뜰 안엔 은혜와 결실로 가득하다. 지난여름의 지루했던 더위와 비바람을 다 견뎌 낸 감나무의 실한 열매들처럼 고충이 많았던 우리 부부의 인생의 가을 뜰에도 서서히 가을이 익어가고 있다. 애환 많은 지난날이 있었기에 오늘의 수확마당이 더더욱 감사하게만 여겨진다.

이 가을 우리 집 뜰 안엔 은혜와 결실로 가득하다.

우리 부부의 인생의 가을 뜰에도 서서히 가을이 익어가고 있다.

미루어 둔 신혼여행

여행은 행복한 이탈이라고 한다.

생활의 고단한 중압감에서 벗어나 잠시나마 자유로울 수 있다는 것 자체가 즐거움이 아닌가. 누군가는 여행을 생활의 기운을 충전시키는 활력소라고 했다. 그만큼 신명 나고 즐겁다는 뜻일 것이다. 새로운 세계를 보고 듣고 느낄 수 있는 기회이니만큼 보다 넓고 큰 인생의 의미까지도 깨닫는 계기가 될 수 있는 것이 여행인 셈이다.

생활이 고달프고 시련이 많은 사람일수록 더욱 필요한 것이 여행일 터인데 현실은 그렇지가 못하다. 여유 있고 마음 답답할 것이 없는 사람들이 오히려 인생을 더욱 즐기기 위해 여행이라는 호강을 누리는 셈이다. 경제적인 여건과 시간 여유와 건강이 여행의 조건이고 보면 세상에는 조건 미달의 사람들이 대부분인 셈이다. 물론 만사를 제치고 누리기만을 목적으로 한다면 여행이란 것이 여유 있는 사람들의 전유물일 수만은 없다. 다만 완전한 여행의 즐거움을 만끽할 수가 없으니 문제인 것이다.

나도 역시 여건이 미비한 상태여서인지 여행이라는 숨통 트이는 즐거움과 담을 쌓고 지내는 셈이다. 아니 여행 그 자체보다도 더 소중한 가족과의 약속마저도 지키지 못한, 이를테면 여행의 슬픈 에피소드를 지니고 살아가는 셈이다.

결혼 당시 남편은 신혼여행을 제의했다. 대부분의 사람들이 신혼여행을 통과의례인양 너나없이 거치는 풍조였으니 우리도 예외일 수 없다는 눈치다. 남편의 뜻은 순수했지만 무언지 모를 그늘을 짐작했다. 사실 슬하에 올망졸망한 3남매를 매달고 있는 재혼남으로서 신혼여행이란 단어조차도 어색하게만 여겨졌을 남편의 입장이기도 했다. 엄밀히 따지고 보면 나의 입장은 남편과는 다르다고 볼 수도 있었다. 비록 나이 사십 줄에 들어선 노처녀의 신분 탈바꿈! 결혼이란 중대한 첫 관문을 통과하는 과정이었으니, 나의 특별한 감회는 남편의 입장과 좀 다를 수 있었다.

설사 남편의 고집에 마지못해 끌려간다 해도 아이들을 두고 단둘만의 여행을 즐긴다는 그 자체가 나 자신에 대한 모욕이자 이율배반이라고 여겨졌다. 결국 우리 부부의 신혼여행의 약속은 일정과 성격까지도 송두리째 바뀌게 되었다. 결혼 십여 년쯤 후의 "막내딸 대학 입학 기념 가족 여행"이라는 타이틀을 바꾸어 새롭게 결정된 것은 나의 제안에 의해 미루어 놓은 여행약속이었다. 장성시킨 3남매의 손을 다잡고 떠날 행복을 꿈꾸며 아득히 미루었던 신혼여행의 꿈, 그러나 지루한 기다림 후에 다가왔던 여행약속은 못내 지키지를 못한 채로 세월이 흘렀다.

약속을 잊을 만큼 건망증이 심한 상태도 아니고, 막내딸의 대학 입학에 불만이 있었던 것도 아니다. 여행의 동반을 꺼릴 정도로 가족간의 사랑과 결속이 소홀한 것은 더욱 아니었다. 어미의 눈시울을 수 없이 아리게 했던 사랑스런 막내딸의 대학입학과 대학졸업까지도 무난히 다 넘기는 동안 무엇에 쫓기기라도 하듯이 정신없이 생활에 허덕여왔을 뿐이다.

사각모를 쓰고 웃음 활짝 지을 수 있었던 3남매와 뒤 늦게 맞아들인 입양아들! 4남매로 불어난 사랑스런 분신들과의 부대낌이 결혼 초에 계획했던 소중한 가족여행 약속을 또 한 번 아득히 뒤로 미룬 셈이다.

여행이란 생활의 기운을 충전시키는 활력소인 것만은 확실한 것 같다. 갇혔던 새가 울짱을 풀려나 드넓은 창공을 훨훨 날듯이 무한한 해방감을 맛볼 수 있는 행복한 여가의 기회인 여행. 비행기를 타고 구름 속을 활보하는 해외여행의 호강은 두말할 나위도 없거니와 어줍잖은 국내 여행일지라도 즐겁기는 마찬가지다.

굴레처럼 얽매인 밥걱정 반찬 걱정 하지 않아도 괜찮고 거듭거듭 손에 물을 대지 않고 꼬박꼬박 맛난 음식 먹을 수 있는 재미도 특별한 묘미일 것 같다. 어느새 적지 않은 생활의 연륜이 쌓아오는 동안 나는 아직 단 한 차례도 여행이란 행복한 이탈의 재미를 맛보지 못한 채 지내왔다.

문득 시답잖은 나의 세월이 콧마루를 시큰하게 한다. 사실 큰맘 먹고 나선다면 못할 것도 없다. 두툼한 주머니 사정을 필요로 하는 유럽여행이나 머나먼 아프리카여행은 못할지라도 한나절이면 도착된다는 이웃나라의 여행쯤이야. 찬바람에 재발하는 감기 바이러스처럼 나의 여행에 대한 충동은 가끔씩 고개를 쳐들곤 했다. 공연히 마음을 들뜨게 하고 심란스럽게도 하는 그 여행에 대한 호기심과 욕심은 그러나 실천의 여지도 없이 마음속에서 저절로 무산되어 버리곤 했다. 오히려 잠시나마 들떴던 마음이 몹시 죄송스러워질 만큼 스스로 자책하기가 일수였다.

짓누르는 단잠의 유혹을 떨치고 새벽 찬바람 속에 일터로 향하는 남편의 고단한 뒷모습을 볼 때, 땀내 나는 남편의 작업복을 빨때 여행에 대한 나의 소견 좁은 꿈은 번번이 무산되어 버렸다. 오히려 미안하고 송구스럽게 여겨졌을 뿐이다.

개인 생활의 애환과는 무관하다는 듯이 백화점의 쇼윈도엔 철이 바뀌어도 형형색색의 옷가지들이 시선을 유혹한다. 때때로 마음이 답답할 때 내다보는 창 밖 먼 하늘에서는 고공을 날아가는 장난감 같은 비행기가 잠자는 내 여행의 충동을 부추긴다. 그러나 금세 마음을 다잡을 수 있게 됨은 다름이 아니다.

생존의 현장에서 자기 나이를 잊고 허덕이는 남편, 고달픈 생활인의 자세에 대한 나의 안타까운 연민이 잠시나마 흔들리는 마음을 사로잡기 때문이다. 아이 넷을 기르는 동안 함께 겪은 갖가지 바람 잘 날 없는 애환의 시간들이 서로를 묶는 보이지 않는 힘으로 작용하는 것일까. 나이를 먹을수록 남편에 대한 측은지심이 더해지는 나의 속마음은 어쩔 수가 없다.

호강스러운 해외여행은 차지하고 불과 몇 시간만 할애해도 오갈 수 있는 국내 여행도 누리지 못한 채 억눌려 지내온 우리의 생활이지만, 남부럽잖은 풍작을 이룬 아이들의 성장을 바라보면서 더 바랄 것 없는 행복을 맛보게 된다. 이순의 문턱에 다다르도록 아직 누려볼 엄두도 없었던 행복한 이탈이라는 여행의 묘미!

"셋째 아이 대학 입학기념 가족여행"으로 미뤘던 신혼여행의 꿈! 못 지킨 그 약속을 좀 더 뒷날로 미루고는 이번엔 꼭 지켜보리라고 다짐을 한다. 우리 가족에게 늦도록 행복한 웃음을 꽃피워 주는 진영이. 10년쯤 후면 맞이할 이 막둥이의 감격스런 대학 입학! 그땐 꼭 온 가족이 함께 기념여행의 행복을 누려보리라.

장성한 4남매에 울 쌓인 백발이 성성한 우리 부부의 모습은 아마 이 세상에서 가장 부러울 것 없는 아주 행복한 여행객의 모습이리라.

여행은 행복한 이탈이라고 한다.

생활의 고단한 중압감에서 벗어나 잠시나마 자유로울 수 있다는 것 자체가

즐거움이 아닌가.

연극 '환희야'

입양가족회원과 함께 모처럼만에 연극을 관람했다.

대학로의 초저녁 바람은 차가웠지만 연극 '환희야'가 공연되고 있는 소극장안의 분위기는 훈훈했다. 배역을 표현하는 배우들의 열정적인 연기와 관객들의 호응이 상호 공감대를 이루며 같이 울고 웃는 분위기로 고조 되어가고 있었기 때문이다.

연극의 주제는 불임으로 고민을 하던 한 젊은 부부가 입양문제를 놓고 애로와 갈등을 겪는 얘기였다. 입양부모로서 통과의례와도 같은 과정이지만 대부분의 사람들에겐 생소한 소재에 불과했을 수도 있다. 입양문화에 대해서 사람들의 편협한 인식이 바뀌는 계기가 되었으면 좋겠다는 생각이 들었다.

누군가는 가정을 사회의 축소판이라고 했다. 많은 사람들이 모여서 사회가 이루어지듯이 가정이란 축소된 사회 역시 자식이 없는 가난은 삶의 의욕까지도 저하시키는 요인이라고 생각한다. 부부가 서로 성격이 맞고 죽이 맞는다면 행복한 가정생활을 할 수도 있다. 그러나 그 행복이 오래 계속되지 않는다. 가정에 아이들의 웃음소리가 없다면 멈춰 있는 강물과 다를 것이 없기 때문이다.

자식을 키워 어떤 대가를 기대한다기보다는 키우는 과정의 기쁨이 가장 큰 보람이자 행복이 아닌가! 어린아이들은 바라만 봐도 왠지 마음이 맑아지고 기쁨이 충전된다. 그 이유는 아이들에겐 무한한 가능성의 미래가 있기 때문에 그렇게 느껴지는가 보다.

가정의 진정한 의미와 인생의 기쁨을 깨우쳐 주고 만끽시켜 주는 소중한 존재가 바로 자녀들이 아닌가! 마음속에서 샘솟는 기쁨과 사랑의 감정은 삶의 의욕을 충전시키는 에너지라고 생각한다. 그래서인지 아이들이 있는 집안엔 활기가 있고 분위기가 밝다. 어딘지 모르게 생활의 즐거움이 가득하다.

내 피와 내 뼈가 섞인 내 새끼가 아니면 안 된다는 편협한 관습만 버린다면 입양문화는 좀 더 활성화될 수도 있을 텐데. 비좁은 소견의 이기와 편견을 버린 마음의 눈엔 이 땅의 모든 아이들이 사랑이요 기쁨이요 희망의 존재로 보인다. 새로운 부모를 찾는 아이들을 내 품에 안아 들일 수 있는 아량이란 피보다 더 진한 사랑의 보물을 얻는 지혜가 아닐까!

나는 자식 욕심이 남다른 가보다. 삼 남매로 부족해서 아들 한 명을 더 보겠다고 기어이 막둥이를 입양시켜 사 남매를 거느리고 있다. 남들이 배 아픈 수고로 얻는 자식을, 나는 남모르는 특별한 과정을 거쳐 얻은 자식들 이어서인지 삼 남매에 대한 나의 애착은 유별스럽다. 가슴앓이의 산고가 배 아픈 산고보다 못할 것이 없다는 사실을 짐작하게 하는 현상인가 보다. 입양아인 막둥이에 대한 안타깝고도 애틋한 마음 역시 만만치가 않다. 남들이 보면 좀 편견적이라고 오해할 수도 있을 만큼 손위의 삼 남매보다 더욱 애지중지하는 막둥이에 대한 나의 애착엔 나름대로의 이유가 있다.

입양아 막둥이는 출생과 동시에 생모의 품을 잃어버린 상태였다. 인생의 첫 단계인 유아기적부터 남의 품으로 전전한 아이가 바로 막둥이다. 몇 차례 타인의 품을 거쳐 나에게 위탁되었고 어렵게 우리 집에 막둥이로 입양되었던 것이다. 그 이유가 입양모인 내 마음을 몹시 안타깝게 한다. 이 집 저 집 부족한 입양비용을 꾸러 다닐 때, 내 마음은 더욱 안타까웠다. 하필 넉넉지 못한 우리 가정에 입양되는 아이가 가엾게 여겨지기도 했다. 입양문제로 인한 가족들의 갈등 역시 순조롭지가 못했다. 삼 남매 뒷바라지도 버거운 처지에 입양이란 우리 집에 해당사항이 아니라는 남편의 주장과, 삼 남매의 거부반응도 만만치가 않았다.

삼 남매로 만족하는 집안에 아이 한 명을 더 보탠다는 것이, 식은 죽 먹듯이 쉽게 이루어지는 것이 아니었다. 그러나 입양문제에 대한 가족들의 극심했던 갈등은 순식간에 아이에 대한 사랑으로 바뀌었다. 지금 생각해도 신기한 일이다.

천사와 다름없는 어린 생명의 반짝이는 눈빛! 그 티 없는 눈빛에 가족모두가 홀딱 반해버리기까진 그리 많은 시간이 필요하지 않았다. 세상에서 가장 마음을 기쁘게 하는 꽃이 바로 때 한 점 묻지 않은 아기의 환한 웃음꽃임을 곁에서 실감할 수가 있었기 때문이다.

막둥이로 인해 우리 집은 늦도록 웃음꽃이 가득하다. 키가 훤칠하게 장성한 형과 두 누나들 사이에서 터울이 까마득한 막둥이가 끊임없이 재잘거리며 기쁨조 역할을 톡톡히 해주기 때문이다. 덕분에 우리 집안엔 밤낮없이 웃고 떠들고 정말 사람 사는 집 같다. 이웃들까지도 부러워할 만큼 늘 흐뭇한 분위기다. 돈만 있으면 살지 자식이 뭐 필요하냐는 금전 만능주의도 있지만, 행복은 돈만으론 채워지지 않는다. 삶의 근원인 가정! 그 가정에 아이들의 천진한 재잘거림이 함께 할 때 삶은 한결 더 활기와 즐거움이 충전될 수가 있다.

나누면 나눌수록 더욱 커지는 게 사랑이다. 피보다 더욱 진한 사랑으로 결속된 우리 집은, 시린 겨울바람도 서로의 가슴으로 따끈따끈하게 덥히는 행복한 입양가족이다.

세상에서 가장 마음을 기쁘게 하는 꽃이
바로 때 한 점 묻지 않은
아기의 환한 웃음꽃임을 곁에서 실감할 수가 있었다.

행복과 불행의 기준

행복과 불행은 제삼자가 섣불리 단정할 문제가 아니다. 남들이 감히 들여다 볼 수 없는 개개인의 마음의 잣대에 의한 평가 기준이기 때문이다.

겉볼안 이라는 말이 있듯이 겉만 보고 속내를 함부로 평가할 수는 없지 않은가. 겉으로 보기엔 부족함이 없이 호기스럽게만 보이더라도 당사자의 마음속에 기쁨이 없고 감사하는 마음이 메말랐다면 행복하다고 할 수가 없다. 반면에 여러 가지 생활여건이 변변하지 못한 처지일 지라도 본인 자신의 마음에 늘 기쁨과 소망을 지니고 있다면 결코 불행하다고 단정할 수는 없다.

유교적인 인습과 보수적인 사고방식에 오랜 세월 젖어 지내셨던 나의 친정어머니께서는 평소에 복에 대한 이론을 자주 들추셨다. 사람은 복을 많이 타고 나야 하지만 주어진 복을 받아드리지 않는 행위는 불행을 스스로 자청하는, 이를 테면 복을 떨쳐 버리는 어리석은 짓이라고 질타 하셨다. 어머니께서 늘 강조하시던 그 얘기엔 속셈이 곁들여 있었다. 당신의 뜻을 순종하지 않는 애물 같은 딸에 대한 간접적인 면박이였던 것이다. 애지중지 하시는 당신의 딸이, 복의 기회를 스스로 떨쳐 버리고 불행을 택하는 것은 아닌가 싶어서 자나 깨나 염려스러우셨던 어머니다.

여자는 일찍 결혼해서 남편 사랑 받으며 아들 딸 쑥쑥 낳아 키우면서 살림살이 일구어 나가는 것이 최고의 복이라고 수도 없이 강조하시던 어머니다. 외강내유의 품성을 지니신 어머니는 겉보기완 달리 내면적으론 심약한 불안 심리를 지니고 있었는지도 모른다.

혼인 적령기가 지나도록 결혼에 관해서 무반응인 딸의 무심한 태도를 몹시 초조해 하시던 어머니였다. 어느 땐 느닷없이 몰아세우며 역정을 내시기도 했다. 아까운 혼처이니 이번만은 놓칠 수 없다며 일방적으로 다그칠 때면 몹시 성가시게 여겨졌었다. 여전히 마이동풍 격인 딸은 독신주의를 예찬하며 엉뚱한 방향을 모색하고 있었으니… 어머니의 눈엔 그런 딸의 행태가 스스로 불행을 쫓는 허세로만 여겨져 못내 답답했을 것이다.

어머니는 시집가서 잘 살고 있는 가까운 주변의 아녀자들을 필요이상으로 많이 기억하고 있었다. 남의 딸들은 모두 시집가서 복스럽게 잘들 살고 있는데 너는 헛꿈만 꾸고 있느냐는 식이였다. 끊임없는 어머니의 행복 타령은 나를 식상하게 했다. 끈질긴 노파심이 어느 땐 내 마음을 질리게 했다. 모녀가 생각의 방향이 서로 어긋나 삐걱거릴 때마다 굳세게 주장하던 나의 항변은 한결 같았다.

"결혼적령기를 놓친다고 해서 내 마음속에 간직하고 살아가는 복이 어디로 달아나겠느냐"고… 철없던 시절 어머니의 질타에 대결했던 개똥철학 같은 나의 그 주장이 조금은 일리가 있었던 셈이다.

인생의 산전수전을 웬만큼 겪어낸 연륜에 다다른 지금 나는 다시 한 번 면밀하게 생각을 해 본다. 모든 사람들이 추구하는 행복! 그 행복의 기준은 과연 어떤 성질의 것인가를. 아무리 생각해 봐도 수학문제의 해답처럼 확실한 정답만은 어려울 것 같다. 겉만 보고 속을 함부로 저울질 할 수가 없는 것이 행복과 불행의 실체이기 때문이다.

늦게나마 독신의 꿈을 접고 가정을 이루고 살아가는 딸의 모습을 무척 궁금해 하시는 어머니를 위해 나는 가끔씩 함께 하는 시간을 마련한다. 이 딸을 안쓰럽게 여기는 어머니의 마음은 여전하다. 조금도 흐뭇하게 여기시지 않는 것을 보면 뒤 늦게 가정을 꾸려가는 딸의 모습이 어머니 눈엔 별로 행복해 보이지 않으셨기 때문이다.

배가 아픈 산고를 겪지 않고 얻은 내 자식들, 그들을 위해 노심초사하는 나의 끈끈한 모성애를 어머니는 별로 탐탁하게 여기시지 않으셨다. 나의 관심과 사랑 속에서 탈 없이 성장해 가는 그들과 더불어 어미와 자식 간의 기쁨을 나누며 행복해 하는 모습을 어머니께서는 의아하게 여기셨다. 그런 어머니를 나는 오히려 이해하지 못했다.

그런데 신기한 이변이 일어났다. 어머니의 낡고 편협한 사고방식이 조금씩 바뀌기 시작한 것이다. 근래에 들어서면서 딸의 삶을 바라보는 어머니의 시각은 훨씬 긍정적으로 바뀌어버렸다. 스스로 선택하여 개척해 나가는 딸의 생활 방식을 함부로 들춘다거나 행복과 불행에 대한 평가를 선불리 단정하지도 않으셨다. 쌓여진 연륜만큼이나 삶을 관조하는 시각이 원숙해 지신거란 생각을 했다. 부모복, 남편복과 처복, 자식복과 재물복, 인복 장수복 출세복 등 늘 강조하시던 어머니의 복 타령도 이젠 뜸해지셨다.

모든 사람들이 갈구하는 행복이란 과연 어떤 삶일까! 신은 공평하여 한 사람에게 모든 복을 골고루 허락하지 않는다고 했다. 길길이 복을 쫓아 안달하기 보다는 주어진 작은 복이나마 감사할 수 있는 욕심 없는 마음이 곧 행복이 아닐까 그런 생각이 든다.

행복도 불행도 자기 자신의 마음 속 잣대일 뿐 제삼자가 평가할 문제가 아님을 어쩌랴!

눈빛으로 나눈 정

새벽 단잠에서 깨어 뒤척이고 있을 때 전화벨이 울렸다.

고요 속에 울리는 요란한 전화벨 소리는 왠지 불길한 예감이 들게 했다. 새벽 3시 30분 시외할머니께서 위독하시다는 전갈이었다. 평소 신앙심이 깊지도 않았던 내가 순간 자신도 모르게 무릎을 꿇고 기도를 했다.

"하느님, 저희 할머니를 제가 도착할 때까지 만이라도 꼭 지켜주세요." 간절한 마음으로 기도하면서 부랴부랴 하행 길을 서둘렀다. 어떻게 해서라도 마지막 생존의 모습을 뵙고 싶었다. 엊저녁 시댁으로 전화 드렸을 때 외손주 며느리인 내 이야기를 하셨다는 할머니께서 갑자기 위급하시다니… 혹시 내가 도착하기도 전에 운명하실까봐 조바심으로 마음은 좌불안석이었다. 차창 밖은 자욱한 새벽안개가 온 대지를 감싸 안은 듯했다.

전설에 의하면 용이 승천할 때 짙은 새벽안개를 가르며 오른다는데, 이 세상에서 덕을 많이 베푸신 할머니께서 귀천하시는 길을 축복하기 위해 초겨울의 스산함을 포근한 안개로 내려주는 것일까.

문득 이 순간에도 사랑하는 손자며느리를 기다리시느라 대문 쪽으로 귀를 기울이실 것만 같은 예감으로 가슴이 두근거린다. 두 시간 남짓 걸린 시간이 너무 지루하고 초조하게 느껴져 발이라도 구를 듯 마음은 안타깝기만 했다. 마침내 뿌옇게 밝아오는 미명 속에 시댁의 초록 대문이 눈앞에 다가왔다.

밀치듯 대문을 박차고 할머니 방으로 뛰어들었을 때, 할머니의 모습은 하얀 홑이불에 덮여 있었다. 이미 두 시간 전에 운명하셨다는 것이다. 할머니의 뽀얀 얼굴빛이며 지그시 감은 두 눈, 깊이 잠든 모습이 생전 시 그대로였다. 다시 돌아오지 못할 먼 길을 떠난 분이라는 실감이 나지 않았다. 89세 연만한 연세에도 머리칼 한 가닥 흩어짐이 없으셨고 말씀 한마디 실수도 없으시던 분이다. 며칠 전 생신 때 드린 용돈 몇 닢이 이 세상 떠나시는 저승의 여비가 될 줄이야, 모자라지나 않을는지 끝내 아쉬움으로 남는다.

차디차게 식어버린 할머니의 손을 붙잡은 나는 눈물이 하염없이 쏟아졌다. 금세라도 "애들하고 바쁜데 왜 또 왔냐" 하시며 인자한 미소로 반기실 것만 같은 할머니, 이제는 살아계신 얼굴을 대할 수 없다는 사실이 더 큰 슬픔으로 다가 왔다.

할머님께서는 남달리 파란만장한 생애를 살아오셨다. 시집와서 첫째 둘째 딸만 낳았다는 이유로 아들을 보기 위해 성급히 씨받이 여자를 둘씩이나 받아들인 할아버지의 행패를 고스란히 당할 수밖에 없었다. 정상적인 여인의 몸으로 20대에 단산을 해야만 했던 모욕적인 배신감, 끝내 등 돌린 지아비의 차가운 그늘에서 인고의 긴 세월을 운명으로 받아들여야 했던 심정은 어떠했을까.

애물단지와도 같은 지아비가 쉰여덟에 저승으로 홀연히 떠나 버린 뒤 복잡하게 늘어난 가족구성원을 이끌어 가야만 했다. 물질만능의 이 시대를 살아가는 우리가 할머님의 그 고난의 세월을 어떻게 상상인들 하겠는가.

말년에야 큰따님 내외분의 효도를 누리시다가 외손주 며느리인 나와의 짧은 인연을 맺게 되었다. 나이 사십이 넘도록 독신을 고집하던 내가 삼 남매를 홀로 키우는 당신의 외손자와 새로운 출발을 시작했을 때 할머님은 애틋한 눈길로 나의 두 손을 붙잡아 주시며 "힘들고 어려운 길을 선택했구먼." 하셨다. 그 의미심장한 말씀을 그때는 이해하지 못했다.

모든 것이 어설프기만 했었고, 시댁의 가족들과 서먹서먹한 분위기였었다. 마치 고아원에서 데려온 아이처럼 누가 살짝만 건드려도 눈물이 터져 나올 것 같은 아릿한 소외감. 이런 내 마음을 헤아리는 듯 일일이 표현은 안 하셨지만 나를 대하는 할머니의 깊은 정을 눈빛으로 느낄 수 있었다.

나 또한 바다 위에 떠 있는 뗏목 같은 인생이란 비애감에 젖어 드는 마음을 할머님께 의지하며 쏟는 정성은 순수 그 자체였다. 할머님께서는 항상 밝은 내 모습을 보시면서도 "말 안 해도 다 안다." 독백처럼 말씀하셨다. 그리고 색다른 음식을 보면 내 입에 넣어주시며 "너 먹을 거 먹어야 해. 자식들은 그 다음이야" 하셨다. 할머님도 피를 나눈 자식으로 생각하며 씨받이 여인이 두고 간 아들을 정성껏 키웠지만, 결국 말년을 사위집에 의탁할 수밖에 없었던 남다른 사연을 가슴에 묻고 살아오셨다.

그렇게 할머니와 나는 동병상련의 교류 속에 육친의 관계를 초월한 각별한 정이 오고 갔다. 어느 때는 당당하게 호통을 치시기도 했지만 어딘지 모를 곳에 외로움과 추위로 주눅 들어 있는 듯한 할머니의 여윈 가슴을 꼬옥 안아 드리며 "할머니 사랑해요"하고 말씀 드리고 싶었다. 그러나 어쩐지 쑥스러운 생각에 항상 다음 기회로 미루다 한 번도 표현을 못한 채 내 가슴에서 맴도는 메아리로 묻어야만 했다.

할머니 시신 앞에서 나는 아침 안개 같은 인생의 무상함을 느끼며 누구에게나 인정을 베풀고 사랑을 나누며 살아가야 한다는 것을 깨달았다.

"할머니 사랑해요"

어쩐지 쑥스러운 생각에 항상 다음 기회로 미루다

한 번도 표현을 못한 채 가슴에서 맴도는 메아리로 묻어야만 했다.

허영심

가난한 하급관리의 아내인 르와젤부인은 고급관리들의 야회에 초대를 받고 부자친구의 목걸이를 빌린다. 그녀의 남편은 아내의 옷 투정에 못 이겨 근근이 모아 감춰둔 비자금을 통틀어 새 파티복을 선사한다.

새 옷으로 꽃단장한 그녀의 가슴 위쪽에서 유난히 반짝이는 목걸이. 선망과 유혹이 넘실거리는 뭇 시선을 잔뜩 위식하며 화려한 무도장의 춤곡에 맞춰 우아한 몸짓으로 돌고 도는 그녀는 꿈을 꾸듯이 황홀했다. 고급스런 목걸이 장식에 스스로 도취된 그녀는 자신감이 넘쳤던 것이다.

행복의 구름다리를 오르내리기라도 하듯이 가슴을 마냥 부풀게 하는 파티장의 밤이 그녀에겐 짧기만 했다. 새벽녘 파티장을 나오다가 보니 아 이게 웬일인가. 자신을 우아한 멋쟁이로 장식해 줬던 목걸이가 감쪽같이 사라진 것이다. 결국은 전 재산을 처분하고 큰 빚을 내어 잃어버린 것과 흡사한 목걸이를 대치할 수밖에 없었다.

그 후 빚을 갚기 위해 꼬박 10년 세월을 남편과 함께 헐벗고 굶주리며 고생을 한다. 그러나 잃어버린 목걸이는 고가의 다이아몬드가 아닌 가짜였다는 사실을 뒤늦게 알게 된다. 그때의 허탈감이 과연 어땠을까? 분수에 넘치는 허영은 따끔한 대가를 치르게 된다는 이치를 깨우쳐준 모파상의 명작 단편소설의 줄거리다.

사치는 여성의 본능이다. 본능에 충실하다 보면 반드시 쓰디쓴 대가를 면할 수 없는 것이 인생살이의 본질이 아닌가 싶다. 아끼고 쪼개 써도 모자라는 하급관리의 생활 처지는 불을 보듯 뻔한 일이다.

자신의 처지와 분수를 망각한 일시적인 허영심이 낭패를 부르는 결과는 우리들의 마음속에도 늘 도사리고 있는 화근이다. 간교한 뱀의 혀처럼 허영심의 유혹이 끊임없이 널름거리니 자제력이 부족할 경우엔 문제인 것이다.

어느 땐 그 반갑잖은 본능인 마음속의 허영을 자제하기 위해 스스로의 마음을 다잡아 조일 때도 있다. 본능에 구애되지 않고 처신을 한다면 그 결과는 뻔한 이치인 것을… 호사스런 장신구와 품위 있는 입성은 가난한 마음에 날개를 달아준다는 말이 있다. 그래선지 많은 여성들은 욕구불만 상태에 빠지곤 한다.

나는 한때 아름다운 집을 갖고 싶다는 기대와 꿈으로 가슴이 부풀었었다. 남편과 함께 머리를 맞대고 아이디어를 모아서 좀 더 아름답고 멋진 주택을 짓고 싶었다. 뜰 한 가운데엔 연못을 만들어 놓고 연꽃송이가 둥실 떠 있는 못 물에 비단잉어 떼를 풀어놓고 연못의 주위와 뜰 안엔 갖가지 관상목과 화초들을 가득히 가꾸면서 호강을 누리고 싶었다.

사시사철 향기로운 꽃들이 피어나는 화사한 정원과 이태리 가구로 장식한 우아한 실내 분위기를 온 가족과 함께 만끽하면서 시골에 계신 시어른들을 모셔다가 못 다한 효를 베풀고 싶었다. 뜰 안 가득 함박눈이 목화송이처럼 꽃피우는 날에 뜻이 통하는 친구들을 불러들여 따끈한 찻잔을 기울이고도 싶었다.

성격이 유별스러워서인지 나는 고가의 패물이며 화려한 의상보다는 호사스러운 주택을 꼭 갖고 싶은 꿈을 간직했었다. 나의 그 욕심은 점점 집착으로 바뀌어 갔다. 한 집안의 번영과 빈부의 상징인 주택! 실용적인 생활공간이기 보다는 남들이 부러워할 만큼 아름답고 화려한 주택만을 원했던 나의 집착이 분수에 맞지 않는 허영심임을 나는 이즈막에 와서야 깨닫게 되었다.

욕심이 지나쳐 집착으로 변하면 자신의 분수조차도 의식하지 못하는 것이 사람의 본능이다. 사실 마음만 먹으면 우리도 꿈속에 그려보던 아름다운 집을 지을 수도 있다. 부러워하는 친구들의 눈빛을 의식하며 어깨를 우쭐거릴 수도 있었을 것이다. 그러나 그 호기스러움이 과연 나의 모든 욕구를 완전히 만족시켜 줄 수 있다고 생각하지 않는다.

겉은 화려할 지라도 속마음은 오히려 번데기처럼 위축될 수밖에 없을 지도 모른다. 무리를 해서 빚을 내었으니 채무에 대한 중압감으로 인한 짓눌림을 견디며 하루하루가 곤욕스러운 짐으로만 여겨질 것이다. 설사 한 푼의 빚이 없는 상태에서 고급 저택을 누리며 살아간다 해도 그 안에서의 삶이 100% 행복할 수만은 없을 것 같다.

대지 1500평에 인공폭포가 내다보이는 화려한 거실이 갖춰진 초호화저택을 가지고 있다는 야구선수 P. 그는 과연 만족을 느끼며 살아가고 있을까? 잘은 모르지만 그 역시 넉넉지 않은 주거지에 몸을 담고 지내는 우리들 삶과 별로 다를 것이 없을 것 같다.

'비우는 것이 오히려 충만'이라는 어느 종교인의 말처럼 많은 것을 지닌 인생보다 가진 것 없는 삶이, 짐이 가벼운 여행자와도 같은 홀가분한 복을 누리는 삶일지도 모른다.

요즈음 많은 사람들은 살아가기가 힘이 든다고 야단들이다. 긴축재정이니 마이너스 성장이니 반갑지 않은 낱말을 들먹이는 국가의 경제문제도 심각한 양상을 보여주고 있다. 빈익빈 부익부의 격차는 더더욱 깊어지고, 세계의 경제를 좌우하는 미국의 경제도 위기에 직면했다고 소문이 부산하다. 전문가에 의하면 지금 겪고 있는 세계적인 경제난의 이유는 그동안의 과소비가 가져다 준 대가라고 한다.

석탄, 우라늄, 석유등 20세기에 절정을 누렸던 에너지의 과소비가 오늘의 고난을 가져온 셈이다. 펄프 한 조각, 석유 한 방울 생산되지 않는 나라에서 모두들 물 쓰듯이 모든 자원을 마구 낭비해온 그동안의 과소비를 뒤 돌아 보면 당연한 결과라는 생각을 하게 된다. 분수를 모르고 허세를 부린 대가를 한꺼번에 치르고 있는 셈이다.

근근이 쪼개 쓰고 아껴 써도 부족한, 자신의 궁핍한 처지를 잊고 부질없는 허영심에 사로잡혀 스스로 고난을 불러들인 여자. 대책 없이 허영에 충만했던 르와젤 부인의 얘기는 오늘날 우리들에게 처한 모습인지도 모른다.

기드모파상의 목걸이 얘기가 허구적인 픽션이 아닌 생활의 진리처럼 다가오는 현실이다.

꿈 해몽

깊은 수면 중에 나타나는 꿈은 미래를 점칠 수 있는 신비로운 힘을 지니고 있다. 꿈이 당일이나 혹은 먼 훗날에 일어날 좋고 나쁜 일의 조짐을 미리 예견해 준다는 사실은 어떤 과학의 힘으로도 무시할 수가 없는 현상이 아닌가 싶다. 다만 꿈에 대한 해몽이 얼마나 정확하게 해명할 수 있느냐에 의해서 다가올 길흉에 대한 대비와 기대가 어긋날 수도 적중될 수도 있다는 생각을 하게 된다.

기억이 선명하지가 않고 흐지부지한 꿈을 흔히 개꿈을 꿨다고 말한다. 반면에 핀트가 정확한 렌즈 속의 장면처럼 선명한 꿈이라야 해명이 가능한 꿈일 것 같다. 우리 가족의 귀염둥이로 자라나고 있는 막둥이 진영이. 이 아이를 처음 입양해 올 때의 꿈이, 내 기억 속엔 긍정적인 기대와 함께 각인되어 있다.

어느 햇볕이 밝은 날, 친정아버지께서 나에게 화분을 주셨다. 자그마한 화분 속에 작은 새싹이 한 그루 담겨 있었다. 품에 안고 있는 동안 순식간에 자라나 그 새 싹은 내 키를 넘게 자랐고, 반듯하게 뻗어 오른 꽃의 대궁이 끝엔 꽃 한 송이가 소담하게 피어 있었다. 샛노란 꽃잎과 크고 둥그런 꽃의 바퀴가 무척 싱싱하고도 예쁜 해바라기 꽃이었다.

하늘 향해 밝은 모습으로 피어난 그 꽃을 안고 있는 내 마음이 그렇게 흐뭇할 수가 없었다. 깨어보니 꿈이었다. 그 무렵 우리는 진영이를 입양해 왔었다. 지금은 우리 가족의 사랑을 독점하며 구김살이 없이 제법 건강한 모습으로 자라나고 있지만, 입양 당시만 해도 아이는 무척 허약한 미숙아였다. 걸핏하면 소아과 문전으로 달려가며 가슴 조이게 하던 아이였지만, 불안한 상황 속에서도 나의 마음 한 구석에는 든든한 믿음이 자리 잡곤 했다. 그 이유는 다름 아닌 태몽 꿈에 대한 긍정적인 예감 때문이었던 것 같다.

나는 평소에 노란 색깔을 무척 좋아한다. 그러한 이유 때문인지 나는 많은 꽃들 중에서도 해바라기의 밝고 노란 빛깔이 마음에 들어 그 꽃을 좋아한다. 아침엔 동쪽으로 저녁나절이 되면 서쪽 방향으로 오로지 태양만을 향하는 해바라기의 기질은, 힘차고 밝은 희망을 상징한다.

어린 진영이를 우리 가족의 품 안에 들여 올 때 선명하게 꾸었던 좋은 예감의 태몽! 그 꿈처럼, 진영이의 미래도 그렇게 밝고 희망차게 다가오리라고 은연중에 기대해 보곤 한다.

아이에게 일어날 장래의 길흉화복의 조짐을 예시해 주는 태몽 꿈의 신비로운 예시를 올바르게 해몽하여 대비해 나간다면 비록 불길한 꿈일지라도 전환시킬 수도 있을 것이다. 과학적인 이론만으로도 외면할 수 없다는 꿈의 예시로 인해 깜깜한 앞일까지도 내다 볼 수가 있으니 생각할수록 꿈의 세계가 신기하게만 여겨진다.

어린 진영이를 우리 가족의 품 안에 들여 올 때

선명하게 꾸었던 좋은 예감의 태몽!

그 꿈처럼, 진영이의 미래도 그렇게 밝고 희망차게 다가오리라.

5. 입양의 보람

가슴으로 잉태하고 가슴으로 낳은
사랑스런 새 아들을 얻은 지금의 이 삶을
더 소중히 사랑할 것이다.

“아가야! 이 엄마가 널 하늘만큼 땅만큼 사랑한다.”

알아듣기라도 하는 듯 아기는 얼굴 가득 함박웃음을 짓는다.

가슴으로 잉태한 아들

하느님께서는 여인에게 해산이란 크나큰 고통을 주시고 그 대가로 모성애라는 거룩한 본능을 부여했나 보다.

육체적인 산고가 아닌 가슴앓이의 산고로서 나는 자식 넷을 얻은 셈이다. 배가 아픈 것만이 해산의 고통은 아니었다. 육신의 고통보다 정신적인 고통은 그 이상의 아픔일 수도 있지 않은가?

사 남매 모두 가슴으로 분만된 나의 소중한 보물들이지만 그 중 막둥이 진영이를 얻기까지는 더욱 심한 마음의 갈등과 가슴앓이의 과정이 있었다. 진영이는 지금 생후 육 개월 된 아직 우유냄새 풀풀 풍기는 젖먹이다. 체중 7kg, 신장 65cm. 병어 입처럼 작은 입매며, 종그래기 같은 오목한 두 귀, 볼수록 앙증스런 생김새다. 감성적인 녀석은 금세 방글방글 입가에 웃음을 짓는다.

이슬 묻은 새벽 풀숲에 갓 피어난 작은 풀꽃의 맑고 고운 모양이 이러할까. 흠도 티도 없는 그 순수 무구한 미소가 내 가슴속 깊이 짜릿하게 감전되어 온다. 형용 못할 생명에 대한 신기함과 마음속으로부터 솟아오르는 희열에 가슴이 벅차오른다. 샘물같이 솟아나는 이 기쁨은 뻐저린 아픔이기도 하다. 이 어린것의 앞날에 어떠한 인생역정이 펼쳐질지는 모른다. 인간의 생사화복을 주관하는 하느님께, 이 아이의 행운을 간구할 뿐이다.

사람의 인연이란 미리 예비된 운명 같은 것이 있는 것 같다. 일만 겁의 인과 관계라야 이루어진다는 부모 자식 간의 인연인데 눈길 한 번 마주치지 못한 채 그냥 지나쳤을지도 모를 너와 나! 우리가 모자 간의 인연으로 묶이기까지는 우여곡절이 많았다.

IMF라는 생소한 국가경제 한파가 평탄했던 우리 집에도 닥쳐왔다. 휘청거리는 집안의 한 구석이나마 메우기 위해 위탁모를 신청했다. 보수라야 우리 가족 한 달 부식비도 안 될 정도였지만 내 적성에 맞는 일이었기에 쉽게 시작했다. 이미 수포로 돌아갔지만, 나의 젊었을 적 꿈은 불우한 아이들을 위해 살았으면 하는 소망이었다. 그 꿈의 백분의 일이나마 이룰 수 있는 기회가 아닌가 싶어 선뜻 일을 시작한 것이 진영이와 인연의 끈이 되었다.

기저귀감인 백 소청 두 필을 눈덩이처럼 세탁하여 아랫목에 묻어 놓고 사회복지관을 향해 남편과 집을 나섰을 때 예상 못했던 설레임에 가슴이 뛰었다. 준비해간 깔 포대기에 겨우 핏덩이를 면한 아가를 품에 안으니 전류에 감전된 듯 목이 탁 메었다. 잠시 분만실에 맡긴 자기 분신을 첫 상면하는 해산모의 심정이 이러할까 싶었다.

'윤영호'라는 이 위탁아는 생후 한 달 갓 넘은 사생아로서 심한 감기에 몹시 울고 보채는 아이였다. 데려오는 첫날부터 밤새워 울고 보채는 통에 신생아를 키워보지 않은 나로서는 황당하기만 했다. 마치 자신의 얄궂은 운명을 불평하는 것 같기도 했다.

사 개월이 넘어서면서 아이는 잘 자고, 잘 먹는 원만한 우량아로 바뀌었다. 정수리에 돋아난 한 움큼의 긴 배냇머리가 마치 월계관처럼 멋들어지게 한들거렸다. 어르면 걸걸한 목소리로 깔깔깔 웃고 기분이 나쁠 땐 으앙 으앙 큰소리로 울어 제치는 자기표현이 확실한 녀석이 되었다. 그 하나하나가 내 품 안에서 이루어지는 새 생명의 재롱을 보며 나는 홀딱 반해 중년의 우울증이나 계절 앓이를 잊은 채 마냥 즐거웠다.

그러나, 예약된 이별이 다가오고 있었다. 육 개월 가까이 내 품 안에 안겼던 어린 천사와의 이별은 쓰라린 아픔으로 다가왔다. 나비처럼 하느작거리는 조그만 팔과 다리, 터질 듯 투명한 살갗, 나직나직 쌔근대는 평화로운 숨소리, 배설물까지도 사랑스런 가엾은 어린 생명, 나에게 새 생명의 신기함을 최초로 실감케 한 어린 천사와의 생이별은 예상 못했던 큰 충격이었다.

무엇보다도 생모에게 버림받고 모국에서까지도 외면당한 채 머나먼 타국 땅 낯선 나라로 떠밀려 가는 기구한 어린 운명이 애처로웠다. 그것은 내 가슴에 살을 저미는 안타까운 모성애로 다가왔다. 아무 것도 모르고 평화로이 잠자는 아기의 얼굴을 들여다보며, 티 없이 방실대는 아기의 웃음을 보며, 아가에게 물릴 우유를 타며, 시도 때도 없이 쏟아지는 눈물을 주체할 수가 없었다.

단잠 설치며 궁리 끝에 영호가 떠나기 전에 다시 한 명의 위탁아를 데려오게 했다. 영호를 빨리 잊기 위한 대책으로 복지관에 사정을 호소한 결과였다. 순수한 어린 생명을 통해 산천초목도 떤다는 생이별의 아픔을 실감했다. 뼛속까지 저미는 그 아픔이 두 번째로 데려온 진영이 에게 고스란히 이어져버린 것은 아무래도 내게 운명 같은 것이 작용한 게 아닌가 싶다. 진영이는 미성년의 부모에게서 태어난 사생아이다. 영호가 떠난 빈자리를 메우기 위해 미리 데려온 아이는 생후 25일, 2.9kg인 체중 미달로 허약한 상태였다. 되도록이면 아이와의 눈맞춤은 피했다. 정을 주지 않으면 이별이 수월할 것 같았던 이유였다. 그러나 낳은 정보다 기른 정이 절실한 것은 진리에 속하는 말임을 알았다. 유난히 허약하고 잘 토하는 아기라 나의 관심은 더했고 내 손길이 아니면 누구도 키워 낼 수 없을 것 같은 생각이 들었다.

이 가엾은 어린것과의 생이별을 예감하는 순간, 내 가슴은 상처 위에 매질까지 당하는 겹치기 아픔으로 닥쳐왔다. 깊은 밤 단잠에 빠졌다가도 느닷없이 일어나 쌔근쌔근 잠자고 있는 어린것을 들여다보고는 울컥울컥 치미는 피 울음을 가슴으로 울었다.

"아무 것도 모르는 이 불쌍한 어린것 제품에서 자라게 해주셔요."

라고 미친 듯이 울기만 했었다. 사실 나는 남부럽잖은 삼 남매가 곁에 있는 어미가 아닌가, 지금 군복무중인 듬직한 아들, 못난 이 엄마를 최고로 아는 큰딸, 귀엽고 영리한 막내딸, 셋 모두 나의 귀중한 보물들이다. 이들은 45년간을 버텨온 독신주의의 고집을 녹인 애처로운 눈빛의 소유자들이었다. 잃어버린 모성의 보충, 가슴으로 낳은 삼 남매로 만족 못하는 나는 과연 아이 욕심이 지나친 여자인지도 모른다.

굳게 닫힌 철문을 노크하듯 남편의 마음을 두드려 보았다. 그의 마음은 마치 자극을 받을수록 더욱 굳게 다무는 각질 두꺼운 패각 같았다. 주위에서조차 나의 의도를 이해하려 들지 않았다. 나의 끝없는 눈물의 기도와 끈질긴 도전은 마침내 남편의 철 장벽 같은 육중한 마음의 빗장을 녹였다. 마침내 진영이를 우리 집 막둥이로 호적에 입적시키게 된 것이다. 당첨된 일 억짜리 복권을 손에 쥔들 이보다 더 기쁠까? 명 털 보송한 진영이의 귓전에 대고 속삭여 본다.

"아가야! 이 엄마가 널 하늘만큼 땅만큼 사랑한다."

알아듣기라도 하는 듯 아기는 얼굴 가득 함박웃음을 짓는다. 꽃이 곱다 한들 이 모습에 비할 수 있으랴. 종달새 노래가 영롱하다 한들 아가의 옹알이에 비할 수 있을까. 천만 번 들여다봐도 싫증나지 않는 움직이는 꽃송이, 초롱초롱한 눈망울로 평화롭게 미소 짓는 지순한 어린 천사가 바로 이 모습이었다.

어떠한 사유에서든 간에 어린 생명에 대한 무책임은 용서받지 못할 죄악이다. 보건복지부의 통계에 의하면 해마다 해외로 입양되는 아이들이 이천 명이 넘는다고 한다. 땅을 기는 벌레들도 자기 새끼를 위해 생명까지 바친다는데 인간으로서 어린 자식의 양육을 회피한다는 것은 역천적인 행위이다.

나 자신 건강한 여자로서 결혼도, 종족 계승의 의무인 출산도 거부한 채 45년이란 연륜을 독신주의를 고집했으니, 역시 순리에 순응한 삶은 아니었다. 늦게나마 무너진 가정의 한 모퉁이를 메우게 된 지금의 삶을 사랑한다. 그러나 가슴으로 잉태하고 가슴으로 낳은 사랑스런 새 아들을 얻은 지금의 이 삶을 더 소중히 사랑할 것이다.

오늘 새벽 선잠 깬 아기를 안고 읊조리던 "우리 아들 잘도 잔다."라는 아기 아빠의 자장가에 난 또 한번 가슴으로 울었다. 그 울음은 어쩌면 새 아들을 얻고 처음으로 흘리는 행복의 울음이었다.

진영이의 걸음마

첫돌을 2개월 앞둔 우리 집 귀염둥이가 첫 걸음마를 시도한다.

생후 10개월이면 고작 무릎으로 기어 다니는 동작이 보편적인 애기들의 발육 상태라는데 진영이는 무척 빠르다. 생후 3개월 무렵부터 옹알이를 했고 5개월이 되자 배밀이를 터득하여 방바닥을 죽죽 밀고 다녔다. 앉고 서고 몇 가지 동작을 쉽게 익히더니 제 또래의 애기들이 겨우 기어 다닐 때 진영이는 벌써 발걸음을 가볍게 떼놓기 시작했다. 누가 가르쳐 준 적도 없는데 스스로 한 동작씩 터득해 나가는 어린것의 행동이 무척 신기해 보일 뿐이다.

며칠 전부터 진영이는 혼자서 걷는 연습을 끊임없이 시도했다. 두 손으로 벽을 짚고 옆 걸음으로 주춤거리며 걷는 훈련을 반복하는 모습이 너무도 진지해 보였다. 주저앉으면 다시 일어나 찡찡거리면서 스스로 걸음마 훈련에 몰두하더니 오늘은 드디어 혼자 첫걸음을 떼놓는데 성공을 했다.

한 점 여린 박속처럼 새하얗고도 말랑말랑한 작은 발바닥을 사뿐 내딛는 진영이의 첫 걸음마를 곁에서 지켜보던 애 아빠와 형아와 두 누나가 다 함께 환호와 더불어 박수를 쳐줬다. 아이는 민감한 반응을 보인다. 가족들의 응원에 보답이라도 하듯이 아이는 주저앉으면 다시 벌떡 일어나 엉덩춤을 추면서 방글방글 웃는다. 천진난만한 그 모습이 어찌나 귀엽고도 사랑스러운지 말로는 다 표현을 할 수가 없다.

문득 나중 된 자가 앞서간다는 말이 생각난다. 갓난 애기적 진영이의 건강은 불안한 상태였다. 분유 한 모금을 제대로 소화시키지를 못했을 만큼 소화기능부터가 쇠약했다. 가물거리는 등잔불 같은 어린 진영이 곁에서 어느 땐 숨도 크게 쉴 수가 없었었다. 사람 노릇할 것 같지 않다며 이웃들까지도 무척 염려스러워 했던 아이다. 여닫는 문바람만 스쳐도 금새 감기가 들어 주먹덩이 만한 몸에 열이 오르고 방안의 공기가 조금만 건조해도 당장 호흡기에 장해가 와서 할딱거리는 통에 집 근처 소아과 병원을 내 집 문턱만큼이나 자주 드나들면서 시도 때도 없이 어미 가슴을 조이게 하던 아이다.

너저분한 껍질을 벗어 던져버린 병아리의 새로운 모습처럼 진영이는 서서히 잔병치레의 굴레를 벗어났다. 그리고는 아주 민감한 행동발육을 스스로 보여주고 있으니 어미로선 더없이 고마울 뿐이다.

요즘 우리 모자는 주위 관심을 끄는 스타 아닌 스타로 부상하고 있다. 한 달에 한번 입양 가족 모임에 나갈 때마다 회원들은 우리 모자에게 특별한 호칭을 부른다. 진영이는 학자이고 엄마인 나는 왕 언니란다. 연장자라서 붙은 왕 언니라는 내 별명은 대수로울 것이 못되지만 진영이에게 붙은 학자라는 별명은 들을수록 기분이 좋다. 부실한 미숙아이던 아이가 지금은 또래들에 비해 지능과 행동의 발달이 앞서가고, 또 어딘지 모르게 태도까지도 어엿해 보인다며 입양가족 회원들이 불러주는 진영이의 특별한 호칭이 학자이다. 진영이 덕분에 내가 학자 어미가 되었으니 우쭐해지며 이보다 더 좋은 일이 어디에 있겠는가.

진영이의 첫 말은 아빠라는 발음으로 시작 되었다. 옹알이가 끝나자 아이는 먼저 아빠라는 소리부터 했다. 처음 입 밖으로 나온 말이 아빠였을 만큼 아이는 아빠를 무척 따랐다.

생후 7개월 무렵의 일이다. 안방 윗목에 벗어 놓고 출근한 아빠의 추리닝을 쳐다보던 아이가 냉큼 그 곁으로 기어갔다. 아빠가 입었던 때 묻은 옷가지를 움켜쥐고는 연거푸 아빠를 부르며 볼에 옷자락을 마구 비벼대었다. 대견스러운 아이 모습을 혼자만 보기가 아까워서 아빠며 몇 몇 친구들에게 전화로 상황을 전했더니 뜻밖이었다. 모두 무반응 무감동인 것이다. 애기 키우는 엄마는 하루에 몇 번씩 거짓말을 하는 법이라며 들뜬 어미 마음에 재만 뿌렸다.

기운 빠지는 엄마의 속마음을 헤아렸는지 그날 밤 진영이는 퇴근해 온 아빠 앞에서 마침 낮에 보여주던 비슷한 행동을 거듭했다. 그제서야 아빠는 어린것의 영특한 모습에 단박 감동을 했다. 아이를 무등 세우고는 한바탕 질편한 함박웃음을 감추지 못한 채 피곤한 것도 잊고 둥둥아를 해 주느라 야단법석이 났다.

눈짓, 손짓, 발짓 등 진영이의 표정과 몸동작 하나하나엔 온통 재롱이 넘친다. 덕분에 우리 집안엔 웃음소리가 끊이질 않는다. 사노라면 갖가지 종류의 기쁨이 있지만 새 생명으로 인해 얻는 행복만큼 신선하고도 흐뭇한 기쁨은 그리 흔치 않을 것 같다. 몸도 마음도 한 점

흠과 티가 없이 순수하고도 맑은 새 생명체! 그래서인지 애기를 통해 충전되는 어른들 마음의 기쁨은 무엇으로도 비교될 수 없는 행복이 아닌가 싶다.

IMF의 충격으로 인해 침체되어버린 집안 경제를 돕겠다고 위탁모의 일을 하다가 모자간의 값진 인연으로 엮어진 진영이와 나! 우리 사이는 영영 남남으로 스쳐 지나갔을 지도 모른다. 지금쯤 어느 낯선 나라 낯선 피부 빛깔의 양 부모 곁에서 나완 무관하게 지내고 있을 가능성이 있는 진영이와, 진영이로 인해서 누리는 이 행복을 자칫 모르고 지냈을 황량한 내 생활을 생각하면 문득 아찔한 생각이 든다. 용케 우리 모자에게 허락 된 큰 인연을 하느님께 감사한다.

우리나라는 연간 2,000여명의 애기들이 해외 입양 부모에게 넘겨진다고 한다. 인력난에 허덕이면서도 세계 4위의 애기 수출국으로 손꼽힌다니 안타까운 일이다. 해외로 입양된 대다수의 아이들이 인종차별로 인해서 서러움을 당하고 있다는 것은 더욱 안타까운 일이다.

사람이 산다는 것이 다름 아닌 다른 사람에게 의지가 되어 주는 것이라는 말이 있다. 맨손으로 세상에 나와 웬만큼 먹고 지낼 수만 있다면 그것만으로도 감사할 일인데 사람들의 욕심엔 한계가 없으니 문제인 것이다. 편협한 자기 자신만의 이기심에 의해 점점 인심이 냉랭해 지는 세상이라지만 세상을 이기는 진정한 힘은 오직 지혜와 사랑이라고 하지 않던가.

각양각색의 사람들이 한데 어우러진 인파 속을 융합해 나갈 진영이의 앞길은 과연 어떤 방향으로 열릴지 궁금해진다. 이왕이면 곁을 스쳐 지나는 모든 만남마다 선하고 진실한 사람들이길 기도해 본다. 진흙 밭을 걷다 보면 흙투성이가 되지만 한들거리는 풀숲을 지나다 보면 풀 향기에 젖듯이 부디 본이 되고 참된 사람들 속에서 선하고 가치 있는 인생을 배우고 충전 받을 만큼 모든 만남에 복이 따라줄 진영이의 앞날을 빌어 본다.

부모와 자식이라는 지중한 인연으로 맺어진 진영이와 나와의 귀중한 인연! 세상에 나와 처음으로 내 딛는 진영이의 첫 걸음마의 감격을 지켜보는 나는 남모르는 감회로 가슴이 두근거린다. 진영이의 대견스러운 첫 걸음마의 축복이 부디 긴긴 한평생으로 이어져 걸음걸음마다 하나님의 은총이 가득한 생애가 되기를 간절히 기도드린다.

대견스러운 첫 걸음마의 축복이
부디 긴긴 한평생으로 이어져 걸음걸음마다 하나님의 은총이
가득한 생애가 되기를 간절히 기도드린다.

첫돌

오늘은 진영이가 세상에 나와 처음으로 맞이하는 생일이다. 가까이 지내는 이웃들과 몇몇 친지들, 그리고 우리 부부 양가의 가족들이 돌 잔치 자리에 함께 모였다.

귀여운 짱구 머리엔 금박 굴린 귀여운 두건을 씌우고 양단 마고자에 물색 고운 한복 저고리와 바지로 단장시킨 진영이를 품에 안고 앞에 나서려니 얼굴이 달아오르고 가슴이 두근거린다. 첫돌배기 아이를 안고 있는 어미치고는 좀 노티가 나는 내 나이 탓만은 아니다. 마치 꼭꼭 숨겨 두었던 보물 덩어리를 사람들 앞에 꺼내 보여주는 조심스러운 순간인 듯 누군가에게 함부로 손이 탈까 두렵기도 하고 괜스레 불안해지는 그런 심정이었다.

입양으로 품에 안은 손자에게 끼워줄 금반지 한 돈 구입해 들고 300리 원정길을 찾아오신 연로하신 시아버님을 뵙는 순간 나도 모르게 눈시울이 뜨거웠다. 어디 그뿐인가. 어렵게 휴가를 내어 군문의 일정을 비집고 달려온 큰 아들과 예쁜 여학생인 두 누나들에게 에워 쌓인 오늘의 주인공인 진영이의 모습이 훈훈한 울타리 속의 병아리처럼 행복해 보였다.

아직 IMF의 경제적인 한파가 채 가시지 않은 사회적인 분위기 때문인지 잔치를 벌인 마음이 그리 편하지는 않다. 태풍을 치른 벌판과도 같은 썰렁한 기운이 주변에서 느껴지기 때문이다. 이전엔 몇 달 전부터 서둘러도 원하는 날짜에 마음에 드는 행사 장소를 빌리는 것이 까다로운 일이었는데 요즘은 상황이 좀 다르다. 한산할 만큼 요즘의 경기는 좋지가 않다. 몹시 위축된 주변의 냉랭한 공기 속에서 돌잔치를 벌이느라 부산 피우는 우리 집의 분위기가 어색하게 여겨질 정도이다.

넉넉한 형세가 아닌 우리로선 망설일 수밖에 없었던 일이다. 기념사진이나 찍어주고 대충 넘어가는 것이 우리 집 형편과 처지로는 합당하다고 여겨졌다. 어느 땐 단 한 통의 분유 값 때문에 쩔쩔매야만 하는 처지이고 보니 냉큼 잔치자리를 마련한다는 것이 엄두도 나지 않았다. 서운한 마음을 억제하고 마음을 다잡았는데 막상 돌날이 가까워지자 뜬금없이 마음이 달아오르고 사뭇 서글퍼지는 심정을 어쩔 수가 없었다. 며칠 동안 밤잠을 설치면서 고심을 하다가 시동생 내외에게 상황을 전했더니 적극적으로 나의 의도를 찬성했다. 경제사정이 어려운 상황이라고 해도 할 수 있는 일이니 그리 걱정할 것 없다면서 격려와 위로를 아끼지 않는다. 덕분에 용기를 얻을 수가 있었다. 조촐한 잔치자리를 준비하는 동안 서운했던 마음에 한결 위안을 얻게 된 것이다.

장소를 예약하고 자리를 함께하고 싶은 양가 가족이며 이웃들과 몇몇 친지들에게 일일이 전화작업을 마치고 났을 때였다. 예기치 않았던 또 하나의 고민이 머리를 드는 것이 아닌가? 이 뜻 깊은 자리를 꼭 함께 하고 싶은 이가 생각났기 때문이다. 그분이 아니었더라면 이 기쁜 잔치자리는 결코 없었을 텐데, 고마운 마음을 쉽사리 묵인할 수가 없었다.

입양 부모인 내가 생모를 찾아 아이의 돌잔치를 함께 나누고 싶은 심사엔 두 가지의 이유가 있었다. 첫째는 곁에 두고 바라만 보고 있어도 저절로 마음의 행복지수가 올라가는 우리 진영이! 이 아이를 낳아 준 생모와 함께 의미 있는 날을 기념하고 싶었고, 두 번째 이유는 아이를 탈 없이 잘 키우고 있으니 부디 안심을 하라는 입양모의 진심을 생모에게 꼭 전하고 싶어서였다.

입양 당시만 해도 진영이의 건강은 무척 부실했었다. D아동복지기관의 기록에 의하면 진영이는 미성년의 부모로부터 태어났다고 알려져 있었다. 그래서인지 신생아적 진영이의 건강은 함부로 손을 대기도 안쓰러울 만큼 무척 연약한 미숙아였다. 먹고 자고 마시는 기본적인 기능부터가 부실했다. 정상아의 발육이 불가능할 것만 같던 신생아가 서서히 건강을 되찾고 정상적인 아기로 발육을 하고 있으니 생각할수록 신기하고도 감사할 뿐이다.

첫돌 2개월 전부터 걸음마를 시작한 아기는 손수 돌떡을 손에 들고 뛰어다닐 만큼 걸음걸이 동작이 가장 먼저 발달했다. 아빠, 엄마, 형아, 맘마, 시이 등 짧은 실용 단어들을 정확히 발음하기도 하는 아이다. 몸동작의 발달도 또래 애기들에 비해 앞서 가고 있지만 지능적인 부분엔 더욱 빠르게 발달되어 가고 있는 진영이의 모습이 볼수록 대견하고도 고맙기 그지없다. 간절한 바람으로 모(D A)일간지에 기사를 냈다. 진영이의 돌잔치에 생모를 초대한다는 양모의 의도가 기사의 내용이었다.

진영이 돌 날, 기대했던 양모는 나타나지 않았으나 뜻밖의 손님이 찾아왔다. MBC텔레비전 방송국에서 취재진들이 몰려온 것이다. 카메라의 후레시 세례를 수도 없이 받으면서 돌 차례 상 앞에 앉은 진영이의 모습이 의젓하다. 마치 소설 속의 행복한 아기 왕자님 모습을 연상시켰다.

진영이의 돌잡이 상에 갖가지 상징물을 올리고 미래를 점치는 의식을 치를 땐 기쁨과 감격으로 어미의 가슴이 방망이질을 하듯 흥분되었다. 꼬마둥이는 돌잡이 상위에 올려놓은 만 원짜리 지폐는 거들떠보지도 않았다. 다짜고짜 돌상의 한쪽에 놓은 붓을 집어 들더니 곁에 있는 노트에다가 손에 힘을 주어 글씨 쓰는 행동을 보여주었다. 거침없이 휘젓는 돌배기의 붓놀림을 지켜보던 축하객들의 환호성과 박수갈채로 잔치자리는 한바탕 칭찬과 웃음소리로 가득했다.

당시의 아이 모습이 뜻밖에 찾아온 취재진들에 의해 MBC 텔레비전의 화면에서 마치 스타가 되어 있는 듯 방영이 되었으니 진영이는 생후 첫 생일이라는 뜻있는 날부터 매스컴을 타는 특혜를 누린 셈이다. 행사장의 주인도 우리에게 특별한 혜택을 베풀었다. 덤으로 추가음식을 제공해 주면서 축하를 해 주었다. 덕분에 돌잔치상은 더욱 풍성했다.

IMF의 경제적인 한파가 우리 가정에도 잔뜩 어깨를 웅크리게 하는 상황 속에서 어렵게 준비한 잔치자리였지만 부잣집의 호화로운 행사가 부럽지 않을 만큼 마음도 분위기도 풍요로웠다. 다만 기쁨을 꼭 함께 나누고 싶었던 분과 함께 할 수 없었던 사실만이 아쉬움으로 남았다.

경제 불황이라는 타격 속에서 요즘 너나없이 여유가 없는 상황임에도 불구하고 진영이의 첫 생일을 축하해 주기 위해 자리를 함께해 주신 모든 분들께 깊이 감사인사를 드렸다. 고마운 발걸음들이 나에겐 갚아야 할 빚이지만 가슴이 벅차는 감동으로 다가왔다. 시골길을 달려오신 시댁 어르신을 비롯하여 군에서 임시 휴가를 내어 축하해 주려고 찾아온 큰 아들이며 따뜻한 사랑과 기원이 있기에 진영이는 남을 배려하고 사랑할 줄 아는 반듯한 아이로 훌륭하게 자라나줄 것이라는 흐뭇한 예감이 든다.

귀여운 짱구머리에 깜직한 두건을 쓰고 돌잡이 상머리에서 취하던 진영이의 의젓한 포즈! 미래를 예시하는 의미 있는 진영이의 붓놀림이 아이 자신의 앞길을 향해 막힘없이 뻗어나갈 거라는 뿌듯한 예감으로 돌배기를 품에 안은 어미의 가슴이 자꾸만 두근거린다.

부디 하느님 은총이 진영이의 미래를 더욱 밝게 지켜주시기를 간절히 기도해 본다.

하느님 은총이 아이의 미래를 더욱 밝게 지켜주시기를

간절히 기도해 본다.

재롱잔치

유치원에서 아이들의 장기자랑 발표인 재롱잔치가 있었다.

무대에 올라 재롱을 떨던 진영이 느닷없이 울먹인다. 객석에서 지켜보고 있는 어미와 눈이 마주치자 아이는 갑자기 조그마한 입을 마구 삐죽거리는 것이다. 작은 꽃봉오리인양 예쁘게 움직이던 손짓과 발짓까지도 점점 위축되고 있는 아이. 금세 "으앙" 하고 큰 소리로 울음보를 터트릴 기세인 응석받이의 표정을 객석에서 지켜보자니 오금이 저리고 가슴이 사뭇 콩닥거린다.

얼굴도 몸집도 또래들에 비해 조그마하고 아직도 젖먹이 티를 벗지 못한 진영이. 무대 위에 서있는 아이의 모습은 여섯 살배기 유치원생들의 덩치에 못 미치는 앙증스러운 애기 인형과 다를 바가 없다. 어미를 보자마자 자꾸만 울먹이고 있는 아이, 그리고 그 모습을 지켜보며 애를 태우고 있는 이 어미의 모습이 남의 눈엔 유별나 보일지도 모른다. 덩치도 마음도 남들보다 약한 아이를 키우는 어미의 심정을 헤아린다면 좌불안석하는 내 입장을 이해하리라는 생각을 하면서 줄곧 아이에게서 눈과 마음을 떼지 못하고 있다.

하마터면 재롱잔치의 무대 분위기를 헝클어 버릴 뻔 했던 위기를 무사히 모면하고 아장아장 무대를 내려와 어미 곁으로 다가오는 진영이를 덥석 안아 올리자니 울컥 울음이 북받친다. 알 수 없는 안쓰러움과 감동으로 비 오듯이 쏟아지는 눈물을 주체할 수가 없었다. 무사히 행사를 마쳤으니 감사하다면서 기뻐하는 한편 안도의 숨을 돌리고 있는 선생님들 곁에서 자꾸만 흘러내리는 눈물을 닦느라 손수건을 적시고 있노라니 민망스럽기도 하고 부끄럽기도 했다.

처음 겪는 무대경험이어서인지 아니면 어미의 품 밖에서 학습된 동작을 처음으로 대중 앞에서 표현하는 것이 불안해서인지 재롱잔치 무대 위의 진영이 모습은 여간 어색해 보이지가 않았다. 무대 위에서와는 달리 평상시의 모습은 무척 영특하고 매사에 똑똑한 아이라는 이웃들의 칭찬을 그동안 수도 없이 듣고 지내왔다.

자기감정의 표현과 행동이 확실하고 나이에 비해 어휘력이 잘 발달된 아이여서 주위 사람들을 어리둥절하게 한 적이 한두 번이 아니었다. 남들에게 뒤지지 않는 지능 발달에 비해 불안했던 취약점은 좀 체격이 약골이라는 점이다. 늘 감기증세를 떨칠 수가 없을 만큼 연약했던 진영이는 병원문턱을 자주 오가는 동안 갖가지 에피소드를 남기기도 했다.

흰 가운을 걸친 의사 선생님과 간호사를 어린 꼬마는 몹시 무서워했다. 병원에 들어서면 흰 가운을 걸치고 지나가는 의사 선생님의 모습을 먼빛으로만 발견해도 금새 잔뜩 겁에 질려 울음소리조차 목안으로 기어 들어갈 만큼 주눅이 들어버리곤 했다. 가뜩이나 푼푼치 못한 체중으로 애를 먹던 터에, 병원 출입 며칠만 거듭하다 보면 아이는 1kg씩이나 몸무게가 빠져버리곤 했다. 그만큼 흰 가운에 대한 젖먹이 진영이의 스트레스는 유난했다.

감기 환자들로 북적거리던 소아과 병원에서 차례를 기다리고 있던 어느 날의 일이다. 어미 품에 안겨 있던 어린 진영이가 사뭇 낑낑거렸다. 내리겠다는 것이다. 감기기운으로 앓고 있는 아이의 의중을 거슬리지 않기 위해 아이를 잠시 바닥에 풀어놨다. 그랬더니 아이는 다짜고짜 뭔가를 손으로 집어 들었다. 그 작은 손에 집어 든 것은 다름 아닌 바스락거리는 사탕껍질이었다. 누군가가 버린 사탕껍질을 손에 쥔 아이는 한바탕 주위를 두리번거렸다.

아이의 눈이 반짝이는가 했더니 한쪽 구석 지에 놓인 쓰레기통을 발견하고는 그쪽을 향해 걸음을 서두는 게 아닌가? 감기로 열이 올라 불그레한 얼굴을 하고 콜록콜록 기침을 하면서 쓰레기통을 향해 비실거리면서 발걸음을 떼고 있는 어린것. 그 광경을 지켜보던 옆자리의 엄마들이 모두 놀라며 고개를 끄덕였다. 아픈 몸으로 준법정신을 실천하려고 애를 쓰고 있는 어린것의 깜찍스러운 행동이 주위 사람들 모두에게 감동시킨 것이다.

진영이를 데리고 시장을 오갈 때나 공원이나 유원지 등의 공공장소를 지날 때면 번번이 발걸음이 더디다. 길바닥에 뒹구는 한 조각의 휴지조각조차 아이는 그냥 지나치지를 않는다. 어미로서 꼼꼼히 지키려 드는 아이의 준법적인 태도가 무척 기특하기 이를 데 없지만 바쁜 걸음을 서두를 때는 곤혹스럽게 여겨지기도 한다.

이웃들에게 모범생으로 인식되어온 아이가 오늘 재롱 잔치무대에서 불안한 모습을 보였던 것은 아이에게 문제가 있는 것이 아니다. 품 안에 꼭꼭 끌어안고 응석받이로만 여겼던 어미의 지나친 애착심이 아이의 마음을 나약하게 만들어버린 결과가 아닌가 싶다.

재롱잔치를 마치고 귀가하던 길에 무심코 혼잣말로 이렇게 말했다. "수고하신 선생님들께 일일이 고맙다는 인사도 못하고 말았으니 미안하다."라고 중얼거렸더니 아이가 용케 듣고 다짜고짜 생떼를 쓰기 시작했다. "엄마가 선생님들한테 감사하다는 편지를 써서 보내면 되지 않아"라며 아이는 자꾸만 어미를 졸랐다.

해님 반 선생님, 우주 반 선생님, 달님 반 선생님, 그리고 원장 선생님께 진영이를 잘 가르치고 보살펴 주셨으니 고맙다는 편지 좀 써 보내자고 졸라대는 아이의 표정이 무척 진지하다. 고맙게 여기는 어미의 마음을 선생님들은 다 알고 계실 거라고 타일렀지만 아이는 언성을 높이면서 어미를 설득하려 들었다.

고맙게 여기는 엄마의 마음을 선생님들이 볼 수가 없으니 편지를 써 보내야만 된다는 것이다. 엄마가 팔이 아파 네 분 선생님께 일일이 편지를 써 보내드릴 수가 없다고 설득을 해봤지만 아이는 끝내 고집을 피면서 점점 더 야단이다.

가르쳐 주시고 다독이신 선생님들의 은혜를 소홀히 여기지 않는 어린 진영이의 소견이 가상하다. 아이와 한바탕 언쟁을 벌이는 동안 어미는 가슴이 뛰는 감동을 여러 번이나 느끼곤 했다. 언제 어디서나 지키려 드는 준법정신과 선생님에 대한 공경심 등 인성교육의 첫걸음을 제법 인식하고 있는 어린것의 깊이 있는 생각이 대견하게만 여겨진다.

재롱잔치 무대 위에선 이 어미 가슴을 무척 애간장 태웠던 여리고 약한 아이였지만 지켜보며 애태운 어미 마음을 마치 보충이라도 하는 듯했다. 예쁘고도 당당한 자신의 마음자세를 진영이는 대화를 통해 어미에게 일일이 인식을 시킨 것이다.

자식이란 신이 내린 가장 크고도 소중한 선물이라고 했다. 눈빛이 맑게 반짝이는 진영이를 안고 있는 지금, 표현할 수 없는 감동이 가득 채워지며 기쁨과 행복으로 가슴이 벅차오른다.

자식이란 신이 내린

가장 크고도 소중한 선물이라고 한다.

초등학교에 입학하던 날

오늘은 진영이가 초등학교에 입학하는 날이다. 늦잠꾸러기인 아이가 아침 일찍 일어났다. 그동안 형과 두 누나들만이 드나들던 생소했던 세계를 드디어 본인 자신도 다니게 되었다는 우쭐한 느낌 때문인지 다른 날보다 일찍 일어나 표정부터가 들떠 있다.

아침밥은 관심도 없는 듯 딴청만 부리고 있는 아이에게 생선살을 얹어 억지로 밥숟가락을 떠 먹였지만 여전히 아이의 마음은 딴 곳에 있다. 새로 장만한 책가방과 새 운동화 등에 온통 마음도 눈길도 쏠리고 있는 눈치다. 어미 손에 이끌려 학교로 향하는 동안 진영이의 발걸음이 평소와는 다르다. 깡충거리는 걸음마다 부풀어 오르는 풍선처럼 신바람으로 가득하다.

절기는 입춘이 지났지만 아직도 한겨울 날씨다. 스쳐가는 찬 기운이 어깨를 잔뜩 웅크리게 한다. 초등학교 입학식장인 운동장에 병아리 떼처럼 옹기종기 모인 입학생 중엔 코와 볼이 발갛게 얼어 견디기가 어렵다는 듯 발을 동동 구르는 아이도 있다. 껴입은 두툼한 옷차림 탓에 대부분 몸동작이 둔탁해 보이지만 적응에 민감한 아이들은 선생님의 지도에 따라 제법 질서 있게 움직인다. 옛날 우리 세대의 입학생들과는 영 분위기가 다르다. 애기적부터 사설 학원이나 유치원 등 유아기부터 사회성을 미리 적응해온 습관 덕분인지 요즘의 초등학생들의 수준은 옛날 아이들에 비해 자세부터가 의젓하다.

수많은 또래들 속에 섞여 있는 진영이는 눈에 뜨일 만큼 키도 몸집도 작다. 몸집이 작으면 키라도 좀 컸으면 싶은데 다른 애들에 비해 왜소하고 보니 안쓰럽기만 하다. 마치 강아지들의 무리 속에 병아리를 들여 놓은 것만 같아 자꾸만 염려스러워져서 잠시도 아이한테 눈을 뗄 수가 없다. 약골 체격을 지닌 내 아이가 덩치가 큰 다른 아이들 앞에서 미리 기죽고 주눅이 들어버리면 어쩌나. 좌불안석 불안해지기까지 하는 어미의 마음이 자식에 대한 지나친 노파심이란 생각이 든다.

사람이 모인 곳이면 어디에서도 힘겨루기가 따르는 법이다. 미물도 몸집을 최대한 부풀려 경쟁 대상이 자신을 깔보지 않도록 보호본능을 발휘한다는데, 사람들의 세계 역시 별로 다를 것이 없다는 마음이 든다. 과학의 힘으로 우주를 탐색하는 두뇌의 경쟁시대를 살면서 외향적인 부분에 연연하고 있다는 것은 미개적인 사고방식일 뿐이라고 스스로를 위로해 본다.

남들보다 몸집이 작아 애기 티가 나는 초교 입학생인 진영이와 다른 엄마들 보다 나이가 많아서 할머니 같은 엄마! 남의 눈에 좀 유별나 보일지 몰라도 꿈에 부푼 우리 모자야말로 남부러울 것 없는 행복한 모습이 아닌가 싶다.

아이들은 잠을 자고 있을 때가 가장 성장발육이 잘되는 중요한 시간이라는 말을 귀담아 들은 적이 있다. 아이들은 잠이 들어 있을 때 성장 호르몬이 가장 활발해진다는 것이다. 갓난 아기 적부터 다른 애들에 비해 덩치가 빈약한 진영이로 인해 늘 애가 탔던 나는, 밤이면 아이에게 각별히 관심을 기울였다.

초저녁 무렵 첫잠이 든 후부터 다음날 아침까지 아이의 단잠을 깨우지 않게 하려고 살얼음을 딛는 마음으로 조심을 했다. 방문을 여닫는 일이며 TV의 볼륨이며 부부간의 일상적인 대화까지도 일일이 신경을 기울였다. 자다가 아이를 깨워 오줌을 받아내는 일 까지도 철저한 금기사항이었다. 일곱 살 때까지도 기저귀를 채워 잠을 재웠던 것은 잠자다 깨면 성장 발육에 해를 끼칠세라 전전긍긍했던 이유 때문이다.

초등학생이 될 무렵엔 잠자리에 드는 아이에게 제법 두툼한 기저귀를 채우는 일이 좀 어색할 때도 있었다. 눈길이 서로 마주치면 아이와 애 아빠와 나 이렇게 셋이서 한바탕 웃음판을 벌이곤 했다. 아직 습관이 되어 있어서인지 멋쩍어 하기보다는 밝게 웃음 띤 얼굴로 잠드는 아이 모습이 한없이 천진해 보이곤 했다.

아이의 약한 뼈가 튼튼해지고 살이 붙는다는 영양가 있는 음식을 아이에게 주기 위해 무던히도 애를 먹었다. 엄마들의 경험담을 통해서 그리고 전문 서적을 참고해 가면서 그러나 아이는 어미의 간절한 염원을 번번이 외면해 버리곤 했다. 식성이 짧고 편식을 하는 아이의 부실한 식습관이 문제였다. 고양이 밥 먹듯이 지나칠 만큼 섭취하는 음식의 양이 작고 늘 식욕이 빈약하다 보니 쑥쑥 키가 크고 살이 붙은 튼실한 모양새는 어느 한 구석에서도 찾아 볼 수가 없었다.

진영이의 외모는 애초부터 우량아의 체질과는 거리가 너무 멀었다. 다행한 점은 유아기 적부터 다른 애기들에게 뒤지지 않는 지능발달이다. 젖 냄새 흥건한 애기적부터 지능지수와 감정 표현이 유달리 섬세하여 어리둥절했던 적이 한 두 번이 아니다.

진영이가 네 살 때의 일이다. 여섯 식구가 벗어 놓고 나간 옷가지며 이불 빨래 등 그날은 빨래 거리가 산더미를 이루고 있었다. 진종일 빨래와 씨름을 하고 있는 어미 곁으로 아장아장 다가온 아이는 한 사코 애틋한 눈빛을 보이더니 혼잣말로 중얼거렸다.

"울 엄마 고생이 너무 많다. 네 명이나 되는 자식들을 키우느라 밥하고 빨래하고 청소하느라 너무 힘이 들거야!" 라면서 조가비만한 자기 손바닥을 일손에 매달려 있는 물 젖은 어미의 손등에 대더니 한바탕을 비비다가 자기 입에 어미 손을 대고 뽀뽀를 하는 것이 아닌가.

철이 든 아이들도 쉽지 않은 조리 있는 말과 따뜻한 감정을 정확하게 표현할 줄 아는 어린것이 대견하고도 기특하여 할말조차 잊었었다. 요즘은 사람이 누리는 문명의 발달속도까지도 무척 빨라져 가는 세상을 살아가고 있다. 어제가 옛날로 여겨지는 세상이어서 인지 어린아이들의 지능 발달도 덩달아 빨라지는 추세다.

네 살짜리 어린 진영이의 생각과 행동 역시 빠른 속도로 발달되어 가고 있다. 시대의 흐름을 따라가기 위해서인지 아이의 어른스러운 생각과 의젓하게 구사하는 말솜씨는 암만해도 예사롭게 여겨지지를 않는다.

신은 인간에게 공평한 복을 허락한다는 말이 있다. 왜소한 체구를 보충이라도 해 주듯이 진영이에겐 머리가 총명하고 심성이 예쁘다는 주위 사람들의 칭찬이 보물처럼 붙어 있다. 겉으로 보이는 당당한 위풍도 중요하지만 보이지 않는 곳에 숨어있는 지능지수의 능력도 세상을 헤쳐나가는 중요한 힘이자 누구도 빼앗아 갈 수 없는 알찬 재산이다.

남달리 자그마한 체구로 초등학교에 첫발을 내민 진영이. 앞으로 수많은 배움의 문턱을 넘고 또 넘어야 할 진영이다. 배움의 길에 부디 훌륭한 선생님들의 지도가 먼 길을 향하는 아이의 발길을 옳고 따뜻하게 부축해 주었으면 싶다.

애기 같은 입학생인 아들과 나이 쉰을 넘긴 할미태가 풍기는 나이 많은 어미! 남 보기엔 어떠할지 몰라도 뜻 깊은 오늘, 어미인 내 마음은 남다른 감회와 기쁨으로 가슴이 뿌듯하다.

미운 일곱 살

사람의 얼굴은 평생 동안 열 번 이상 바뀐다는 말이 있는데 요즘 진영이의 얼굴 모습이 변하고 있다. 기쁠 때는 티 없이 방글거리고 몸이 아플 때나 마음이 불안할 땐 엉엉 울고 불쾌할 땐 찡그리고 잠이 들었을 때의 표정엔 한없이 평화로움이 깃들던 아이 얼굴이다. 아무런 감정 표현이 없을 때도 잔잔한 호수처럼 평온한 기색이 가득하던 얼굴이었다. 티끌만한 꾸밈도 가식도 한 구석 찾아 볼 수 없던 아이의 순수 무구한 얼굴이 요즘 들어 갑자기 변화가 왔다. 느닷없는 변화가 황당하기 짝이 없다.

오늘 오후의 일이다. 집 앞 공터에서 이웃 아이들과 놀다 들어온 진영이에게 손과 발을 깨끗이 씻으라고 했더니 녀석은 못들은 척 한다. 두 번 세 번 독촉을 했지만 내내 무반응이다. 손에 땟국이 꾀죄죄한 아이에게 씻지 않으면 질병에 걸린다며 타일렀더니 대답은 피하고 눈만 하얗게 흘긴다. 흘기는 눈빛으로 인해서 얼굴 전체의 표정까지도 엉뚱한 모습으로 뒤바뀐다. 그동안 볼 수가 없었던 밉살스런 얼굴이다.

곰곰이 생각해 보니 요즘 진영에겐 몇 가지 변한 것이 있었다. 평소에 사용하는 말씨와 행동까지도 좀 달라진 기색이다. 가장 친숙한 자기 이름을 불러도 냉큼 대답이 없거니와 제가 마시다 남은 물 컵을 가져 오라는 등 하찮은 심부름을 시킬 때도 시치미를 떼곤 했다. 아예 못 들은 척 외면해 버리는 것이다. 게다가 해맑던 눈망울까지 밉살맞을 만큼 흘기곤 하니 이게 웬 변고인가 싶다. 대체 영문을 알 수가 없었다. 사랑스럽던 얼굴이 점점 얄궂게 변해가고 있다는 사실이 어미 마음을 황당하게 했다.

진영이는 동갑내기 아이들에 비해 행동이며 말씨가 어른에게 고분고분 하고도 의젓해서 주위 사람들에게 칭찬을 늘 들어 왔다. 학자니 모범생이니 듣기 좋은 별명으로 늘 통하던 아이다. 요즘 느닷없이 말씨며 행동이며 얼굴 표정까지도 바뀌고 변해가는 아이를 대하자니 덜컥 겁이 났다. 불안한 생각도 들었다. 행여 맑고 반듯하던 성격이 내내 비뚤어져 버리고 마는가 싶어 전전긍긍 하다가 문득 한 그루의 묘목에 아이의 성장을 비유해 봤다. 비틀어진 묘목을 방치해 둔다면 결코 올곧게 자랄 수가 없을 것이고, 거목이 된 후에 바로잡으려면 더욱 큰 고통과 상처가 따를 수밖에 없다는 평범한 이치가 떠올랐다.

생각다 못해 사랑의 매를 들었다. 여리고 허약한 어린것의 종아리에 처음으로 회초리를 대자니 아이보다 어미의 가슴이 먼저 오그라들었다. 난생 처음 따끔한 어미의 매를 맞으면서 말을 잘 듣겠다며 울고불고 부산을 떨던 아이가 초저녁 이른 잠이 들었다. 꿈속에서도 어미한테 혼나고 있는지 눈가엔 눈물이 고이고 잠결에 흐느끼는 소리를 내기도 한다. 안쓰러운 마음으로 붉게 부풀어 오른 매 맞은 종아리를 쓸어안고 있자니 문득 옛 엄마들한테 듣던 경험담이 새롭다. 미운 일곱 살은 누구한테나 그냥 비켜 지나가지를 않는다는 것이다. 그러고 보면 진영이는 지금 결코 그냥 지나칠 수 없는 미운 일곱 살의 과정을 겪느라 애쓰고 있는 게 아닌가 싶다. 본인의 의도와는 무관하게 예전에 없던 심통이 부려지고 갖가지 불만이 싹트고, 그러다 보니 평소에 귀엽고 예쁘던 얼굴 모습조차 얄궂은 표정으로 바뀌고 있으니 이것도 커가는 과정인가 보다.

응석받이 유치원 시절을 거쳐 초등학교 입학 이전의 어중간한 시기가 미운 일곱 살의 과정이라고 한다. 얼굴은 마음의 거울이라고 했으니 미운 마음과 얄궂은 행동을 추구하려 드니 얼굴이 예쁘게 보일 리가 없다. 앞 이빨 두 개가 빠져 빈자리가 더욱 밉살스러워만 보이는 진영. 웃는 모습조차도 어딘지 모르게 짓궂어 보인다.

사업 관계로 여러 날 만에 귀가한 아빠가 일찍 잠이 든 진영이의 얼굴을 들여다보다가, 요즘 아이 얼굴이 너무 까칠해 보인다며 안쓰러워한다. 무럭무럭 커야 할 나이니 제대로 챙겨 먹이라고 채근을 한다. 부성애의 따스한 온기 속에서 진영이는 단잠에 빠져 있다. 이 사랑스런 미운 일곱 살배기를 위해 나는 간절한 마음으로 기도를 한다. 요즘 들어 미운 일곱 살의 과정을 겪느라 그렇게도 밝고 예쁘던 얼굴이 밉상으로 변했지만 빨리 본래의 모습으로 회복되길 조바심 속에 기다려 본다.

부디 반듯한 마음 선한 품성에서 우러나오는 맑고 신뢰감이 가득한 그런 얼굴 모습으로 평생 간직될 수 있기를 빌어 본다.

비틀어진 묘목을 방치해 둔다면 올곧게 자랄 수가 없고,

거목이 된 후에 바로잡으려면 더욱 큰 고통과 상처가 따를 수밖에 없다.

IMF 동이

진영이와의 첫 인연은 IMF 한파 속이였다.

진영이와 내가 어미와 자식이라는 지중한 인연의 끈으로 묶이게 된 계기는 집안에 심각한 경제적인 위기가 닥쳐와서 비롯된 일이었다. 유별스런 잉태의 과정을 치르고 얻은 아들인 셈이다. 그 무렵 TV나 신문기사에는 IMF라는 생경스런 낱말이 난무했고 주위 분위기는 어둡고도 어수선했다. 수많은 실직자들의 한숨과 방황이 가정과 사회 전반에 먹구름을 드리우고 있었고 우리 집 역시 예외 일 수가 없었다. 겨우 한 모퉁이나마 발 딛고 일어서려던 남편의 개인 사업체가 피어나기 전에 좌절의 위기에 직면하게 되었다.

진영이는 안아 올리고 눕히기조차 불안할 만큼 나약했다. 자궁 밖의 새로운 환경이 아직 낯선 것인지 밤과 낮을 가리지 않고 마냥 울고 보채기만을 거듭했다. 잠시도 눈과 손을 뗄 수 없는 똥싸개 어리디 어린 핏덩이를 지극 정성으로 보살펴야 했다.

나의 아들 진영이가 맨 처음 나의 품에 안겨졌을 때의 상황이 아직 눈에 선하다. 당시 녀석은 생후 25일째 되는 신생아로 체중이 2.6kg에 겨우 인큐베이터 신세를 모면한 미숙아였다. 해파리처럼 흐늘흐

늘 거리는 전신의 살갗과 호박꼭지처럼 튀어나온 배꼽은 늘 터질 듯 했고 듣기에도 답답한 가쁜 숨을 헐떡였다.

배냇저고리의 작은 소매 깃을 하염없이 내저으며 두 다리는 개구리 다리처럼 배배 꼬여 비비적거렸다. 정상아의 절반 분량의 분유도 섭취할 수 없을 만큼 소화기능이 부실했다. 어렵게 넘긴 분유도 울컥울컥 토해내는 바람에 방안은 온통 분유 비린내로 가득했다.

이런 아기를 바라볼 때면 마치 꺼져 버릴 듯한 등불을 지켜보듯 매 순간 조마조마한 마음을 떨칠 수가 없었다. 약하디 약한 울음소리를 내다가 지친 듯이 잠이든 어린것을 바라보았다. 그 순간 나도 모르게 울컥 눈물이 솟구쳤다.

주야장천 살을 비비며 함께 호흡하는 동안 나도 모르는 사이에 깊고 깊은 정이 들어버렸다. 아이에 대한 측은지심이 마치 샘물이 솟아나듯이 가슴속 깊은 곳에서 우러나와 끊임없이 모성본능이 일어났다. 아이에 대한 애착이 병적인 증세로 오해 받았을 만큼 절실했던 것은 약속된 위탁기간이 거의 끝나가고 있을 무렵이었다. 위탁모와 위탁아라는 단순하고 짧은 만남과 당연한 이별을 냉정하게 받아드릴 수가 없었다. 해외의 입양 부모를 찾는 작별의 순간이 다가 올수록 가슴 한 모퉁이가 무너져 내리는 듯 했다.

영문도 모른 채 머나먼 타국의 땅에서 생소한 인종의 품에 안겨 장차 어떠한 삶을 이어나갈지 예측을 할 수 없는 어린것의 기구한 운명을 어찌하면 좋을까? 나 자신이 아이의 입장에 동화되어 온통 서러움과 울분으로 가득 차 왔다. 지금 이 땅 어딘가에서 관심도 없이 지내고 있을 무책임한 아이의 부모가 원망스러워졌다. 아무런 죄 없는 어린 생명을 장래의 대책도 없이 낯선 나라, 낯선 인종들에게 떠넘기는 모국의 방관적인 태도도 안타까울 뿐이었다.

나는 마치 상황파악이 불가능한 야생의 벌판에 한 마리 갓 부화된 병아리를 내던지는 듯한 불안과 안타까움으로 전전긍긍했다. 여러 날 동안 잠을 이룰 수가 없었다. 전신의 세포가 온통 들떠 있는 듯한 심란증이 발동되면 아기가 잠든 사이 인적 끊긴 주택지의 밤 골목으로 넋 빠진 사람처럼 뛰쳐나갔다. 젖은 눈을 웃옷 소맷부리로 문지르며 서성거리노라면 아기 걱정에 또 다시 집으로 들어와야만 했다. 잠들어 있는 애처로운 그 모습을 보면 마치 자신의 슬픈 운명을 그동안 함께 지낸 위탁모에게 하소연이라도 하는 듯했다.

남편은 유아 양육의 경험이 없는 여자가 생전 처음 품에 안아 본 위 탁아와의 생이별이 우울 증세를 발병시켰다며 몹시 난감스러워했다. 따지고 보면 나는 잉태와 출산의 경험도 없이 삼 남매의 어미가 된 행운모이다.

나에겐 꼭 이루어 보고 싶은 꿈이 있었다. 고아나 결손가정의 희생아인 소외된 아이들을 위한 사회사업을 실천하고 싶었다. 내 작은 어깨로는 감히 짊어질 수가 없는 역부족의 백일몽이었는데 이루지 못한 그 꿈을 1/100쯤으로 축소시켜 실천해 볼 수가 있는 기회가 바로 엄마를 여의고 허둥거리는 외로운 아이들에게 가슴 따뜻한 어미가 되어주는 길이었다.

나는 자식욕심이 지나칠 만큼 별난 여자란 말인가? 아마도 진영이의 건강상태가 웬만만 했더라도 상황은 달라졌을 것 같다. 위탁기간 인 4~5개월간의 짧은 인연으로 끝나고 말았을 텐데 실바람만 스쳐도 금세 꺼질 듯이 여리고 허약한 아이의 상태가 결국 가죽동아줄보다 더 질긴 인연의 밧줄이 되어 서로를 꽁꽁 옭아맨 셈이다.

맨 처음 위탁아인 진영이를 우리 집 막둥이로 호적에 입적시키자는 나의 뜻을 남편에게 전했을 때, 남편은 감상주의적인 헛소리가 아님을 확인한 후엔 어이가 없다는 양 난감스러워 했다.

삼 남매 뒷바라지도 벅찬 가정형편에 입양아까지 책임질 기력이 없다는 것이다. 그러나 아이에게 향하는 나의 끈질긴 애착심은 그 어떤 힘으로도 갈라놓을 수가 없을 만큼 절실했다. 기어이 남편은 닫혔던 마음의 문을 열 수 밖에 없었다. 이번엔 D아동복지관에서 우리 집 경제적 형편이 곤궁하다는 이유로 꺼려했다.

그 당시 불가능을 가능으로 바꿔버린 힘은 물질보다 더 큰 사랑의 힘이었다. 해당기관에 2백만 원의 현금을 지불해야만 입양이 가능했고 이를 치르기 위해 차용증을 써들고, 이집 저집 찾아다니며 염치불구하고 두 손을 내밀었다.

경제적 현실을 말하며 우려하던 남편도 느닷없는 어린 동생의 등장을 달갑게 여기지 않던 삼 남매도 막상 아기가 우리 가족이 되자 태도가 서서히 바뀌었다. 아기를 어르고 달래고 둥둥아를 해줬다.

늦둥이에 의해 피어나는 새롭고 신선한 기운이 집안 가득 채워져 갔다. IMF로 인해 맺어진 커다란 인연이었으니 진영이는 어둡고 우울한 안개 속에서 건져낸 생명의 축복인 셈이었다.

올해 열 살배기 초등학교 3년생인 녀석은 티 없이 명랑한 얼굴에 귀여운 개구쟁이로 잘 자라고 있다. 얼마 전엔 어느 기획사에서 아역 탤런트로 발탁하겠다는 제의를 받았을 만큼 남 보기에도 개성 있는 아이로 눈에 뜨이나 보다. 익살스런 진영이는 어느 날 "아빠는 결혼 잘한 겨~ 처녀가 애 딸린 집으로 누가 시집을 와?"라고 하여 어른들을 깜짝 놀래키곤 했다.

"엄마는 많이많이 착하니까 내가 위인전에 올려줄게. 그러려면 내가 어떻게 해야 해?"라는 말로 감동을 주었고 "내가 훌륭한 사람 되면 엄마 친구들이랑 놀러 다니라고 봉고차 사서 기사 붙여줄게"라며 생뚱스런 재담으로 가족들에게 행복과 희망을 주는 아이이다.

녀석의 때 묻지 않은 눈빛과 천진한 재롱이 집안 가득 웃음꽃으로 장식해 준다. 경제 한파 속에서 맺어진 인연이어서인지 진영이는 한 그루 푸른 소나무처럼 우리 가정의 밝은 희망이 되고 있다.

2008년

입양의 보람

어린아이는 가정의 보물이다.

그들에게는 미래라는 소중한 재산을 지니고 있기 때문에 소중하기 이를 데 없다. 어린아이를 품에 안고 있는 부모의 표정에는 흐뭇한 기운이 가득하다. 보물 꾸러미를 가득 안고 있는 표정과 다를 바 없다. 세상에서 가장 흐뭇한 표정을 찾아보라고 한다면 어린 자식을 품에 안고 있는 부모의 모습이라고 정의 내린다고 해도 무리가 아닐 것이다.

보물을 함부로 방치할 수 없듯이 아이들도 부모의 관심과 보살핌 없이는 위태로울 수밖에 없다. 잠시도 소홀히 할 수 없는 존재가 다름 아닌 어린아이들이다. 하늘이 어린아이들에게 내린 특권은 부모의 강한 보호본능이다. 마땅히 받아야 하는 보호의 특권을 박탈당하는 경우가 있으니 문제인 것이다.

부모의 이혼과 사망, 극빈 미혼모 출산 등 여러 가지 사유로 인해서 부모로부터 이탈되는 아이들의 수가 증가되고 있다는 현실이 안타깝다. 통계에 의하면 년 간 일만 명의 아이들이 부모의 품에서 이탈 된다고 한다. 대부분 고아 아닌 고아로 버림받는 상태라고 하니 가슴 아픈 일이다.

해결 방법으로 1976년에 특별법이 제정되었다. 입양 특례법이라는 법 조항이 바로 새로 제정된 특례법이다. 그러나 입양의 역사는 그보다 훨씬 더 이전인 6·25전쟁으로 인한 고아들을 수용하기 위한 취지에서 설립되었다고 한다. 그동안은 거의 해외 입양에 의존해온 상태다.

전쟁 중에 부모를 잃고 거리에 방치된 고아들과, 위안부들에 의한 불행한 부산물인 혼혈아들! 그들을 위한 사회적인 서비스 차원에서 시작된 것이 국내 입양기관으로 자리를 잡게 된 것이다. 6.25 이후 사회질서가 회복된 후에도 별로 줄어들지 않던 가정이탈아들이 IMF외환위기 때에는 20,000여명 가까이 발생되었다고 한다. 평소보다 두 배에 해당되는 보호아동의 발생 수는 국가경제의 문제와도 관련이 크다는 뜻이기도 하다.

입양부모 하면 우리보다 잘 사는 나라 사람들의 전유물로만 생각했다. 인종도 언어도 환경도 자기가 태어난 곳과는 전혀 딴판인 곳으로 흘러갈 수밖에 없는 어린아이들의 처지는 안타깝다. 무책임한 부모와 무책임한 모국에 외면당하여 본인의 의도와는 무관하게 산도 물도 인종도 낯선 세계로 떠밀려 가는 가여운 부모이탈 아이들의 운명인 셈이다.

비록 낯선 땅으로 흘러간다 해도 입양부모를 잘 만나면 성공적으로 성장할 수는 있다. 그러나 그렇지 못한 경우가 더욱 많다고 한다. 평생 인종차별의 치욕을 겪으며 고국과 낳아준 부모를 원망할 수밖에 없는 기여운 해외 입양아들! 그들의 불행을 그냥 묵인하고 방치해 둘 수만은 없는 일 아닌가!

근래에 와서 종교계와 입양기관 및 뜻 있는 민간단체에서 새로운 바람이 불고 있다. 마침내 국내 입양의 바람이 불기 시작한 셈이다. 그동안 해외입양에만 의존해왔던 가정이탈 아동들에 대한 해결방법은 국가적인 수치였다. 88올림픽과 2002월드컵경기를 성공적으로 치러낸 국가의 위상에 걸맞지 않는 격이었던 실태였다. 좀 늦은 감은 있으나 의식 변화가 이루어지고 있으니 다행이다

예전에 비해 입양의 절차도 한결 수월해졌다. 까다롭던 입양부모의 자격 기준도 완화되었고 입양아에게는 특별법도 적용되고 있다. 입양아에게는 무료로 의료혜택이 가능하게 되었다.

2006년도부터 새로 제정된 입양아들의 날은 사람들의 막혀 있던 의식을 열어주기도 한다. 매년 5월 11일을 입양의 날로 정해놓고 5월 17일까지 입양주간으로 기념하게 되었다. 가정의 달인 5월 달에 입양의 날과 입양의 주간으로 정한 것은 입양의 중요성과 입양아에 대한 깊은 의미를 기리기 위한 이유에서 일 것이다.

TV, 인터넷, 종교 신문 등의 다양한 홍보매체에서 입양에 대한 홍보활동이 활기를 띠고 있다. 퍽 다행한 현상이다. 의식을 개선시켜 국내입양을 좀 더 활성화시키려고 인기 연예인들의 입양사례를 들추는 홍보매체의 노력도 요즘에 와서야 엿 볼 수 있게 되었다. 가장 확실한 보고는, 실제 입양을 통해 가정의 행복지수를 높이는 당사자들의 실태를 살펴볼 때 가능한 것이 아닐까싶다.

입양의 보람은 인간 생명에 대한 존엄성이다. 천하보다 소중한 어린 생명을 내 품 안에 키워낸다는 자부심이 있기에 어줍지 않은 애로사항쯤은 쉽사리 극복할 수 있다.

당시 나에게는 입양부모로서의 자격이 부족한 상태였다. 경제적인 문제가 가장 큰 결격사유였다. 남편의 개인 사업체가 부도가 났으니 생계조차 위협을 받던 상태였기 때문이다. 큰 아이와 둘째와 셋째 아이 등 대학입시가 코앞이어서 아이들의 막중한 교육비 지출이며 집안 경제의 문제가 그 당시 최악의 상태였었다. 입양기관 측에서는 내가 원하는 입양의 뜻을 대뜸 거절했다. 입양 부모로서의 자격이 미달이라는 것이다.

사실 그 무렵 나의 입장과 처지는 그리 수월하지가 못했다. 경제적인 문제도 문제였거니와 슬하에 3남매를 키우고 있는 어미였으니, 시부모님이며 남편의 눈치를 의식하지 않을 수도 없는 것이 또 하나의 문제이기도 했다.

갖가지의 애로사항을 다 극복하고 마침내 입양부모가 되기까지는 일일이 말할 수 없는 정신적인 애로가 비일비재했다. 생계를 돕기 위해 임금을 받으면서 키우던 위탁아를 내 자식으로 입양했을 때의 감격스러움은 무슨 말로도 표현할 수가 없을 만큼 가슴이 벅찼다. 당시 주위 사람들은 이해할 수 없는 일이라며 고개를 내저었다. 이웃에 사는 친구마저도 의아하게 여겼다.

가장 감사한 사람은 바로 남편의 태도였다. 처음에는 꺼리던 남편이었다. 3남매의 뒷바라지도 벅차다는 남편의 의중에도 일리는 있었다. 어려운 여건에도 불구하고 차츰 어린 입양아에 대한 사랑과 관심을 기울이던 남편! 해외 양부모를 찾아 정처없이 흘러갈 어린것에게 마침내 부성애를 발휘하던 남편의 덕스러운 인간성이 고맙고도 흐뭇하게 여겨졌다.

그 당시 작은 해파리처럼 여리고 약한 위탁아를 버젓이 우리 부부의 아들로서 호적에 입적시키기까지의 애환을 어찌 말로 다 표현할까! 언제 커서 사람구실을 할 수 있을까? 하도 잔병치레가 심하고 연약한 상태여서 답답할 때도 많았었는데. 지루한 유아기적의 잔병치레를 다 떨쳐 내고 밤톨 같은 모습으로 바뀌어가는 아이의 모습이 고맙고도 신기하다.

어느새 초등학교 고학년으로 발돋음하고 있으니, 세월이 빠르다는 사실을 아이의 자라는 모습을 보며 실감하게 된다.

IMF의 먹구름 속에서 어둡고 답답했던 집안 분위기를 새 생명의 소망으로 일깨워주던 입양아! 입양아 막둥이는 요즘 또 하나의 기쁨을 우리 부부에게 선사하고 있다. 장성하여 어미아비의 품을 떠난 3남매의 허전한 자리를 어린 막둥이의 재롱이 신선한 생동감으로 가득가득 채워 주고 있다. 아이로 인한 활기가 늙어가는 우리 부부의 주름진 얼굴을 기쁜 생명력으로 가득히 충전시켜주고 있으니 한없이 감사한 일이다.

늦은 나이에 아직 품 안에 생명의 보물을 안아 키운다는 기쁨만으로도 입양부모로서의 보람은 충분한 셈이다.

어린아이는 가정의 보물이다.

그들은 미래라는 소중한 재산을 지니고 있기 때문이다.

• 편지글 모음

고마우신 엄마

아지랑이가 모락모락 피어나는 계절이 되었습니다.

그 계절에서 실록의 달 5월이 되었습니다.

5월에는 많은 행사가 있죠. 어린이날, 스승의 날, 그리고 어버이의 날이 있습니다. 민들레씨가 부모 곁을 떠나기 싫은지 그 주위를 빙빙 도는군요.

5월 8일이 되면 제가 만든 카네이션을 엄마 옷에 달아드리던 그 모습이 눈앞에 선합니다.

사람들은 새엄마는 꼭 못되고 친어머니보다 못 한다고 생각합니다. 하지만 친엄마보다 더욱 다정하고 포근한 느낌을 주시는 우리 엄마!

엄마 참 고마워요.

“부모님의 기대에 어긋나지 않게 계획을 세워 실천합시다.”

라고 말씀하시는 교장선생님의 말씀대로 엄마의 기대에 어긋나지 않는 딸이 되겠습니다.

다시 한 번 감사드리며 몸 건강하시고 이만 마치겠습니다.

막내딸 유히 올림

막내딸의 독백

나는 새엄마를 엄마라고 부른다. 흔히들 새엄마라고 부른다지만, 나에게 엄마는 '새'라는 관형사가 알맞지 않은 진짜 엄마이기 때문이다.

초등학교 3학년, 나를 낳아주신 엄마가 돌아가셨을 때 깨달았다.

'나는 엄마를 잃었는데 세상은 아무런 미동이 없구나. 내가 죽어도 이렇겠구나…….'

그 때부터 세상에 관심이 없어졌다. 그래도 하나 열심히 바라 본 건 엄마였다. 멋쟁이에 예쁜 아줌마가 별 볼 일 없는 우리에게 엄마가 되어주신다는게 이상했다. 그리고 이 어여쁜 엄마를 또 잃을까봐 두려워 밤마다 울었고 이 행동은 고등학교 때까지 이어졌다.

힘든 환경 속에서 엄마의 자리를 지키는 걸 보며, 사람들이 엄마를 칭찬하는 소리는 높아져갔고 나의 죄책감은 깊어져 갔다. 착한 엄마를 힘들게 하는 존재가 나이며, 그런 나는 나쁜 아이라는 편협한 사고를 하게 되었다. 삐뚤어진 시각은, 엄마가 칭송받고 싶어 이 고난스런 역할을 이어가시는 게 아닐까라고, 엄마를 먹칠하여 보게 했다.

그렇게 나 자신을 갉아먹으며 세월을 보냈고 시간이 흘러 나도 아이의 엄마가 되었다. 그리고 나서야 조금씩 알 것 같았다. 엄마는 내가 이해할 수조차 없는 고귀한 인격을 지니신 분이라는 걸 말이다.

첫 결혼에서 내 자식을 낳고 사는 것도 버거워 엄마께 물었었다.

"엄마는 어떻게 결혼생활을 버티셨어요?" 엄마가 말씀하셨다.

"결혼하고 일 년이 지나도록 혼인신고를 안 하는 거 보고 도망가도 아무 상관없겠다 싶은 거야. 그런데 세 아이들 자는 모습을 한 명 한 명 보는데 차마 떠날 수가 없더라. 내가 가면 아이들이 망가질까 봐 그럴 수가 없었어."

지금까지 엄마에게 받은 사랑을 다 갚으려면 앞으로 우리에게 허락된 시간으로는 부족할 것 같다. 그래서 내생이 있다면 그 생에서는 가슴으로 맺어진 인연이 아니라 배 아파 낳은 관계로 만나기를 기도한다. 그때에는 주변 사람들의 입방아에서도 자유롭고 가족관계증명서를 떼어보고 가슴 시린 경험도 없기를….

그냥 평범하게 말다툼하고도 깔깔대고 웃으며 서로를 아무 걸림돌 없이 사랑하기를 바라는 마음이다.

엄마. 엄마의 인생이 녹아든 책을 내시게 됨을 진심으로 축하드립니다. 이 수필집을 통해 다양한 형태의 가족들을 바라보는 시선이 특별함이 아닌 평범하게 변화하기를 희망합니다.

사랑하는 막내딸에게

중학교 2학년이 되어 네가 더욱 힘들어 하는 모습을 보고 엄마는 아예 모른 척 하기로 했다. 너도 이제 자신을 절제할 수 있는 사고를 갖추었다고 생각한다. 또한 이런 상황은 네가 스스로 해결 할 수 있는 문제라고 본다.

엄마가 알기로는 너는 공부에 대한 압박감과 욕심으로 너 자신을 볶는 것이라고 생각된다. 엄마의 그릇된 속단일까?

아무튼 이제는 네 일에 너무 깊이 관여하지 않고 예전과는 다르게 너의 옆에서 묵묵히 지켜주는 엄마만의 새로운 사랑법을 시도하기로 했다.

아빠 말씀이나 엄마 친구들의 말대로 너무 세세하게 챙겨주다 보니 스스로 할 수 있는 일을 해결하는 능력이 떨어지는 것 같다는 게 실감이 된다.

그리고 지금까지 엄마가 겪어오고 알고 있는 바로는 자아발전이니 주체의식 떠들며 마치 이 세상 고민 다 짊어진 것처럼 살아가는 사람치고 제대로 사는 사람 없더라.

이 세상을 사람답게 살자면 사람의 도리를 잘 지키며 올바른 사고를 가지고 최선을 다하고 성실히 밝게 살아가면 모든 것은 자연의 순리처럼 하느님의 뜻으로 받아들이고 주어진 삶에 순응하며 사는 것이 참다운 인생이 아니겠니?

너 초등학교 시절엔 밥 안 먹으면 밥 먹여주고 반찬 집어주며 등교시켰지만 이젠 그런 나만의 사랑 방법이 너를 오히려 나약하게 만들었다는 것을 깨달은 것이다. 유히는 누구보다도 당차고 똑똑한 사람인데 엄마의 잘못으로 인해 나태한 아이로 자란 것 같다.

그래서 너가 스스로 모든 문제를 해결하는 사람이 되기를 바란다.

끝으로 엄마 마음의 문은 언제나 활짝 열어 놓고 있으니, 자주 노크해 주기를 바란다.

엄마가 유히에게

'愛人'이라 부르고픈 엄마께 드리는 글

'엄마! 아들~'

전화기가 바뀐 뒤로 수신자부담 전화를 걸면서 제가 늘 하는 말이죠. 이젠 버릇이 돼서 집에 전화를 걸때면 유히나 아버지께서 받더라도 '엄마, 아들' 이라고 먼저 시작한답니다.

자랑스러운 엄마의 아들이 유난히~ 몹시~ 엄마 생각이 나서 이렇게 또 펜을 잡았습니다. 물론 엄마 아들은 이곳에서 몸 건강히 국방의 의무를 다하고 있습니다.

지금 생각해 보면 군에 처음 입대하고 이등병, 일병 시절을 되돌아보았을 때 소리 없이 힘든 일들을 견디어 내며 엄마 목소리와 얼굴을 생각했었습니다. 이제는 중대 선임병으로 힘들어하는 후임병들을 돌봐주고 이 곳 일들을 가르쳐 주며 생활하고 있습니다. 늘 전화나 편지에서 말씀 드리듯이 제 걱정을 마세요. 길어지는 해와 따뜻한 공기를 보고 느끼며 초여름이 왔음을 느낍니다.

점점 더워지는데… 또 진영이도 커 가는데…. 엄마 무리 하지 마세요. 아들이 생각하기를 엄마만의 시간을 조금은 가질 수 있는 것도 필요하다고 봅니다. 물론 끝을 알 수 없는 가족 사랑에 또 여린 마음에 엄마 혼자서는 힘드실 거라 봅니다. 그래서 엄마의 사랑하는 아들이자 장남이, 아버지 다음으로 있는 second 애인이 되겠습니다. 아버지께서 질투심에 불타시더라도 우선 6월에 휴가 나가면 엄마! 아들이랑 데이트 해요.

그리고 '한국일보' 글 공모전에서 일등하신 거 진심으로 축하드립니다. 소식 듣고 역시 우리 엄마라는 생각이 들더군요. 정말 대단하세요. 비록 그 자리에는 참석하지 못했지만 제 마음 아시죠?

6월에 9박 10일로 휴가 나가면 그 동안 있었던 얘기 많이 해주세요. 서울에 휴가 복귀하고 집에 전화 드렸을 때 엄마가 해준 말이 요즘 자꾸 떠오르네요.

"휴가 나왔다 다시 부대로 가는 아들 모습은 늘 처음처럼 안쓰럽다."

저 역시 엄마, 아버지, 진영이가 보고 싶습니다. 다음에 인사드릴 때까지 건강하시고 행복하세요.

엄마를 사랑하는 아들 석원 올림

사랑하는 아들 23번째 생일을 축하한다

네가 나쁜 길로 빠질까 봐 가슴 조이며 생일 때마다 엄마의 사랑을 전달하는 메시지를 네 도시락에 넣어 주었던 것 기억나니?

그 때의 애틋한 모자간의 사랑이 아련한 추억으로 감회가 새롭구나.

엄마는 그 때 왜 그렇게 네가 잘못될까봐 염려 되었는지….

담임선생님들을 찾아뵙고 인사드리는 것이 엄마의 일상이 되었단다.

지금 생각해보면 괜한 노파심이었지. 이렇게 의젓하게 잘 커주는 것을. 이제는 엄마가 아들에게 의지해도 될 만큼 잘 커준 네가 고맙다.

50이 넘은 나이에 아이를 등에 업고 계단을 허겁지겁 오르내리는 모습이 남들 보기엔 초라해 보일지 몰라도 엄마는 힘이 솟는단다.

엄마가 일할 수 있는 건강과 아들 딸 보물단지가 많으니까 그 무엇이 두렵겠니. 아빠 건강하시고 곰처럼 열심히 살아가시는 모습에 또 얼마나 행복한지….

아들은 아빠의 살아가는 모습에서 자신의 삶을 터득한다고 했던가.

그러니 우리 아들도 어떤 일이든 최선을 다해 열심히 살아 갈 것이라 믿으니 더욱 기쁘다.

아들아! 밝게 성장해줘서 정말 고맙다. 항상 밝고 건강하게 살자.

비록 성당엔 열심히 안 나가지만 언제나 주님께 감사드리며 살자구나. 천지창조를 주관 하시는 분이시니 우리가 열심히 살면 그분은 우리를 예뻐하실 거야. 그럼 안녕.

엄마 엄마!!

무슨 말부터 써야 할지…. 정말 많이 보고 싶었는데.

지금은 엄마 한 번 보고 난 후라서 인지 정말 무슨 일이든 자신이 생겨요.

아무리 힘들고 서글픈 일이 생겨도 엄마랑 얘기 할 수 있으니까 힘이 나고. 혼자서 생활하는 거……. 아무나 할 수 있는 게 아니더라고.

특히나 얘기해도 이해해 줄 수 없는 사람들뿐인 건 사람을 더욱 외롭게 하는 거구. 그 때마다 엄마 생각 많이 했어요.

처음 우리 만나서 못되게 구는 애들이랑, 정 없는 남편, 이상한 눈으로만 보는 주변 사람들 속에서 엄마는 얼마나 힘들었을까?

아빠와의 갈등 때문에 말다툼 한 직후에 울고, 이제까지 울지 않았는데 지금 편지를 쓰려니까 눈물이 나오려고 하네.

엄마가 속상했을 거라는 거, 많이 울었으리라는 거 잘 아는데도 전화 먼저 못해서 미안해요. 정말 미안해요. 이렇게 밖에 살지 못하게 된 것도 미안하구 힘들게 해서 정말 미안해.

딴 사람들은 생각나지도 않고 그렇다고 미안한 감정이 생기지도 않는데 엄마만 생각하면 미치겠어요. 그래도 다행인건 엄마랑 얘기 할 수 있게 된 것 그거 하나 때문에 지금은 너무도 든든해요.

이제는 내 걱정하지 마세요. 어떻게 해서든 대학교 졸업하고 돈 벌어서 엄마 모시고 살 거 준비할 테니까. 지금은 힘들어도 조금만 참아요.

너무 늦지만 않았으면 좋겠는데. 그전에 엄마 힘들어서 건강 나빠지면 안 되는데. 내가 엄마 행복하게 해 줄때까지 건강해야 되요.

나한테도 기회를 줘야지. 엄마가 나한테 준 사랑만큼 내가 엄마 속태우고, 속상하게 한 거 갚아야 하니까 그 때까지 건강해야 한다고!

이제 엄마 없으면 못살 것 같아요. 외로운 게 뭔지도 알겠고 혼자서는 너무 힘든 세상에 엄마가 하는 한마디가 힘이 되는 것도 사실이구, 그러니까 오래오래 살라고요, 건강해서 나랑 오래 살자 엄마!

엄마! 정말 좋아하고 사랑해요. 엄마랑 얘기 할 수 있어서 행복하구요.

난 하나도 힘들지 않아, 그리고 열심히 살 거예요. 딴 거 생각하지 않고 그저 열심히 살게요. 착하게 살 테니까 엄마도 건강 하세요. 꼭 건강해야 되요

큰딸 희선 올림

사랑하는 큰딸 희선아, 힘내

인생의 반을 넘게 혼자 살다가 너의 아빠와 정도 들기 전에 낯선 공간 낯선 얼굴들 모든 것이 서먹했고, 어설픈 살림 솜씨로 어떻게 살아왔는지. 마치 주워온 강아지처럼 주인들에게 정 붙이고 사랑받기위해 눈치 살피며 살아온 세월을 새삼 손꼽아 세어 본다.

위풍당당한 나의 큰딸 희선이, 왠지 기가 죽어 보여 더 큰 사랑이 필요했던 석원이, 가녀린 꽃잎처럼 애처롭기만 하던 막내 유히, 그리고 표현을 하지 않아 속을 알 수 없었던 너의 곰 같은 아빠, 이렇게 각기 다른 개성 있는 가족들 틈에서 오늘의 평화와 행복을 찾기까지는 남모르는 슬픔에 가슴 아팠지만 내색하지 않고 부단한 노력을 할 수 있었던 것은 아마도 우리 큰딸 희선이의 도움이 컸을 거야.

아빠는 늘 밖에서 생활하는 시간이 많고 엄마 마음을 빨리 안정을 찾을 수 있도록 도와준 네가 날이 갈수록 사랑스럽게 느껴지더라. 남들은 우리 희선이를 강하고 억세다고 말들을 많이 했지만 엄마는 우리 큰딸의 고운 마음을 잘 알지.

사람들이 아이 셋에 힘들지요. 하고 물어도 엄마가 힘든 줄 모르고 즐겁고 행복하게 지낼 수 있었던 것도 역시 우리 딸의 밝은 마음을 충분히 알고 있어서였을 거야.

그런데 요즘 우리 큰딸이 풀이 죽어 생기 없는 얼굴을 보니 엄마 마음이 몹시 아프구나. 성적이 인생의 전부는 아니건만 희선이의 밝은 마음을 빼앗아 갔구나!

희선아! 힘을 내도록 해, 너는 네 머리가 나쁘다고 자학하는데 노력하면 안 될 것이 없다고 엄마는 생각 한단다. 물론 말이 쉬워 노력이고 최선이지 그것이 얼마나 고달픈 길인가를 엄마도 잘 알기에 너무나 안쓰럽고 가엾은 생각에 이 밤 눈물 나고 잠이 안 오는 구나.

지금은 새벽 2시가 넘어 심야의 적막 때문일까, 곤히 잠든 너를 안아 보고픈 마음에 네 방문을 열고 들여다 보다 이 글을 쓰고 있다.

엄마의 정성 부족 탓인가 하는 자책감도 들어 마음이 너무 아프구나. 인생은 성적순이 아닌데 현실은 그것을 요구하니 정말 답답하고 안타깝구나.

우리 희망을 갖자. 우리 희선이는 얼굴 표정만큼 밝은 미래가 펼쳐질 것이라고 엄마는 굳게 믿고 있단다. 엄마의 예언은 꼭 들어맞을 거야. 그러니 실망하지 말고 다시 한 번 노력해 보자꾸나. 사람은 누구나 그 사람 얼굴 표정 대로 인생이 펼쳐진다고 하더라.

그러니 내일 부터는 너그러운 마음으로 또한 매사 긍정적으로 세상을 살아가길 바란다. 너의 가장 큰 장점인 밝은 마음으로 돌아오길 바랄게.

희선이의 건투를 빌며

1994년 6월 2일 새벽 엄마가

진영아 사랑해!

사랑하는 우리 진영이 자랑스럽다.

이제 고학년이 되었구나.

4학년이란 단어가 신기하게 다가온다.

엄마가 우리 진영이를 얼마나 사랑하는지 똑똑한 진영이니까 잘 알지?

우리 아들은 엄마 아빠의 삶의 활력소며 생의 보람이란다.

이제는 철부지 저학년을 벗어나 의젓한 상급생이 되었네.

우리 진영이 4학년을 축하하는 뜻에서 이번 달(3월)부터는 용돈을 줄거니 까 용돈 관리 잘해봐. 용돈 관리를 안 하면 용돈 없다.

그럼 부탁해.

엄마의 자랑스러운 아들에게

사랑하는 정윤에게

딸처럼 사랑해 주고픈 마음은 한결같은데….

내 마음이 우리 정윤이한테 전달이 늦어지는 것 같아.

세월이 흘러가면서 끈끈한 정이 쌓이겠지?

석원이, 희선이, 유히, 진영 4남매의 엄마가 되는 과정이 남모르는 숱한 눈물의 결정체로 인고의 세월이 흐른 뒤에야 낳은 정보다 기른 정의 높은 평가를 받은 엄마자리란다. 그러니 우리 정윤이도 얼마간의 세월이 지나면 내 마음을 알아주겠지?

더구나 시금치도 안 먹는다는 이 시대의 유머처럼….

시어머니라는 달갑지 않은 호칭이 붙었으니.

이 거추장스런 단어를 떼어 버릴 수도 없고… 말이야.

나는 너를 며느리라는 개념을 내려놓고 너희 둘이서 행복한 보금자리 예쁘게 가꾸어 나아가길 간절히 바란다. 그래서 네게 부담을 안 주려고, 무소식이 희소식이란 속담을 좋아해.

우리 모두 새해에도 건강하고 더 행복하자.

2015 2월 16일 새벽에

정윤이를 사랑하는 김홍순

깊은 밤 당신을 생각하며

생명이 다시 태어나는 봄, 메마른 가지에서, 민둥산이 산에서, 들녘에서도 삶이 기지개를 하는 봄의 소리도 오늘 같은 무더위 속으로 조금씩 사라지는 이 밤 당신을 생각해 봅니다.

생각이 많은 당신

무엇인가 하고 싶어 하는 당신

매사를 슬기롭게 넘기는 당신

감정이 풍부한 당신

순수해서 때가 묻지 않은 당신

한 마디로 천사 같은!

아니 천사와 동등한 당신을 나에게 보내 주신 하느님께 감사드립니다.

당신 말대로 속으로 고생해서 속머리카락이 흰색으로 변하고 있다는 투정 아닌 투정을 들을 때 내 마음은 아프답니다. 당신이 그 모두를 사랑으로 감싸 줄 때 나는 무엇으로 그 사랑을 받아주고 보답해줘야 할지 답답하기만 합니다.

준비 없이 당신을 맞이한 나, 미래를 생각하지 못한 나, 모든 면에서 무능력하고 이기적인 나, 당신의 마음을 아프게 한 나.

죄 많은 내 자신이기에 당신의 폭 넓은 사랑 속에서 그 사랑을 먹고 살고 있나 봅니다.

빠른 시간 내에 당신의 사랑에 보답 할 수 있는 날이 돌아와서 당신의 환히 웃는 모습과 당신의 행복해하는 얼굴을 바라보며 살 수 있는 날이 돌아와 주길 두 손과 마음을 모아 우리 주 천주께 기도드립니다.

사랑하는 당신의 명균

나의 행복 당신에게

당신과 생활한지도 벌써 두해가 지나 삼년째 입니다.

그 동안 많은 어려움 속에서 힘든 고비를 슬기롭게 지켜준 당신께 무어라 고마움과 감사의 답을 해야 할지 그저 고마울 뿐입니다.

사춘기에 있는 세 아이들과 천사 같은 당신이고, 당신이기에 현실을 타파 해 나가고 있는 것 같습니다.

때로는 마음에 없는 말과 행동으로 당신의 마음을 아프게 한 적도 적지 않은 것 같습니다. 진정 나의 마음은 당신을 슬프게도, 아프게도 하고 싶지 않다는 것을 말해 주고 싶어요.

사랑하는 당신이 있기에 나는 행복하게 살고 있는 것이라오.

요즈음은 내 자신의 무능 때문에 실없는 말을 할 때도 있었고, 짜증을 낸 적도 있었습니다.

무엇인가 해야 되겠는데 마땅히 해야 할 일이 없는 거 알고 무슨 생각을 하려고 하면 머리만 아프고 멍해지는 것 같아서 때로는 이상한 생각까지도 한 적이 있답니다. 잠을 자도 개운하지도 않고, 놀아도 재미가 없고, 친구를 만나도 오락을 해도 희망이 없는 것 같아서 자신의 무력함만 커지는 것 같기만 하답니다.

이런 내 자신을 생각하면 자신이 없고, 당신을 바라보면 죄스러울 뿐 해 준 것도, 노력한 부분도 없이 당신만 고생시키는 것이 마음 아플 뿐이라오.

넉넉한 살림살이도 되어 주지 못하고 해서 말입니다.

나는 당신을 만남에 무척 행복한 생활을 하고 있다고 말하고 싶으며 앞으로도 행복할 것이라고 확실히 대답할 수 있을 것입니다.

앞으로 영원히 당신을 사랑하며 당신의 행복을 지켜줄 것을 약속드립니다.

1995년 4월

당신을 사랑하는 명균 드림

사랑은 아파요

여보! 나 당신과 아이들을 너무너무 사랑해서 괴로워요.

차라리 사랑하지 않고 무덤덤한 상태에서 내 마음대로 즐기며 살 수 있다면 얼마나 속이 편할까 생각해 봤어요.

어차피 우리의 인생은 내 것이 없는데 왜 이렇게 당신과 아이들을 나 혼자 소유하고 싶을까요. 어느 스님의 말처럼 무소유의 참뜻을 내 인생의 좌우명으로 간직하고 살기로 했는데 그게 잘 안되네요.

서울 집에 있을 때는 당신은 내 남편이고 세 아이들은 내 분신이라는 자부심에 세상 부러울 것이 없답니다.

그런데 면천 집에 가면 나는 누구인가? 나라는 존재는 어디에 속해 있는 것일까? 라는 깊은 회한에 빠지게 되네요.

그러나 한 번도 내색하지 않고 더 밝고 힘차게 5년 세월을 잘 견디며 속으로만 삭혀 왔어요.

나는 당당한 명균씨 아내이고 세 아이들의 엄마이며 류씨 가문의 8대 종손 며느리라고 소리쳐 봐도 메아리로 되돌아 올뿐 공허한 마음은 어쩔 수 없는 현실이네요.

이런 내 마음을 짐작했기에 친정엄마와 올케 언니가 꼭 하나만 명균씨 아이를 낳아야 한다고 당부했나 봐요.

물론 이제는 다시 돌릴 수 없는 현실에 와 있지만요.

이만 줄이고 싶네요 그렇지만 이 허전하고 슬픈 마음은 금할 수가 없네요.

내 나이 마흔 셋 되던 해 봄/ 당신과 웨딩마치 올렸다네
당신을 처음 만났을 때 / 정이 무엇인지 모르는 체
아이들의 영롱한 눈망울에 / 연민이 정에 이끌려
가시밭길인지 꽃길인지 / 분별도 못하고 뛰어 든 내 인생 길.
오년 세월 흐르고 보니 / 그 길은 가시밭길 이였네
그러나 찬란한 아침의 / 일상을 펼치며
아름다운 꽃길이라고 / 주문을 외웠더니
내 인생길은 정말 / 꽃길이 되었다네

당신에게 유일한 사랑이고 싶은 홍순

6. 수상작 모음

가슴으로 잉태하고 가슴으로 낳은
사랑스런 새 아들을 얻은 지금의 이 삶을
더 소중히 사랑할 것이다.

새벽이슬 묻은 갓 피어난 꽃송이 같이

싱그러운 어린것의 웃는 얼굴을 보면서 내 마음은 덩달아 즐거워진다.

가슴으로 치른 산고

- 한국일보 수기 대상작

나는 자식 넷을 가슴앓이의 산고를 치르고 얻은 어미다. 슬하에 4남매를 거느리고 있는 나는 남부럽지 않은 복 많은 어미다. 현재 군복무 중인 착하고 충직한 육군병장인 아들, 태권도가 2단인 대학교 3년생 큰딸, 꿈 많은 여고생인 새침떼기 셋째. 그리고 셋째와는 15살 터울인 막둥이 진영. 이들 4남매는 천하를 준다 해도 바꿀 수 없는 내 소중한 보물들이다.

진영이는 아직 우유 냄새 폴폴 풍기는 사내아이다. 나이 쉰의 문턱에 들어선 여자가 까마득한 늦둥이를 등에 업고 길을 나서면 어느새 나이를 잊게 된다. 뒤늦게 얻은 자식이니 만큼 남부럽지 않게 길러 사회의 걸출한 일원으로 진출시킬 때까지 난 최선을 다하는 어미가 될 작정이다.

진영이 몫으로 마련한 십 년짜리 교육적금. 낙출 없이 적금을 치르기 위해선 살림 틈틈이 부업을 해야 할 것 같다. 가사와 부업으로 바쁘다 보면 잔병치레쯤은 잊고 살 것이고, 아이의 교육자금도 불어날 것이니 일석이조가 아닌가. 기분이 내키면 양팔을 나비처럼 추켜올리고 방실방실 웃는 아이. 세상모르고 방실거리는 진영이의 천진한 얼굴을 바라 볼 때면 눈물이 핑 돈다.

체중이 9kg, 신장이 67cm인 아기, 첫돌이 지난 아이치곤 자그마한 편이다. 부실한 외양과는 달리 감성지수만은 꽤 발달된 듯싶다. 지금 난 부업으로 기성복센터의 옷 실밥을 뜯어내면서 녀석의 감성지수를 테스트해 본다.

"진영아" 하고 나지막이 불렀더니 옆에 앉아 장난감을 달그락거리며 정신없이 놀던 아이가 금세 민감한 반응을 보인다. 용케 어미가 부르는 걸 의식하곤 입가에 방긋방긋 웃음을 짓는 것이다. 새벽이슬 묻은 갓 피어난 꽃송이 같이 싱그러운 어린것의 웃는 얼굴을 보면서 내 마음은 덩달아 즐거워진다.

황량한 세상길을 헤쳐가면서 어쩌면 진영이와 난 눈길 한 번 마주치지 못한 채 지나쳤을 지도 모를 사이다.

지지난 해의 일이다. IMF라는 경제 한파가 느닷없이 강타했을 때였다. 당시 남편이 소속돼 있던 건축회사는 부도로 무너졌다. 건축사인 남편도 일자리를 잃었다. 생계에 다소나마 보태자고 손대 본 일이 바로 위탁모이다. 보수는 하루 평균 12,000원. 똥싸개 어린 핏덩이를 하루 24시간 보살피고 얻는 대가치곤 턱없이 적다. 그러나 한 달 36만원의 수입은 어려운 살림에 요긴하게 쓰일 수 있는 금액이 아닌가. 부업을 통해 만난 아기와 나 사이는 모자간이나 다름없는 끈끈한 사랑으로 묶이게 됐다. 진영이와 내가 맺어진 근원을 따져보면 이미 옛날에 싹텄던 것인지도 모른다.

난 나이 마흔이 넘도록 독신을 고집했었다. 평범한 처녀가 결혼이란 평범한 관문을 늦도록 외면했던 것은 가난한 청소년들에 대한 애착 때문이었다. 결혼하기 전 짧지 않은 시간을 전자부품 생산업체에서 인사관리를 담당했던 나는 수많은 근로청소년들과 애환을 나누게 됐다. 대부분이 고아나 다름없는 결손가정의 소년 소녀가장이나 극빈자의 자녀들인 근로청소년들. 부모사랑 속에 호강 받을 나이에 고된 생활전선으로 밀려났지만, 그들은 자신들의 불우한 처지를 비관하지 않고 대부분 현실에 성실하게 적응했다.

낮엔 일하고 밤엔 야간학교에 나가는 이들은 과로와 영양결핍으로 작업장에서 쓰러지는가 하면 학비가 밀려 학업을 포기하는 아이도 있었다. 나는 번번이 월급봉투를 거덜 냈다. 피골이 상접한 아이에게 고기와 영양제를 사서 들려 보내고, 밀린 학비문제로 학업을 중도 포기하는 아이에겐 밀린 학비를 대 준 까닭이다.

냇물이 흘러 바다로 몰려가듯 나를 살붙이처럼 의지하던 아이들은 해가 바뀔 때마다 썰물처럼 내 곁을 떠났다. 좀 더 새로운 세상을 향한 발돋움이었다. 나는 문득 자기연민에 빠져들고 있었다. 직장을 나온 내가 꼭 하고 싶었던 일은 고아원이나 영아원을 운영하면서 소외된 아이들의 보모가 되어 한 평생 살고 싶은 것이었다.

꿈과 현실 사이에서 방황하고 있을 때 문득 불같은 부모님의 성화가 귀에 쟁쟁했다. "시집 못 간 몽달귀신이 있는 집안은 3대까지 재수없단다." 방황하는 딸을 가정에 안주시키고자 애쓰는 부모님의 궤변임을 나 자신 모를 리가 없다.

1992년 봄 나는 노처녀란 딱지를 떼어 내고 가정이란 둥지에 안주

했다. 평소 나를 잘 알고 있던 선배의 주선이었다. 43년간 버텨온 독신주의의 아집을 허문 힘은 다름 아닌 엄마를 여의고 모정에 굶주린 3남매의 쓸쓸한 눈빛이었다. 나는 한 남자의 아내이기보다는 엄마 잃고 허둥거리는 3남매의 버팀목이고 싶었다.

주위에선 의논이 분분했다. 아이 셋 딸린 가난뱅이 홀아비한테 가기 위해 40년 넘게 고집을 부렸느냐는 것이다. 그러나 난 작은 꿈을 이뤘다는 자부심까지 가질 수 있었다. 엄마 잃은 3남매의 뒷바라지는 고아원을 운영하고 싶었던 내 꿈의 축소판이었기 때문이다. 꾀죄죄하니 홀아비 때에 찌든 남편은 나보다 한 살 연하의 매력이라곤 없는 남자. 그는 슬금슬금 내 눈치를 살피며 신혼여행을 가자고 했다. 3남매와 동행할 수 없는 두 사람만의 여행은 의미가 없다고 여긴 나는 신혼여행을 10년쯤 후로 미뤘다. 당시 초등학교 3학년인 막내를 대학에 넣고 난 10년 후라면 좋겠다고 했더니 남편은 겸연쩍게 웃으며 고맙다고 했다.

결혼 당시 큰 아이가 중3, 둘째가 중1, 셋째가 초등학교 3학년. 삼남매가 어미인 나를 진심으로 받아들이기까지 꼭 3년이란 세월이 걸렸다. 처음엔 '저기, 저기요……'가 이 어미를 부르는 호칭이었다. 어떻게 하면 삭막하게 닫힌 3남매의 마음을 활짝 열어젖힐까? 난 자나깨나 고심을 했다. 여자로 태어났으니 잉태와 출산의 신비를 경험하고도 싶었지만 3남매를 위해 꿈을 포기했다. 환경을 바꾸기 위해 집을 옮겨도 보고, 애들의 기호를 다양하게 꾸며도 봤다. 공을 들인 식탁에서 맛이 없다고 투덜댄다거나 귀가시간을 기다려 무거운 책가방을 받고자 했는데 매정하게 뿌리칠 땐 맥이 확 풀리기도 했다. 어떡하면 이들 3남매와 허물없이 친숙해질 수 있을까. 아직도 마음속에 세상 떠난 생모에 대한 그리움을 앓고 있는 애들이나 배 아픔의 고통 없이 자식 셋을 얻고자 안달하는 내 처지나 갈등하기는 피차 마찬가지였다.

'공든 탑이 무너지랴'는 옛말은 헛말이 아님을 알았다. 아이들이 드디어 어미의 진심을 받아들이기 시작한 것이다.

> "녹색 베레모를 쓰고 우리 앞에 나타났던 멋쟁이가 우리 엄마가 됐다는 사실이 왠지 낯설고 불안하기도 했었어요. 통닭 바비큐와 수박을 싫어한다는 것이 사실은 우리 3남매를 더 먹이시려는 작전이었음을 뒤늦게 알고는 눈물이 났었죠. 우리 위해 잡숫고 싶은 음식 못 잡수시고 가고 싶은 곳 못 가시며 고생만 하시다가 곱던 손 거칠어지고 주름살만 쪼글쪼글해지신 엄마 모습 너무너무 미안하고 죄송해요. 뿔테안경 너머의 시커먼 눈빛이 겉보기엔 무섭지만 속마음은 봄볕보다 더 따뜻한 분이라는 것을 알았어요.
>
> 엄마, 너무너무 감사해요."
>
> \- 엄마를 사랑하는 삼 남매 올림

인연 맺은 지 꼭 3년만의 어버이날에 받은 3남매의 합동편지 내용이다. 드디어 애들이 나의 진심을 받아들이고 있다는 사실이 고마워서 뜨거운 눈물이 가슴을 적셨다. 봄을 맞는 개구리 떼처럼 닫혔던 3

남매의 입에선 "엄미" 소리가 빗발치기 시작했다.

저녁 한때 한자리에 모이면 이 어미의 무릎을 서로 끌어다 베기도 하고 등에 엉겨 붙기도 하고 한바탕 북새통을 이룬다. 어미 품을 두고 3남매가 서로 쟁탈전을 벌이는 장면을 시집 식구들한테 여러 차례 들켰다. 사람 사는 집 같다며 시집식구들은 무척 신기해 했다. 어미와 같이 밤잠을 절반으로 줄이며 전력투구했던 큰애와 둘째는 무사히 대학진학의 관문도 통과했다. 대학 1학년 한 학기를 마치고 군에 자원입대한 둘째가 7주간의 훈련을 마치고 어미에게 보낸 편지 속엔 '엄마를 사랑해요'란 말이 열두 번이나 적혀 있었다.

IMF의 먹구름이 채 가시지 않은 작년 여름 우리 집엔 경사가 있었다. 진영이가 우리 호적에 어엿한 막내아들로 입적된 것이다. 부업으로 위탁모를 하기 위해 D아동복지회관을 통해 처음 데려온 아이는 생후 한 달 된 사생아. 이름이 영호였다. 영호는 기저귀마다 퍼런 물똥을 찔끔찔끔 묻히며 몹시 보채는 짬보였다. 3개월을 공들였더니 잘 먹고 잘 자는 원만한 우량아로 변해갔다. 정수리에 뻗힌 한 움큼의 배냇머리가 월계관처럼 한들거리는 아이. 어르면 깔깔깔 웃고 기분이 나쁠 땐 으앙 으앙 큰소리로 울어대는 자기표현이 확실한 녀석이었다. 볼품없던 핏덩이가 내 품 안에서 재롱둥이로 바뀐 신기함, 나도 모르게 아이한테 홀딱 빠져버렸다.

그러나 예약된 이별이 다가오고 있었다. 해외입양 부모가 나타난 것이다. 6개월간 내 품에 안겨 있던 이 어린 천사를 머나먼 이국 땅 낯선 사람들한테 떠나보낸다는 사실이 몹시 안타까웠다. 무책임한 생모가 미웠고, 외국으로 등 떠미는 국가와 사회의 냉대가 한심스럽게 여겨졌다. 영호에게 먹일 분유를 타다가, 기저귀를 개다가, 곤히 자는 아이얼굴을 들여다보다가 펑펑 눈물이 쏟아졌다.

보건복지부의 통계에 의하면 매년 2,000여명이 넘는 영아들이 해외로 입양된다고 한다. 훌륭한 양부모를 만나 성공하는 사례도 있다지만 적응 못하고 인종차별을 당하며 낙오자로 전락하는 예도 적지 않다는 소식이 있기 때문에 더욱 안타깝기만 했다. 세상사 알바 없는 생후 7개월짜리 영호는 내 곁을 떠나던 그날도 깔깔 웃고 우유를 배가 불룩할 때까지 마시다가 떠났다. 멋모르고 미국 행 비행기에 실려 갔을 영호 생각에 눈두덩이 퉁퉁 붓도록 울고불고 야단하는 내 꼬락서니를 남편은 이해할 수 없다는 듯이 멍하니 쳐다보고 있었다.

눈물범벅의 나날을 보내던 중 두 번째로 데려온 아이가 바로 진영이다. 진영이는 미성년 부모 사이에서 태어난 사생아. 생후 한 달 된 아이가 체중 2.9㎏이었으니 건강상태가 미숙아 정도였다. 좀 언짢은 얘기지만 첨엔 진영이를 등한시했다. 정이 들면 이별이 너무 어렵다는 이유였다. 일당 1만2,000원짜리 일거리로만 여기고자 애를 썼다. 말 못하는 어린애도 세상일을 다 안다더니, 아이는 정말 내가 품고 있는 속마음을 꿰뚫은 듯했다. 처음부터 내 관심을 독점하는 것이다. 방안 공기가 조금만 건조해도 금세 감기가 들어 열이 오르고 하루에 열두 번도 더 먹은 것을 토해냈다. 밤과 낮이 바뀌어 애를 먹이기도 했다.

백일이 지나면서 아이는 조금씩 살이 오르고 밤낮이 정상으로 돌아갔다. 개구리 다리처럼 꼬이던 볼기짝엔 토실하게 살이 붙었고, 불거졌던 배꼽도 오목하게 들어갔다. 목욕물에 따뜻이 몸을 담그면 아이는 두 손을 웅크려 쥐고는 사뭇 바동거린다. 그 모습이 어찌나 앙증스러운지 나도 모르게 물 묻은 고사리 손에 뽀뽀를 하고 만다. 어느새 난 영호한테 못 다한 사랑을 진영이에게 쏟아 붓고 있었다. 또 한 차례 겪을 이별의 아픔에 눈앞이 캄캄해졌다. 애써 아이와의 정을 떼볼 양으로 마음을 다그쳐 봐도 모두 허사였다.

진영이와의 생이별의 날이 임박하자 난 조바심이 났다. 절실한 마음을 남편에게 말했더니 마이동풍이다. 3남매 뒷바라지도 버거운 판에 양자가 무슨 소용 있느냐며 나를 비정상적인 사람으로 여겼다. 그 강퍅한 마음을 녹이려고 발아래 엎드려 눈물로 애원했다. 식음을 전폐하고 애걸했다. 남편은 거듭 여의치 못한 가정 사정을 내세우며 내 마음을 달랬다. 난 진영이의 양육비와 교육비만은 내 힘으로 마련하겠노라고 각서까지 썼다. 간절한 내 소원은 마침내 이루어졌다. 철옹성 같은 남편의 마음이 마침내 움직인 것이다.

입양을 책임지고 있는 D복지관측에선 우리 집의 경제사정을 들어 입양을 꺼렸다. 그러나 불가능을 가능으로 바꿀 수 있었던 것은 다름 아닌 사랑이란 커다란 힘이었다. 진영이는 마침내 우리 집 호적에 막내아들로 버젓이 입적이 되었다.

난 이제 4남매의 어미가 된 것이다. 지난 2월엔 진영이의 첫돌 잔치를 조촐하게 벌였다. 그날 가슴 뭉클했던 것은 새 손자의 첫돌을 축하하기 위해 시부모님께서 300리 먼 길을 달려오셨다는 사실이다.

시부모님께선 당신 아들 품에 안겨 있는 새 손자의 손가락에 돌 반지를 끼워주셨다. 고집스런 며느리를 배려하시는 시부모님의 깊고 크신 사랑 앞에 난 뼈 속까지 저리는 감격의 눈물을 한 없이 쏟았다. 새로 얻은 막내 동생의 생일을 축하하고자 휴가를 받아 달려온 큰 아들, 용돈을 아껴 예쁜 장난감을 사 들고 온 두 딸. 형과 누나들에 둘려 싸인 진영의 모습이 한결 든든해 보였다.

셋째를 대학에 넣고 가려고 했던 우리부부의 신혼여행은 이제 한참 더 뒷전으로 미루어야 할 것 같다. 막둥이 진영이를 대학에 입학시킨 17년쯤 뒤라야 가능할 것이기 때문이다. 그때 우리 내외는 고희의 언덕에 오를 것이고 신혼여행이 아닌 황혼여행이 될 것이다.

17년 뒤의 황혼여행 땐 사랑스런 네 자식들의 웃음꽃 속에 호강 한번 흐뭇하게 누려 볼 참이다.

2000년 5월 10일 한국일보 기사

낮은 창가에 따스한 불빛이 새어 나오는

내 집 문전을 향하는 발걸음엔 어느새 기쁜 조바심으로 가득하다.

재활용 인생의 푸른 꿈

- 알뜰 주부 물자사랑 생활 수기 대상작

남들이 쓰다 버린 폐생활 자원을 재활용하여 가난을 극복하는 내 삶의 얘기를 적어본다. 나는 나이 사십에 결혼한 지각인생인 셈이다.

중매로 만난 남편의 첫인상은 나의 이상형은 아니었지만 선량한 인상이었고 나이는 나보다 한 살 연하이고 직업은 건축업, 슬하에 철부지 3남매와 홀아비란 꼬리표가 지난 것의 전부였다.

겉보리 서 말만 있어도 가지 말라는 재취 자리를 처녀의 신분으로 선뜻 결정했을 때 주위에선 장본인인 나보다 더 우려했다. 그러나 내 생각은 좀 달랐다. 나로 인해서 누군가에게 도움이 될 수 있는 삶이라면 결코 헛된 인생이 아니라는 자부심을 갖고 새 출발을 결심한 것이다.

다행히도 세 아이들은 나의 진심을 받아들이는 눈치였다. 남편은 별 능력은 없지만 따뜻한 가정주의이었으므로 마음이 놓였다. 귀밑에 명털이 보숭보숭한 어린 세 아이들(중2학년, 중1학년, 초등 4학년)과 소처럼 우직한 남편! 그들을 향한 나의 애착과 연민은 내가 생각해도 이상할 만치 절실했다. 하느님이 주신 소중한 인연의 사람들임이 틀림이 없었다. 난 과연 무너진 한 남정네의 가슴과 상처 입은 세 아이들의 마음을 온전히 감싸주며 주부로서의 역할을 다 감당할 수 있을까?

전쟁에 참전하는 병사처럼 나는 간절한 기도로 마음을 무장하고 벅차고도 숨 가쁜 삶의 노를 저어가기 시작했다. 영세한 건축업자의 아낙이 되어 궁핍한 살림을 꾸리자니 급급한 것은 물질이었다.

남 보기 평범하게 먹고 입고 살아간다는 것이 예삿일이 아님을 알았다. 커가는 아이들의 막중한 교육자금이며 다달이 10건도 넘는 경조사비, 건축일 한 건 착수하기 위해 비싼 선이자 주고 얻었을 급전 등. 30평짜리 집 한 채가 전 재산인 처지에 소비 수준은 보통 이상의 수준이니 문제가 컸다. 호경기도 잠깐 반짝하다 금세 흔들리고 무너지는 직업! 건축업의 불안전한 수입만 믿고 남들처럼 먹고 입고 쓰다간 언제 어떻게 될지도 모를 판국이었다. 집세며 재산세 등 각종 세금 고지서가 낙엽처럼 쌓이면 몸담고 사는 집조차 버거운 짐에 불과했다.

살림의 실무를 담당한 내가 허리끈 졸라매고 비축해 나가지 않으면 앞날을 예측 못할 판국이었다. 이 불안정한 집안의 경제를 어떻게 하면 좀 더 튼튼하게 할 수 있을까? 난 곰곰이 생각했다. 주부인 내가 할 수 있는 일은 모든 물자를 최대한 아껴 쓰는 것도 버는 것만큼 중요하다는 사실을 깨닫게 되었다.

우선 물부터 절약했다. 수돗물 한 방울도 전기로 일일이 끌어 쓴다는 사실을 의식한다면 물 한 방울 함부로 쓸 수가 없는 실정이다. 세 번째 헹군 설거지물과 빨래 헹군 물 등은 꼬박꼬박 큼직한 고무 통에 모아두곤 양변기의 압축 볼은 아예 작동을 정지시켰다. 대소변 후의 뒷물처리, 아시빨래 헹굴 때, 애들 운동화 빨 때, 물걸레 빨 때, 화초 물줄 때 등 허드레 물을 필요로 하는 곳은 집안 구석구석에 너무너무 많았다.

빗물도 받아 모아 빨래도 하고 김장항아리를 물을 우렸다. 빗물로 빨래를 하면 비누를 조금만 써도 때가 쏙쏙 빠지는 게 여간 신통한 것이 아니다. 식수만큼은 청계산 자락의 안심천물을 떠다 먹고 지낸다. 생수는 건강도 이롭지만 곡차구입비와 연료비가 절약되니 일석삼조가 되는 셈이다.

절전실천은 집안의 전구부터 모조리 갈아 끼웠다. 안방, 부엌, 마루 등은 20W짜리 초절전형 리빙전구 한 개씩만 달고 화장실은 10W짜리인지 전구 한 개를 달았다. 아이들 공부방 만큼은 20W짜리 녹색전구 2개를 달아줬다. 어스름 달빛이 인간정서에 도움이 되듯 집안의 불빛도 너무 밝으면 가족의 정서 안정과 시력 보호에 해롭다는 사실은 한 등 아끼는데 도움이 되기도 한다.

우리 집의 세탁기는중고품 골동품에 불과하다. 수작업손빨래으로 세탁을 해결하는 까닭이다. 손빨래는 전기와 물과 세제 등을 절약해주고 의류도 상하지 않으니 일석 사조가 되는 셈이다. 다섯 식구 살아가는 우리 집 전기료와 수도 요금은 각각 월 평균 2만 원 선을 넘지 않는다.

한 겨울의 난방비도도시가스 한 달에 오만 원정도면 족하다. 삼동의 혹한 때는 한방 줄이고 좁은 공간에서 서로 등 비비며 지내다 보면 난방비도 절약되지만 형제간의 유대도 더욱 돈독해져서 좋을 것이다. 한 달에 두세 번 가는 시장은 재래시장의 파장을 택한다. 굳이 가까이에 슈퍼를 두고 20여 분 걸어가는 재래시장을 가는 이유는 두 가지다. 다리 운동도 되고 작은 돈 갖고 부식거리 야채류를 떨이해 올 수 있는 이유다.

저물녘의 재래시장의 파장 난전은 어수룩한 구석이 있다. 어느 땐 쓰레기 더미 속에서 무 토막, 당근토막, 배추 잎새, 시든 파단 등 제법 성한 야채류를 한 아름씩 공으로 건져오기도 한다. 썩고 상한 곳은 도려내고 시들은 채소는 물 축여 놓으면 금세 풋풋하니 살아나선 훌륭한 먹을거리가 되어 준다. 덕분에 우리 집 식탁은 줄장 녹황색 야채 반찬이 푸짐하다. 무나 배추의 겉잎 새로 담근 시퍼런 무청 김치는 돈 안 들고 보충할 수 있는 섬유질이 풍부한 우리 집의 건강식이다.

한번은 애들이 밥상머리에서 심하게 투정부린 적이 있다. 생선찌개가 노상대가리뿐이라는 것이다. 생선 가게에서 거저 갖다 먹는다는 말은 차마 못했다. 애들 자존심에 상처 입힐까 두려워서이다. 심통이 난 애들을 설득하느라 한바탕 진땀이 났었다.

일본의 한 가난한 어촌 마을에 집집마다 박사가 나왔던 사실이 있는데 조사 결과 생선 대가리가 원인이었다는 얘기를 했다. 살 토막은 상품으로 넘기고 식구 몫은 늘 대가리뿐이었는데 그걸 먹고 자란 애들이 훗날 모두 박사가 됐다는 얘기다. 생선의 눈과 머리엔 사람의 시신경과 두뇌를 좋게 하는 DHA 성분이 들어있는 이유라고 아는 척했더니 "우리 집에도 곧 박사대박이 터질 거라"고 큰 애가 이죽대는 통에 온 식구가 한바탕 웃고 넘어갔다.

외식, 외출, 여행 등 사치성 소비생활은 우리와는 먼 이야기지만 딱 한번 먹었던 고깃값이 1인분에 5,500원씩 했었다. 고기 값 1인분이라도 줄인답시고 나는 속이 더부룩하도록 야채로 배 채우고 나왔다. 고기 한 점을 입에 넣었다가 대체 고기 맛인지 쇠퇴 맛인지 알 수가 없었다. 애들한테 고기 한 점 더 먹이겠다는 강박관념이 입안에서 쓴 침을 나오게 했던 것 같다. 애꿎은 상추랑 깻잎만 네 번씩이나 주문해 먹었더니 서빙하던 아주머니가 눈이 뚫어져라 나만 쳐다보는 것 같았다. 게걸스럽게 푸성귀만 걷어먹는 내 꼴이 우스웠던 모양이다. 지금 생각해도 멋쩍어진다.

쇼핑가의 쇼윈도에 현란하게 돌아가는 유행패션을 잊고 산 지가 오래이다. 결혼 생활 십여 년 동안 난 옷 가게 한번 기웃거려 본 적이 없다. 그러나 우리 집 안방의 아홉 자짜리 장롱은 늘 포화상태다. 유행은 좀 뒤쳐졌을지 몰라도 철철이 없는 옷이 별로 없다. 외출복, 평상복, 작업복, 사시사철 우리 가족의 의생활은 100% 재활용에 의존해간다. 아이들 교복도 학교 선배들한테 대물림 받아 해결해왔다. 매주 토요일의 초저녁은 내겐 돈 안 들이고 하는 알짜배기 쇼핑시간이다. 장롱정리며 대청소 등을 주초보단 주말에 하는 주부들의 습성을 난 역이용하는 셈이다. 간편한 작업복에 큼직한 마대자루 한 장 들고 부유층의 주택단지를 이 골목, 저 골목 누비다 보면 어느 땐 수지맞을 때도 있다.

남들이 버리는 텃물이지만 조금만 손질하면 어떤 호화 파티장에 입고 가도 손색없는 고급 신사복이며 숙녀 정장을 심심찮게 수거해 올 수 있기 때문이다. 계절이 바뀔 땐 모든 물자생필품의 포화시대를 실감하기도 한다. 의류뿐 아니라 전자제품이며 장롱 책상 신발 소파 주방가구 커튼 등 온갖 생활용구들을 재활용품에 의존하다 보니 집안 가득 허름한 중고품들로 들어차있다. 그러나 길이 들고 정이 들어 새것보다 더 실용적이다.

버리는 물건에도 인간성이 묻어있다는 사실은 흥미롭다. 말짱한 새 옷을 칼로 좍좍 그어서 문밖에 내놓은 심술스런 인심이 있는가 하면 "필요하신 분 갖다 쓰세요!"라는 안내문까지 써 붙인 자상한 인품도 엿볼 수 있다.

수거한 넝마 보퉁이를 들고 가로등 비친 긴 그림자를 밟으며 돌아오노라면 어느 땐 눈물이 핑 돌 때도 있다. 고답 지근한 내 삶이 문득 서글퍼서이다. 누군가는 지금 국립극장이나 세종문화회관의 대 공연장에서 고급문화를 만끽할 토요일 밤 시간에 난 고작 남의 퇴물이나 기웃거려야만 하는가! 순간 흔들리는 내 마음을 강하게 채찍질해본다. 남보다 늦게 출발한 인생이니 더욱 열심히 잘 살아보겠다는 오기까지 부추기는 것이다.

사실, 나에겐 천하보다 더 소중한 건강축복이 주어졌고, 나를 필요로 하는 소중한 가족들이 곁에 있지 않은가! 낮은 창가에 따스한 불빛이 새어 나오는 내 집 문전을 향하는 발걸음은 어느새 시름도 다 잊고 기쁜 조바심으로 재촉하고 있음을 어쩌랴.

의식주에 관계된 우리 집의 다섯 식구 한 달 평균 생계비는 아직

이십만 원을 넘어보지 않았다. 내핍과 재활용의 덕분이다. 나는 왕소금 맛처럼 짜게 살아왔지만 딱 한군데 아끼지 못하는 것이 있다. 다름 아닌 세 아이들 교육자금이다. 다행이도 한눈팔지 않고 학업에 몰두해주는 세 아이들, 현재 대학생이 둘, 고교생이 한 명이 여간 대견스럽지가 않다.

지난해엔 한차례 모진 날벼락을 당했다. 늘 허둥거리던 남편의 건축가업이 기어이 무너진 것이다. 다섯 식구 몸담고 지내온 집까지도 순식간에 날아가 버렸다. 다섯 식구 집도 절도 없이 길거리로 내몰릴 커다란 위기를 모면하게 한 힘은 다름 아니라 결혼하자마자 시작된 물자 절약과 내핍작전의 덕뷴이다. 허리끈 조이고 근근이 비축한 적금을 찾고 주택융자 사천만 원을 빚내고도 모자라 시집올 때 숨겨온 비자금의 전부를 털어 모아 겨우 다섯 식구 몸담을 작은집 한 칸을 장만할 수 있었다.

이사 들던 날 우리 집은 한바탕 눈물바다를 치렀다. 곤곤한 살림 치다꺼리에 죽기 살기로 매달려온 고난의 10여 년 세월이 문득 한없이 시름에 젖게 했다. 기쁨인지 서러움인지 모를 봇물 터지듯 끝없이 쏟아지는 눈물… 세 아이들이 덩달아 이 어미를 붙잡고 우는 통에 소처럼 우직스런 남편까지도 펑펑 울고 말았다.

허물없이 내 살아가는 모습을 들여다보는 이웃 중엔 날더러 바보스럽다고 말하는 이도 있다. 결혼 전엔 부족한 것 없이 풍족하게 살던 사람이 왜 그렇게 사느냐는 것이다. 그러나 표창장이라도 받을 사람이라고 칭찬과 격려를 해주는 이웃들이 더 많다. 사실 능력은 없지만 남에게 피해 안 입히고 손 안 벌리고 떳떳이 살아가는 내 삶을 난 감사하면서 살아간다.

이제 기다랗게 자란 세 아이들의 혼사자금 준비며 10년 상환을 약속한 사천만 원의 융자 빚은 나의 내핍작전이 한참 더 계속해야만 할 것 같다. 비록 출발은 늦지만 마무리만은 남보다 뒤질 수 없다는 욕심 때문이다.

재취자리로 들어와 재활용 인생으로 전락한 곤곤한 내 삶이지만 아직은 푸르디푸른 꿈이 있어 가슴은 늘 소녀처럼 벅차오른다.

2000년 여름에 적은 나의 수기

얼굴도 모르는 여인의 행복을 비는 마음

- 우정국 대상작품

이름도 성도 모르는 여인에게 감사한 마음으로 이 글을 띄웁니다.

우리 집 재롱둥이 진영이가 류 씨 집안의 친자로 호적에 입적되기 전에는 "김진영"이란 명찰을 달고 있는 해외 입양 대상의 사생아였죠. 부업을 하기 위해 위탁 모입양되기 전의 아이를 키워 주는 일에 손을 댔다가 진영이와의 인연은 시작되었습니다. H아동복지관에서 녀석을 처음 데려왔을 때의 첫인상이 새로워집니다. 녀석의 첫인상은 사람이라기보다는 여물지 않은 해파리처럼 제대로 만질 수도 없이 작고 연약한 미숙아에 불과했었죠.

생후 25일 된 아이가 2.6kg밖에 안되었고 우유를 먹이면 금세 울컥 울컥 토해내곤 했습니다. 게다가 밤낮 잠 못 들고 끝없이 울고 보채기만 하니 다른 아이들처럼 통통하게 살이 오를 리가 없었죠. 주야장천 기를 쓰고 울기만 하다 보니 목소리는 푹 쉬어 버리고 배에 힘을 심하게 주어 배꼽은 데룩데룩 호박꼭지처럼 보이고 울적마다 빠져버릴 것 같았어요. 배꼽에 대일밴드를 지긋이 붙여 놓고 울어대는 얼굴을 들여다보면 그 작은 얼굴에도 감정이란 것이 가득히 담겨 있었습니다.

그 가엾은 어린것의 얼굴에 눈물이 흘러 볼을 적셨고 뻰히 쳐다보는 아이의 눈빛은 뭔가를 호소하는 듯 싶었죠. 소화 기능이 약해 토해내는 아이, 입에 죽물과 보리차를 끓여서 티스푼으로 떠 넣으며 아이와 눈 맞춤을 하는 동안 서서히 측은한 생각 이상의 짜릿한 모성애가 가슴속에서 솟아나기 시작했습니다.

뒤늦게 아이에게 매달리다 보니 집안 살림은 질서가 어긋났고 밤낮없이 울어대는 아이 울음소리에 집안은 온통 시끄러웠으니 남편과 세 아이들도 짜증스러워 했지요. 축복받지 못한 한 생명의 탄생이사생아 다시 소외당하는 운명으로 전락되어가고 있었다고나 할까요. 그러나 잠 한숨 제대로 못 자게 하는 아이에게 향하는 제 마음은 한 달 33만원 보수를 원하는 것 이상의 끈끈함으로 서서히 엮어져 가고 있었습니다. 질긴 인연으로 이어지고 있었던 겁니다.

아이의 울음소리가 잠잠해지고 새 품 안에 적응이 되기까지는 진땀나는 전쟁을 4~5개월 치른 후에야 원만해졌습니다. 제겐 모진 산고 끝에 해산의 기쁨을 얻은 그런 심정이었습니다. 고충이 심했던 만큼 아이에 대한 애착이 강한 모성애로 변해가고 있었던 거죠. 얼리면 방긋 웃는 아이의 얼굴에서 저는 삶에 권태를 느끼는 50대의 우울증을 해소시켰고, 으앙 대며 울어 젖히는 아이의 울음소리에서 싱그러운 생명력을 충전 받았습니다. 아이가 옹알이 할 때면 세상의 어떤 달콤한 사랑의 속삭임보다 더욱 신선하고도 향기롭게 느껴졌습니다.

이 사랑스럽고 가엾은 어린것을 낯선 나라 낯선 인종의 품 안에 넘겨 줄 수 없다는 강한 애착이 제게 또 하나의 험준한 산을 넘는 계기를 마련한 셈이었지요. 바늘 끝도 안 들어 갈 만큼 아이에 대해선 냉

담했던 남편의 마음을 녹이고 사뭇 거부반응을 보이는 1남2녀의 큰 아이들의 마음을 돌이켜 녀석을 우리 집 가문의 호적에 어렵사리 올려놓고 났을 땐, 잃어버릴 번한 보물을 움켜쥔 기분이상의 행복감으로 가슴 뿌듯했습니다.

'김진영'이란 이름으로 소외당했던 어린 생명이 '류진영'이란 새 이름으로 탈바꿈된 지금! 녀석은 우리 집 다섯 식구의 관심과 사랑을 독점하는 재롱둥이 보물단지가 되었습니다. 볼품사납게 불거졌던 배꼽은 사과 꼭지처럼 예쁘게 들어가 있고 쉬어버렸던 성대는 고운 목소리로 온 집안에 아름다운 노래 소리로 행복이 가득하답니다. 욕심이 많고 자기주장이 강한 녀석이라 심통을 자주 부리지만 그 모습도 귀엽고 사랑스럽습니다.

뒤늦게 늦둥이 키우는 재미에 시간 가는 줄 모르는 여자! 이렇게 삶의 보람을 만끽할 수 있는 오늘의 행복을 선사해준 진영이의 생모에게 감사한 마음을 꼭 전하고 싶습니다. 장난감을 옆에 가지런히 챙겨놓고 노곤하게 잠든 아이의 얼굴에 살포시 웃음이 감돌고 있습니다.

진영이는 지금 꿈속에서도 즐거운 생각을 하나 봅니다. 세상 근심이라고는 한 구석도 없는 평화로운 모습으로 잠든 아이 얼굴을 들여다보며 녀석의 앞길에도 평탄한 여정이 되길 하느님께 간구해 봅니다.

이 땅 어디선가 살아가고 있을 김진영의 생모에게도 행복이 깃들기를 기도해 봅니다. 부디 건강하시고 꼭 행복하세요.

2002년 봄

진영 엄마 김홍순 드림

작품해설

자식 가꾸기, 인생 가꾸기, 글 가꾸기의 보람과 행복

민 용 태
(시인·스페인 왕립한림원 위원·고려대 명예교수)

행복한 사람의 조건에 3가지가 있다 한다. 자식 하나, 나무 하나, 책 하나. 세상에 태어나서 가꾸어야 할 것은 다 가꾸어 봐야 인생의 재미를 안다는 말이겠다. "나는 생각한다. 고로 존재한다.(Cogito,ergo sum)"는 식의 데까르트의 딱딱한 이성주의 보다는 모든 것에 정성을 쏟고 가꾸고 기르는 생명 중심주의가 동서양의 도道로 가장 값진 것이다. 김홍순님은 40이 넘도록 이런 저런 이유로 독신을 고집하고 있었다. 그러던 어느 날…

"물기 마른 나뭇잎을 뒤흔드는 바람소리가 유난히도 쓸쓸한 어느 가을 깊은 밤, 로뎅의 생각하는 사람이 되어 있었다. 낙엽 쌓이듯 연륜만 쌓여가는 자신이 문득 서글퍼졌다. 불면과 회의로 긴 밤을 지새울 때면 창가에 스치는 밤바람 소리가 처절한 여운을 남기고 지나갔다. 문득 연로하신 부모님 생각이 났다. 그분들의 소박한 기원을 외면한 불효가 새삼스레 깊은 회의에 잠기게 했다."

여기에서 "로뎅의 생각하는 사람이 되었다."는 말은 중요하다. 첫째는 밑도 끝도 없이 갑자기 자신을 '로뎅의 생각하는 사람'으로 만드는 용감하고 멋진 은유법의 사용이 돋보이기 때문이다. 둘째는 이 로뎅의 조각상이 건장하고 근육질의 활기 넘치는 인간상임에도 불구하고 지극히 비생명적인 이성적 사고에 빠져있는 모습이기 때문이다. 인생은 깊이 생각하면 생각할수록 결국 죽음을 향하여 가는 행로이다. 생명력이 넘치는 체육선수 같은 이 젊은이가 '생각하는 사람'이 된 것은 역설이며 파라독스이다. 일찍부터 실존주의의 고뇌가 보이는 조상이 바로 로뎅이다.

김홍순 작가는 이런 '물기 마른' 사고에 휩싸여 '연륜만 쌓여가는' 삶을 독신주의라는 이름으로 불면을 버티고 있었다. 그 때 '연로하신 부모님'에 대한 불효라는 생각과 인연이 삶에 기운을 되찾게 한다.

"인연이란 참 묘한 것인가 보다. 아이가 셋이나 딸린 일 년 연하의 상처 경력을 지닌 그와 만나면서 쇠심 줄 만큼이나 질긴 인연의 끈이 맺어진 것이다. 우리의 인연은 우연만은 아니었던 것 같다. 첫눈에 호감이 갈 만큼 조건이 좋았던 것도 아니다. 가까운 친척의 중매라서 신뢰한 이유도 있지만 그보다는 매일 퇴근시간 맞추어 찾아오는 그이의 긍정적이고 적극적인 집요한 태도가 내 마음을 움직였고, 결정적으로 사로잡은 것은 그이의 세 아이였다. 엄마 여읜 외로운 눈빛은 나의 보호 본능을 불러일으킨 것이다.

연로하신 부모님의 근심을 덜어 드리고 가여운 삼 남매에겐 따뜻한 울타리가 되어준다면 이것으로서 내 인생은 작으나마 보람이 아니겠는가, 자세히 보니 그이의 악의 없는 눈빛과 넉넉한 가슴은 성실해 보였다."

신랑의 성실성에 믿음이 간 것과 자기가 난 것도 아닌 3남매 키우기는 이야기가 다르다. 따라서 그런 상황에서 한 집안을 떠맡겠다고 결혼을 받아들인 것은 그렇게 쉬운 결정은 아니었으리라. 그러나 김홍순님의 눈길은 깊었다.

"길을 가다가 옷깃만 스쳐도 인연이라는 말이 있듯이 자식과 어미 관계로 맺어진 삼 남매와 나는 하늘이 부여한 특별한 만남이 아닌가 싶다. 병석의 엄마를 여의고 몹시 외로워하는 어린 애들을 중매자를 통해서 만날 기회가 있었는데 독신주의를 원했던 마음에 갑작스러운 마음의 변화가 일어났다.

평생 동반자에 대한 관심보다는 삼 남매한테 마음이 사로잡혔다. 마치 어미의 품밖에 방치된 병아리 같은 애처롭기 이를 데 없는 동심의 눈빛들이 큐피드의 화살이 되어 가슴에 꽂혔다. 처녀나이 40이 되도록 고집 피웠던 독신주의의 뜻을 허물게 된 결정적인 동기가 되었다."

그러나 남의 아이들의 어머니가 된다는 것은 결코 쉽지가 않았다. 작가의 말대로, '저기요'라는 나에 대한 특별한 호칭이 정겨운 단어로 탈바꿈되기까지는 적지 않은 세월의 진통을 겪고 난 후에야 가능했었다. 저녁 한때, 삼 남매와 한 자리에 모이면 다정스러운 "엄마!"소리가 귓전에 소나기 세례를 퍼붓는다. 서로가 어미 곁을 차지하겠다고 무릎을 끌어다 베기도 하고 엄마 어깨 잔등에 기대어 웃고 떠들며 한바탕 북새통을 벌인다. 그런 모습이 꼭 한 둘레 꽃밭 같다고 묻는 칭찬하고 아름답게 보는 이웃들이 있기까지는 남모르는 고통과 노력이 뒷받침하고 있었다.

그 말없는 고통은 때때로 엄청난 부하가 걸려 사람을 우울증에 빠지게 한다. 실제로 김홍순 님은 긴 시간 동안 우울증을 앓는다. 우울증이나 조울증이 무서운 것은 이것이 흔히 자살 충동을 일으킨다는 위험이다. 그러나 김 작가는 자기 성찰과 자가 치유 능력이 뛰어난 성격이다. 그녀는 생각한다.

"모든 질병은 원인을 찾으면 근본적인 치료가 빠르다는 전문가의 주장을 떠올리며 곰곰이 생각해봤다. 우울증을 유발시킨 동기가 결혼 후 첫 번째로 맞이했던 내 생일날 비롯되었던 것임을 짐작하게 되었다. 그날 나는 남편의 뜻에 이끌려 3남매와 함께 집을 나섰는데 하필 목적지가 시부모님 계신 남편의 고향집이었다. 늙으신 시부모님 곁에서 밥상을 준비하고 시중을 돌보고 있는 동안 남편과 아이들의 모습이 한참 동안 보이지 않았다. 뒤늦게 알고 보니 넷이서 남편의 전처이자 3남매의 생모가 안장된 밭 자락의 묘지에 모여 있었던 것이다.

가신 분을 기리고 추모하는 듯 다정스럽게 묘지를 어루만지는 네 식구의 모습을 지켜보는 동안 가슴언저리에서 썰렁한 바람이 느껴졌다. 가신 분에 대한 애틋한 감정이야 백 번이라도 이해할 수가 있다. 그러나 결혼 후 3개월도 채 안돼서 맞이한 나의 생일날이었던 일이었으니 모욕감과 수치감, 그리고 소외감으로 인한 외로운 심사를 위로 받을 길이 없었다.

나도 모르는 사이에 밝고 낙천적인 마음이 부정적인 측면으로 바뀌어져 가고 있었다. 하루에도 열두 번씩 나 자신의 존재에 대해서 물음표를 그렸다. 나란 존재는 대체 무엇인가? 삼 남매와 남편에게 밥하고 빨래하고 살림치다꺼리나 하는 생각도 감정도 모르는 도구일 뿐이란 말인가!"

의붓어머니로서의 자신의 처지에 대한 회의와 소외감은 긴 시간 그녀를 우울증 속에 가두어 두었다. 위험하리만큼 고통스럽고 아팠던 순간은 그러나 똑같은 병원의 뿌리로부터 치유가 시작되었다. 의붓딸들로 부터의 뜨거운 사랑의 표시가 무서운 약효를 발휘했다. 또다시 그녀의 고백을 들어보자.

"이웃에서도 소문이 자자했던 억세고 까다로운 열여섯 살의 큰딸에게는 따뜻한 사랑으로 언니나 친구가 되어 아이의 장점을 찾아 칭찬을 해주며 진솔한 대화로 시간을 같이 해주었다. 마침내 그 억세고 까다롭다던 큰딸에게서 감격스런 편지를 받았다.

'엄마! 엄마는 화려한 삶은 아니지만 성공한 인생을 살았어요. 저에게는 인간 회복을 시켰고요, 아빠의 잃어버린 청춘을 찾아주셨고, 남동생에겐 밝은 표정을, 막내는 고운 미소를 주셨어요. 엄마는 우리 가족을 구원하신 정말 고마운 분이에요.' (…)

세월은 사랑의 진실을 밝히는 가장 확실한 거울인 셈이다. 외로움과 흘린 눈물의 분량만큼 드디어 보람과 기쁨을 수확하게 되었다. 뿌리 앓이의 과정이 지루하고도 힘겨웠던 만큼, 뒤 늦게 마음의 문이 열린 아이들의 어미에 대한 사랑과 신뢰는 감격적이었다. 참으로 오랜만에 서로의 가슴에 사랑의 뿌리를 깊게 내리게 된 어미와 자식 간의 인연을 확인하는 순간이었다.

'우리 엄마가 최고'라는 찬사가, 긴 나날 동안 깡그리 막혔던 애들의 입에서 빗발쳤다. 다투어 어미의 잔등을 기대며 곁으로 대드는 아이들! 아이들의 어리광 속에 파묻힌 순간들은 필경 더디고 어려웠던 뿌리 앓이를 견디고 얻은 가슴 뜨거운 댓가인 셈이다. 고통스러웠던 만큼 보람도 기쁨도 클 수밖에 없었다."

그녀는 여기에서 물러서지 않는다. 이번에는 막내 하나를 더 키우기로 작정하고 입양을 결정한 것. 그녀의 말로는 "입양을 한 늦둥이 진영이를 기르는 재미도 내겐 말로는 다 할 수가 없는 커다란 보람이자 기쁨이었다."라고 말한다.

"진영이는 우리에게 기쁨조로 등장한 행복덩어리이다. 이제는 다 자란 두 누나와 형의 사랑까지 듬뿍 받으며 밝고 씩씩하게 자라주는 막둥이의 모습은 하늘이 우리 부부에게 내린 또 하나의 보람이기도 하다.

이 가을 우리 집 뜰 안엔 은혜와 결실로 가득하다. 지난여름의 지루했던 더위와 비바람을 다 견뎌 낸 감나무의 실한 열매들처럼 고충이 많았던 우리 부부의 인생의 가을 뜰에도 서서히 가을이 익어가고 있다. 애환 많은 지난날이 있었기에 오늘의 수확마당이 더더욱 감사하게만 여겨진다.(…)"

"가장 감사한 사람은 바로 남편의 태도였다. 처음에는 꺼리던 남편이었다. 3남매의 뒷바라지도 벅차다는 남편의 의중에도 일리는 있었던 셈이다. 어려운 여건에도 불구하고 차츰 어린 입양아에 대한 사랑과 관심을 기울이던 남편! 해외 양부모를 찾아 정처 없이 흘러갈 어린것에게 마침내 부성애를 발휘하던 남편의 덕스러운 인간성이 고맙고도 흐뭇하게 여겨졌다.

그 당시 작은 해파리처럼 여리고 약한 위 탁아를 버젓이 우리 부부의 아들로서 호적에 입적시키기까지의 애환을 어찌 말로 다 표현할까! 언제 커서 사람구실을 할 수 있을까? 하도 잔병치레가 심하고 연약한 상태여서 답답할 때도 많았었는데.. 지루한 유아기적의 잔병치레를 다 떨쳐 내고 이즈막엔 알 밤톨 같은 모습으로 바뀌어가는 아이의 모습이 고맙고도 신기하다."

필자가 다소 장황하리만큼 길게 김홍순 님의 글을 인용하고 감동을 이어간 것은 그만큼 그녀의 글 솜씨 또한 지극히 사실적이고 섬세하다는 장점이 있었기 때문이다. 자기의 삶을 사랑하고 생각하고 스스로의 따뜻한 이상을 실천해나가는 그녀의 모습은 작가가 고독 속에서 자유로운 글쓰기로 자기 세계를 구축해나가는 모습과 일치한다. 그녀가 "독신주의를 고집한 동기"도 작가로서의 인생의 성찰과 자아 탐구 및 실천 의지와 무관하지 않다. 그녀는 말한다.

> "내가 독신주의를 고집한 동기는 하찮은 시각의 관점에서 비롯되었다. 기미 돋은 까칠한 얼굴로 아이 업고 나타난 결혼한 친구의 모습을 봤을 때, 성실하지 못한 남편 만나 찌들어가는 기혼녀들의 생활을 대할 때 나의 독신주의 예찬 의지가 서서히 뿌리를 내리고 있었다. 때가 되면 짝을 찾아 결혼하고 자식을 기르며 찌든 삶에 허덕이며 겉늙어가는 여자의 일생이 내겐 탐탁지 않게 여겨졌다. 단단한 아집으로 나 스스로를 꽁꽁 묶어놓고 혼자서 대견하게 여겼다. 가정이란 관습의 멍에를 탈피하여 홀가분한 삶을 멋지게 설계할 수는 없을까, 공상에 젖어 내 시각의 조리개에 맞춰 삶을 관조해 보며 자기도취에 심취하기도 했다. 가정이란 획일적인 범주에 귀속되기보다는 좀 더 넓고 큰 사회의 일원으로 살아 갈 수 없을까."

필자는 이제 김홍순 님이 자식 가꾸기에 달인이 되고 도가 트셨으니, 원래 일하고 꿈꾸어왔던 불우소년 돌보기나 사회사업에 정진하시리라 믿어 의심치 않는다. 그렇게 어렵게 사랑으로 키워왔던 자식들이 한 가정을 이루고 자신의 곁을 떠날 때 다시 견딜 수 없는 외로움과 우울증이 찾아올 수 있다. 그 때 우리는 최소한도 두 가지는 준비해야 한다. 그 하나는 평생 꿈꾸어왔던 일을 늦게라도 용감하게 시작하는 일. 두 번째는 그렇게 살아온 자신의 삶을 글로 남기는 일이다.

내가 김홍순 님의 글을 읽고 이 해설을 쓰면서 생각한 것은 김 작가의 문체나 글 솜씨 또한 일품이라는 느낌이다. 그 동안 여러 번 수필과 수기로 이름난 공모전에서 상을 받은 것도 알고 있다. 그런 상은 김 작가의 인생 체험에 대한 박수이면서 동시에 김홍순 님의 뛰어난 글 솜씨에 대한 상임을 잊지 말아야 한다. 수필을 쓰고 독자와 인생 이야기를 나누는 것보다 더 큰 사회봉사는 없다. 이것은 네 아이를 키우고 돌보는 일보다 수많은 사람과 시대에게 진실한 삶에 대한 태도와 느낌을 전달하는 일이기 때문이다.

글쓰기는 무엇보다도 큰 자기 위안이다. 그것은 무슨 고독이나 우울증도 치유할 수 있는 카타르시스 약이다. 여기서 "카타르시스 약"이라 함은 원래 문학예술이 갖는 '관장제', 즉 감정 설사라는 치유 방법을 의미한다. 이렇게 수필을 쓰면서 우울했던 옛날을 다시 생각하고 울고, 그 뒤 행복했던 시절을 떠올리면서 감정을 되새김질하고 풀어보노라면 마음이 가라앉고 맑아진다. 책 읽기나 글쓰기가 고독감이나 우울증을 치료하고 감정의 관장제가 되는 것은 바로 이런 이유 때문이다.

글쓰기는 심심하거나 외롭지 않다. 그것은 또 다른 자신과 말 나누기이면서 나 밖의 수많은 독자들, 즉 또 다른 많은 '나'들에게 말 걸기이다. 김홍순 작가는 이 책을 계기로 많은 감동과 독자를 확보할 것이다. 그 많은 사람들과의 말 나누기, 즉 글쓰기에 더욱 정진하시기 바란다.

김홍순 수필집
저기요

초판 인쇄 2018년 2월 20일
초판 발행 2018년 2월 28일

지은이 김홍순
펴낸이 朴明淳
펴낸곳 문학시티

주　소 04558 서울시 중구 창경궁로 1길 29 (3F)
전　화 02-2272-2549
이메일 munhakmedia@hanmail.net
공급처 정은출판(02-2272-9280)

ISBN 978-89-91733-53-4 (03810)
값 12,000원